CHRONIQUES VERTICALES

SAISON 2

Dépôt légal : Mars 2020

ISBN : 979-10-95442-50-9
Crédits image de couverture : depositphotos/peratek
Crédits image épisode 1 : Shuttersock/Estevez
Crédits image épisode 2 :
Deposit photos/Grand failure (Tithi Luadthong)
Crédits image épisode 3 :
Deposit photos/kevron2002
Shutterstock/Ficus777
Crédits image épisode 4 :
Deposit photos/Grand failure (Tithi Luadthong)
Crédits image épisode 5 : Shutterstock/Liu zishan
Crédits image épisode 6 :
Deposit photos/Grand failure (Tithi Luadthong)

Realities Inc.
2, rue des Promenades
22000 Saint-Brieuc
www.realities-inc.com

LAURENT COPET

CHRONIQUES VERTICALES

SAISON 2

Realities Inc.

SOMMAIRE

ÉPISODE 1

1

En apparence, l'intersaison se déroulait normalement. Mais Brouillard Givrant savait qu'il n'en était rien. Il régnait sur la cassure un climat détestable. Le chiffreur s'employait à faire surveiller sans relâche certaines personnes, à défaut de pouvoir s'en débarrasser. Mais le complot enflait, le mécontentement latent d'une minorité se propageait petit à petit et commençait à gagner le cœur du clan.

La solution du problème ne se trouvait pas au sein du Conseil, il le savait. Les membres ne représentaient qu'une petite partie du clan. Non, la véritable force se situait dans la masse, les anciens, les femmes, les jeunes, les saisonniers, tous les individus résolus à se plier par habitude à l'autorité du Conseil. Et sans chef, l'autorité en question se trouvait mise à mal. Pour la plupart, les gens ne réagissaient pas, ils attendaient, ils se contentaient de vivre et de remplir leurs obligations. Mais certains commençaient à changer. Ils tramaient quelque chose. Brouillard Givrant ne savait pas quoi, mais il comptait bien le découvrir.

La femme de Lost Arrow était sur le point d'accoucher. Brouillard Givrant n'en pouvait plus d'attendre. Il fallait que cela arrive. Lost Arrow accéderait alors au statut de chef et ensemble ils pourraient agir avec plus d'efficacité contre les renégats. Pour l'instant, ils s'appuyaient sur les réunions officieuses qu'ils tenaient chaque soir, des conseils qui ne disaient pas leur nom. Brouillard Givrant invitait chaque fois Lost Arrow à se joindre à eux. Les membres suspects, Akira, Gringo Loco n'étaient pas prévenus. Et tous les soirs, Brouillard Givrant scrutait l'assemblée pour déterminer lesquels des individus qui se tenaient face à lui cachaient des traîtres acquis à la cause de Mendeku et des siens.

Avec un malaise grandissant, le chiffreur sentait les choses lui échapper. Il essayait autant que possible de mêler des hommes de confiance aux groupes qui se formaient au sein du clan. Aucune violence n'avait jusqu'ici émaillé l'intersaison, mais le trouble gangrénait le clan. La liste des dissidents ne cessait de s'allonger. Celle des suspects aussi. La veille au soir, pendant leur réunion, quelqu'un avait suggéré qu'on les élimine purement et simplement. Impossible, avait rétorqué Brouillard Givrant. Leur nombre s'élevait à une trentaine, et même si une bonne partie était constituée d'anciens, cela représentait une trop grosse perte pour le clan. Oui, le clan avait besoin d'un tanneur, même s'il s'agissait d'un rustre comme Gringo Loco. On ne pouvait pas non plus se passer de pitonniers. La réussite de l'ascension, Brouillard Givrant était bien placé pour le savoir, reposait sur l'unité du clan, sur son équilibre. Le chiffreur avait déjà calculé les pertes acceptables. Or, les dissidents étaient bien trop nombreux à présent.

Brouillard Givrant n'avait pas parlé aux autres de cette partie de son raisonnement. Il s'en était tenu à l'argument principal, empreint de logique et de sagesse : l'absence de chef ne permettait pas d'action forte. Les gens avaient besoin de se raccrocher à la normalité. Lorsque Lost Arrow sera père, avait dit le chiffreur, les gens le considèreront naturellement comme le nouveau chef ouvreur et se soumettront à lui. Il sera alors temps d'agir.

D'un pas décidé, le chiffreur se dirigea vers l'extrémité de la cassure où les membres avaient pris l'habitude de se réunir tous les soirs. Les rayons d'El Cap illuminaient encore la Falaise. Brouillard Givrant préférait s'y rendre tôt. Il devait réfléchir, s'imprégner de son rôle, préparer ce qu'il avait à dire.

Une fois arrivé, il s'assit sur un rocher, le même que chaque soir, et se mit à martyriser les mots dans sa tête, jusqu'à façonner un discours convenable. Petit à petit émergea un plan, osé, brutal et terriblement efficace. Ce soir, il en ferait part aux membres ; l'audace de son projet relevait d'une entreprise risquée. Certains pourraient en être choqués. Il savait qu'il devait les convaincre. Pas simplement les informer, ni même les consulter, non, il fallait qu'il les soumette par la force de ses mots. L'exercice, périlleux, l'excitait par avance.

Une longueur de temps plus tard, lorsque Fantomastic vint le rejoindre, le plan avait mûri et, plus important encore, les mots étaient prêts. Leur puissance ne demandait qu'à déferler.

Lost Arrow arriva à son tour, suivi d'Azincourt et des autres. Ils s'installèrent en silence, comme à leur habitude, et Brouillard Givrant désigna des sentinelles pour surveiller les alentours. Puis il observa l'assemblée. Tous attendaient, tous le regardaient. Comme s'ils étaient conscients de l'importance particulière de cette réunion. Même Lost Arrow semblait s'en remettre à lui. Alors il prit une profonde inspiration et commença à parler.

2

Salto Angel accéléra la cadence. Il arriva au lieu de rencontre et trouva Mendeku. « C'est bon, fit le jeune outilleur. Ils ont commencé. »

Mendeku hocha la tête. Ensemble, ils se dirigèrent vers l'extrémité opposée de la cassure. Les autres les attendaient. Ils s'installèrent sans perdre de temps.

« Mes amis, dit Mendeku, nous devons faire vite. Sitôt le Conseil terminé, Brouillard Givrant enverra plusieurs de ses sentinelles pour nous surveiller.

— Je suis sûr qu'ils n'imaginent même pas qu'on se réunit en même temps qu'eux, fit Salto Angel.

— Chaxi, reprit l'ancien shaman, où en est-on ?

— La cordée de Salathé réfléchit. Ils n'ont pas confiance en Lost Arrow pour mener le clan au Sommet…

— Mais ?

— Mais ils pensent que ce serait une erreur de partir. Salathé préfèrerait désigner un nouveau chef.

— On a déjà étudié la question ! s'exclama Akira. La majorité du clan se plie à l'avis des membres du Conseil. Et les membres n'accepteront jamais.

— Il faut convaincre plus de monde, suggéra Salto Angel.

— Comment ? Les opportunités sont de plus en plus rares. Ils nous traquent. Le jour de la naissance approche et alors il sera trop tard. Les indécis verront en Lost Arrow leur chef. Nous n'aurons plus qu'à suivre cet assassin. Je crois que je préfère encore partir seul, comme Vol Parfait.

— Du calme, Akira, murmura Chaxi. Il n'est pas dit que le clan se laisse manœuvrer aussi facilement.

— Combien sommes-nous ? demanda Mendeku.

— Trente-quatre. Insuffisant pour perpétuer le clan, si on considère la part d'anciens. Je pense qu'il faut attendre le dernier moment pour prendre notre décision. Attendre et profiter de la moindre occasion pour parler aux gens.

— Pour les manipuler ? demanda Akira. C'est ce que tu entends par là ? »

Le front de Chaxi se plissa. Une expression contrariée passa sur son visage. Il réfléchit un court instant avant de répondre. « Je suppose que oui. La situation est simple. D'un côté, il y a ceux qui ont le pouvoir et qui veulent le garder. De l'autre, il y a nous. Et au milieu…

— Pourquoi est-ce qu'on aurait plus raison qu'eux ? interrogea Salto Angel. Si j'ai bien compris, chacun manigance dans son coin pour parvenir à ses fins. Prendre le contrôle, garder le pouvoir, convaincre suffisamment de monde pour s'enfuir… Mais qui nous dit qu'on est dans le vrai ? Est-ce qu'on ne risque pas de détruire le clan et d'anéantir l'accession au Sommet si on s'en va ? »

Un long silence plana sur l'assemblée. Quelque part au-dessus de leur tête retentit le cri d'une greute. La Falaise renvoya un faible écho qui partit se perdre au loin. Finalement, les uns après les autres, tous les regards se tournèrent vers Mendeku. La question, essentielle et dérangeante, ne demandait rien d'autre qu'une réponse de la part de l'ancien shaman. Ce dernier prit tout son temps, les yeux mi-clos, les doigts plantés dans sa barbe épaisse. Puis il parla.

« Tu as raison, jeune outilleur. Rien ne nous dit qu'on soit dans le vrai. » Un sentiment de malaise figea les esprits. Mendeku ouvrit les yeux. « Mais si Yos et Hima nous regardent depuis le Sommet, alors aucune de nos actions ne peut leur échapper. La conduite de Lost Arrow n'est certainement pas celle voulue par les dieux.

— Et si les dieux n'existent pas ? osa Salto Angel. Ou s'il n'y a pas de Sommet ? »

Des remous agitèrent les rangs. Un sourire invisible passa sur les lèvres de Mendeku. Il laissa chacun se calmer avant de répondre.

« C'est une possibilité. »

À ces mots, l'agitation reprit de plus belle. Certaines personnes exprimaient leur incompréhension ; chez d'autres, l'indignation dominait. Quelques-uns, plus rares, semblaient amusés. Gringo Loco s'esclaffait devant l'audace du gamin, à l'origine du trouble. « Mais notre attitude ne doit pas changer pour autant, reprit l'ancien shaman. Garder à l'esprit ce qui nous semble juste, voilà la seule voie qui s'offre à nous. Alors peut-être nous tromperons-nous. C'est un risque à prendre. »

De retour à son campement, Salto Angel retrouva sa mère. Il comprit immédiatement à ses yeux noirs et tranchants qu'il allait passer une longueur de temps compliquée. Cela ne manqua pas. À peine fut-il arrivé qu'elle lui sauta dessus. « Où est-ce que tu étais ? » cria-t-elle.

Salto Angel resta bouche bée, indécis sur la stratégie à suivre. Devait-il lui dire la vérité ?

J'étais avec Mendeku et les autres. Et on cherchait le meilleur moyen de contrer Lost Arrow.

La pensée, fugitive, fut remplacée par une autre.

Je me promenais. J'étais…

Son esprit s'échauffa et il trancha sans même s'en apercevoir. Les mots sortirent d'eux-mêmes.

« Qu'est-ce que ça peut te faire ? dit-il.

— Tu étais avec *eux*, c'est ça ?

— Je vois pas de qui tu parles », mentit Salto.

Kallistée prit un air sévère, mais l'inquiétude dominait. « Ils sont dangereux, fit-elle. Ils mettent le clan en péril ! Je ne sais pas exactement ce qu'ils manigancent, mais tout ça…

— Comment tu peux savoir qu'ils mettent le clan en péril si tu ne sais pas…

— Ça suffit ! s'énerva-t-elle. Ils divisent le clan, c'est tout ce que j'ai besoin de savoir. Nous devons être unis.

— Unis dans la même connerie…

— Salto Angel ! »

Le jeune outilleur se tut et fixa sa mère avec des yeux durs, obstinés. Kallistée ressentit un frisson désagréable. De l'angoisse. Celle de voir son fils mal tourner, suivre une voie dangereuse. En cet instant, il lui sembla arrogant, fort et terriblement fragile à la fois. « Salto Angel, implora-t-elle, ne compromets pas ton ascension… Le clan vit un moment sensible, ne te trompe pas.

— Lost Arrow a tué Petit Chat, répondit-il.

— Et comment le sais-tu ?

— Vol Parfait…

— Ne prononce pas ce nom !

— C'est pourtant le fils de ta sœur. »

Kallistée réprima une expression de dégoût sur son visage. « Il a déshonoré sa cordée. C'est bien lui qui a poussé Jungle Boogie dans le vide, ne va pas tout confondre. C'est aussi lui qui a tué Iron Curtain. Et si Petit Chat a disparu, je suis sûre que c'était pour mieux le rejoindre. »

Salto Angel secoua la tête. *Si seulement c'était vrai*, pensa-t-il.

« De toute façon, poursuivit Kallistée, il a toujours eu une mauvaise influence sur toi. Depuis tout petit. On voit aujourd'hui ce qu'il en est. Il est devenu fou. Certains disent qu'ils l'ont aperçu… une ombre furtive, qui arpentait la Falaise sans la moindre corde. Ne suis pas cette voie. »

Le jeune outilleur ouvrit la bouche pour répondre, mais aucun son n'en sortit. Il voulait lui expliquer qu'il ne pensait pas être quelqu'un de mauvais, qu'il s'efforçait au contraire de bien se comporter, il voulait la mettre en garde contre Brouillard Givrant, Lost Arrow et les autres. Il voulait lui dire qu'il l'aimait parce qu'elle était sa mère. Mais il ne trouva pas les mots. La frustration monta en lui. « Je suivrai la voie que j'aurai choisie, dit-il. Tu ne m'en empêcheras pas. »

À ces mots, le visage de Kallistée changea de couleur. Sa bouche se referma et ses lèvres se pincèrent en une ligne blanche. La colère tomba dans son regard. Elle explosa : « C'est ce qu'on verra ! Je t'interdis de revoir Mendeku ! Je t'attacherai s'il le faut !

— Que se passe-t-il ? »

La voix de Tandem pour l'Évidence les fit tous les deux sursauter. L'outilleur regarda sa femme et son fils, mesura en un instant la tension qui habitait le campement. « Je reviens de la réunion, dit-il. Et je vous trouve en train de vous écharper…

— Ton fils perd la tête ! se lamenta Kallistée. À force de traîner avec tous ces… tous ces… » Les mots se brisèrent et moururent dans sa gorge.

Tandem pour l'Évidence se tourna vers Salto Angel. Ce dernier vit de l'inquiétude dans les yeux de son père. De la bonté aussi. Il vacilla.

« Fils. L'ascension vers le Sommet est un chemin tortueux. Ne te trompe pas de voie.

— Je veux passer l'épreuve, murmura Salto Angel. Je veux me libérer de cette cordée.

— L'épreuve sera pour plus tard. Attendons que naisse l'enfant de Lost Arrow. Alors, tout ira mieux. Le clan vit une période trouble. Nous avons besoin de repartir sur de bonnes bases.

— Et si ça devenait encore pire ?

— Je ne crois pas, répondit Tandem. Une fois Lost Arrow confirmé dans son statut de chef, les esprits s'apaiseront. Tout rentrera dans l'ordre. Quant à la poignée d'inconscients qui imaginent des plans tous plus fous les uns que les autres, ils réaliseront leur isolement et leur bêtise. »

3

Les réunions avaient cessé, d'un côté comme de l'autre. Les membres du Conseil semblaient en avoir fini avec les discussions interminables ; ils s'appliquaient maintenant à faire surveiller d'aussi près que possible les dissidents. Mendeku et les siens ne cherchèrent pas à se revoir et durent se contenter de quelques mots, de regards entendus, au hasard des rencontres fortuites.

Malgré la surveillance exercée par les membres du Conseil, le climat semblait s'apaiser. Le ventre de Pink Projet n'en finissait plus de s'arrondir ; désormais la jeune femme ne pouvait plus se déplacer et restait allongée, à l'ombre, entourée de ses proches. Les regards convergeaient régulièrement vers le campement, au centre de la cassure, et les gens évoquaient du bout des lèvres le jour de la naissance. L'attente suscitait un mélange de crainte et d'espoir, et chacun pressentait que la vie du clan allait changer.

Salto Angel s'apprêtait à partir pour la corvée d'eau. Il s'était encordé avec son père et avait plié la grande outre sur son dos. Lorsque Tandem pour l'Évidence s'avança vers la Falaise, il le suivit sans rien dire.

La cascade se trouvait loin, beaucoup trop loin. Il n'avait jamais vu de site d'intersaison aussi minable. Salto Angel soupira et grimpa à la suite de son père. Douze clous vers le Sommet, puis une interminable traversée de vingt-sept clous en direction de l'est. Heureusement, ils avaient trouvé un itinéraire qui permettait la marche sur une grande partie. Mais au retour le réservoir pesait sur son dos comme s'il était chargé d'un iguane mort. L'iguane à dents de sabre. Salto Angel y pensait tous les jours. Il avait l'âge pour passer l'épreuve. Son père lui avait dit d'attendre, alors il avait accepté.

Son père lui avait aussi expliqué que Mendeku et les autres étaient dangereux pour le clan. Devait-il le croire ? Cette idée lui avait déjà traversé l'esprit, bien avant que ses parents ne s'en prennent à lui. Si sa mère s'était obstinée à lui crier dessus, il aurait définitivement rallié la cause des dissidents. Mais son père avait su trouver les mots et raviver ses propres doutes.

L'ancien shaman était quelqu'un de bien, Salto Angel le savait. Et Vol Parfait, quoi qu'en disent les gens, n'avait rien d'un démon surgi du Néant, ou d'un fou. Il n'avait pas hésité à risquer sa vie pour le tirer du pétrin. Simplement, les dieux s'étaient montrés cruels avec lui.

Vol Parfait n'avait pas poussé Jungle Boogie dans le vide. Les autres s'étaient servis de ça pour l'éloigner. Car s'il avait été capable de faire décrocher Iron Curtain, alors il pouvait naturellement prétendre à prendre la tête du clan. Salto Angel ne parvenait pas à réaliser que son cousin ait pu dominer le chef ouvreur. Le grand Iron Curtain, un roc à lui tout seul, terrassé. Et pour ne rien arranger, Vol Parfait s'était enfui, seul, sans aucun système d'assurage. Il n'en avait pas fallu plus pour que beaucoup le considèrent avec une sorte de crainte mystique. Parfois, Salto Angel lui-même se demandait si son cousin était complètement humain. La dernière fois qu'il l'avait aperçu au loin, en allant chercher du bois, Vol Parfait avait levé une main pour le saluer. Salto Angel avait senti des frissons lui retourner la peau. Il se savait surveillé par les autres et s'était abstenu de répondre, mais pendant un court instant, il s'était demandé s'il aurait osé le faire en étant seul.

Vol Parfait se muait en un spectre lointain pour le clan. Certains, endeuillés par la perte d'êtres chers, ou tout simplement mécontents, se raccrochaient à lui pour revendiquer une ascension meilleure. C'est ce que lui avait expliqué Tandem pour l'Évidence.

Salto Angel pensait malgré tout que Brouillard Givrant était un enfoiré. Un calculateur, avait rectifié son père. Mais c'était là son rôle. En tant que chiffreur, il permettait au clan de poursuivre son ascension dans l'équilibre. Et c'était sur lui que reposait la cohésion du clan en ces temps difficiles. On ne pouvait pas lui reprocher de tout faire pour tenter de la maintenir. Le jeune outilleur avait alors acquiescé sur ce point, même s'il émettait quelques réserves silencieuses.

Plus les jours passaient, et plus le projet de partir rejoindre Vol Parfait perdait de sa force. Si seulement ses parents savaient qu'il avait été à l'origine de cette idée insensée…

Salto Angel et Tandem pour l'Évidence arrivèrent à l'endroit de la traversée. Ils partirent dans une succession de mouvements, d'appuis croisés et décroisés. La lassitude gagnait déjà Salto Angel. Enfin, il enleva le dernier piton. Le reste pouvait se faire en marchant. Une longue corniche accidentée filait le long de la Falaise jusqu'à la cascade. « Reste concentré », murmura Tandem pour l'Évidence. Salto Angel s'efforça de suivre le conseil, mais ne put empêcher une petite partie de son esprit de replonger en lui-même.

Lorsqu'ils arrivèrent à la cascade, ils s'accordèrent une pause. Salto Angel en profita pour se désaltérer. Il s'assit sur la corniche, laissa les rayons d'El Cap lui chauffer la peau. Il pensa aux dieux, et à ce qu'il avait dit lors de sa dernière réunion avec Mendeku et les autres. L'ancien shaman ne s'était pas énervé. Salto Angel était persuadé qu'il se posait les mêmes questions que lui.

« Quand on rejoindra le Sommet, que se passera-t-il ? » demanda-t-il à son père. Tandem pour l'Évidence, les yeux dans le vague, ne répondit pas tout de suite.

« Je ne comprends pas le sens de ta question, finit-il par dire.

— Est-ce qu'on va rencontrer les dieux ?

— Bien sûr !

— Comment peux-tu en être certain ? »

Tandem pour l'Évidence cligna des yeux. Fronça les sourcils. « Parce que les dieux vivent au Sommet. Yos a créé El Cap pour nous réchauffer et Hima le Néant pour…

— Je sais tout ça. Pour qu'on ne s'arrête jamais de grimper et qu'on les rejoigne. Mais… (sa voix se fit ténue devant l'énormité de ce qu'il s'apprêtait à dire) et si c'était faux ?

— Faux ?

— Oui, s'il y avait une autre raison à tout ça ? S'il n'y avait aucune raison ? »

Son père se renfrogna. Il posa sur lui un regard furtif et désapprobateur avant de fixer la frontière entre le ciel et le Néant, tout en bas. « Salto Angel, tu es jeune. Les jeunes sont dans le questionnement perpétuel, alors je suppose que c'est normal. J'espère juste que la suite de ton ascension te montrera qu'il ne peut en être autrement, c'est tout.

— C'est tout ?

— Oui. »

Un silence pesant s'installa. Les flots de la cascade se firent assourdissants. Salto Angel réalisa ce que ses propos impliquaient pour son père. L'absence de dieux. L'absence de Sommet. Grimper indéfiniment, sans but, sans raison. Errer à la surface de ce monde, sans savoir pourquoi. Cela lui apparut soudain si intolérable qu'il en appela de tout cœur à Yos et Hima, qu'il les supplia d'exister.

« Tu devrais remplir ton réservoir, fit Tandem pour l'Évidence. On va rentrer. »

Salto Angel se leva, déplia l'outre gigantesque. Il ancra un piton dans la Falaise, s'attacha, et alla se placer directement sous la cascade. Les trombes d'eau le trempèrent en même temps qu'elles remplirent le réservoir. Il n'était pas censé s'y prendre de cette façon, mais peu lui importait. L'eau glacée le nettoyait de toutes les influences, l'isolait du reste du monde. Pendant un court instant, il eut la divine impression de parvenir à se vider l'esprit. Ne plus rien penser. Plus de mensonges, de faux semblants, de bons et de mauvais. Plus de clan ni de lutte de pouvoir de complots de… Plus rien. L'eau le transportait ailleurs.

Lorsqu'il sortit de sous la cascade, les lanières lui cisaillaient les épaules. L'outre semblait peser aussi lourd que la Falaise elle-même. Il se remit en marche sans un mot.

À l'approche de la cassure, il comprit que quelque chose avait changé. L'air transportait des échardes invisibles et douloureuses qui aiguillonnaient l'esprit. Une ambiance indescriptible s'était emparée de l'espace accidenté en contrebas. De la fébrilité. Du soulagement, de l'espoir. De l'angoisse. Des clameurs s'élevèrent. Salto Angel se figea sur la paroi. La voix de son père lui transperça le crâne. « Le petit est né ! »

Le petit de Lost Arrow est né, se répéta Salto Angel. *Enfin.*

Il prit la pleine mesure de la situation intenable que tous avaient endurée depuis la mort d'Iron Curtain. Quelque chose allait maintenant se produire. Il ne savait pas quoi et le redoutait. Il ne savait même pas qui il choisirait de suivre, ni si les autres tenteraient quelque chose. Rien ne semblait vraiment avoir été décidé. À moins que…

« Dépêche-toi ! cria Tandem. Va saluer Lost Arrow. Va saluer celui qui sera ton nouveau chef ce soir. »

Salto Angel descendit sur la cassure. Il se déchargea de l'outre et rejoignit la file interminable qui se dirigeait vers le campement de Lost Arrow et Pink Projet. L'enthousiasme ambiant le transporta. Enfin. Tout allait pouvoir rentrer dans l'ordre. Des rumeurs se propageaient dans les rangs. Un garçon. Pink Projet avait accouché d'un garçon. Les dieux étaient avec eux. Maintenant, tout irait bien. L'unité du clan serait préservée, chacun redeviendrait raisonnable et ils atteindraient le Sommet. Loin de la file et des clameurs, il aperçut Gringo Loco. Le tanneur le regardait, un léger sourire aux lèvres. Salto Angel se sentit mal à l'aise. Le doute revint. Il avança et se retrouva subitement devant Lost Arrow. Ce dernier se tenait debout, le petit dans les bras, aux côtés de sa femme, elle-même allongée sur sa couche. La première chose que remarqua Salto Angel fut le teint livide de Pink Projet. Elle semblait avoir affronté la mort. L'effroi grandit en lui. L'agacement silencieux de Lost Arrow lui rappela que du monde attendait encore. Salto Angel en oublia le nouveau-né et regarda celui qui allait accéder au statut de chef ouvreur le soir même. Ce qu'il vit dans ses yeux ne le rassura pas.

4

La foule arriva en une masse lente et dense à la tombée du jour. Disséminés au centre de la cassure, des brasiers crépitaient comme autant de foyers d'espérance. Depuis le début de l'intersaison, les membres du Conseil s'étaient démenés pour construire un décor digne de l'événement : sans relâche ils avaient acheminé du bois vers la cassure, puis ils l'avaient taillé, assemblé pour confectionner tous les éléments nécessaires à la cérémonie.

Lost Arrow vint s'asseoir sur un énorme siège fabriqué à partir d'arbres à glys. Devant lui s'étendait l'autel qui accueillerait les offrandes dans les prochains instants. L'espace était délimité par une palissade, comme pour mieux marquer l'importance de ce moment et rassembler tout l'univers de la Falaise en ces lieux.

Les uns et les autres prirent place en silence, le ventre noué, le souffle court. Les regards fuyaient et glissaient sur les dissidents reconnus, puis sur ceux qu'on soupçonnait de comploter, et bientôt des murmures se faufilèrent : des questions prononcées du bout des lèvres, pleines d'angoisse fébrile.

« Est-ce que tu crois qu'ils vont tenter quelque chose ? »

« Pourvu qu'ils se tiennent tranquilles. »

« Mendeku est notre ancien shaman, il saura accepter l'accession de Lost Arrow car il veut le bien du clan. »

Akira. Son apparition écrasa jusqu'au plus petit chuchotement.

L'homme dont les griefs refusaient de se tarir. Celui qui ne se remettait pas de la disparition de sa sœur, qui prenait sur lui pour ne pas manifester ouvertement son hostilité au futur chef. Le shaman. Celui qui devait célébrer la naissance du nouveau-né, lui donner un nom, introniser Lost Arrow au rang de chef. Pour autant, personne ne le croyait capable de ne pas honorer son devoir sacré. Les gens se tournèrent vers lui. Ils commencèrent à prier les dieux du Sommet.

Les visages arboraient tous le même masque tendu, celui où tentait de poindre l'espoir, noyé sous un déluge d'inquiétude. La disposition du décor de cérémonie se voulait chaleureuse, le résultat n'en était que plus sinistre.

Un visage résolument confiant émergea de ces flots d'angoisse. Brouillard Givrant. Le chiffreur s'avança. Il passa au milieu de la foule silencieuse sans se presser, jeta un regard vers Akira avant de rejoindre Lost Arrow. Il se pencha vers ce dernier, lui parla à l'oreille. Puis il se redressa et attendit. Tout le monde s'était installé depuis un long moment, mais il ne semblait pas disposé à commencer. Pink Projet patientait, le petit dans ses bras, le teint plus livide que jamais. Mendeku, assis en tailleur, le dos droit, regardait son fils debout devant l'autel. Kallistée ne parvenait pas à masquer son impatience. Salto Angel se demandait ce qu'il faisait là. Il pensa qu'il aurait dû suivre Vol Parfait la nuit où il s'était enfui.

Soudain, Brouillard Givrant hurla. Plusieurs personnes sursautèrent avant de comprendre qu'il s'agissait du cri de ralliement du clan. Avec un temps de décalage, les gens imitèrent le chiffreur, certains dans une réplique franche et sonore, d'autres de manière plus timide. D'autres encore gardèrent le silence. C'est eux que Brouillard Givrant regarda au moment où il commença à parler.

« Mes amis, mes frères. Mon sang. »

Il s'arrêta et laissa un frisson se propager à travers la foule. Son regard passa de Mendeku à Gringo Loco, s'arrêta un instant sur Chilam Balam, avant d'aller se poser sur Akira.

« Les dieux nous donnent à vivre un moment rare au cours d'une ascension. Une épreuve qui, si nous la surmontons, nous mènera au Sommet. Il ne peut exister d'ascension sans unité. »

Il se tut de nouveau. L'assistance, mal à l'aise, s'attendait à un énième discours. Les plus jeunes commencèrent à se tortiller d'impatience. Un léger sourire effleura les lèvres du chiffreur. « Les offrandes », dit-il simplement.

Les gens se regardèrent, surpris. Puis Azincourt montra l'exemple : il se leva, se fraya un passage au milieu de ses semblables et alla déposer un ventouseux sur l'autel. Son regard glissa sur Akira. Ce dernier l'ignora et garda les yeux fixés sur Lost Arrow.

« Pour les dieux, déclara Azincourt. Pour mon chef, pour son fils. Pour sa cordée. Pour notre clan. » Une ovation prolongée vint ponctuer la fin de sa phrase. Satisfait, Azincourt retourna s'asseoir.

Fantomastic se leva à son tour. Il portait un énorme sac sur son dos et bouscula plusieurs personnes pour passer. Curieux, les gens le regardèrent avec insistance pour essayer de deviner son offrande. Lorsqu'il s'arrêta, il se délesta sur l'autel d'un geste brusque. Akira dut faire un pas en arrière. Ceux qui étaient assis se tordirent le cou pour voir, certains se mirent à genoux, les autres se relevèrent à moitié. Les jeunes commencèrent à murmurer. Finalement, Fantomastic ouvrit son sac et le retourna avec difficulté sur l'autel. Un mélange d'admiration et de crainte s'éleva. Certains anciens s'efforcèrent de contenir leur indignation. Même Lost Arrow ne put masquer sa surprise. Fantomastic le remarqua et arbora un air satisfait. « Pour mon chef, pour son fils », tonna-t-il. Il marqua une pause, laissa chacun réaliser l'ampleur du présent. Puis il déclara haut et fort : « L'oiseau de Yos. »

Le messager trancha la corde qui retenait la créature repliée. Sous les clameurs, les ailes gigantesques se détendirent dans un mouvement spectaculaire. Elles vinrent recouvrir l'autel sur presque toute sa surface, faisant disparaître le ventouseux d'Azincourt.

Ce dernier contempla la scène d'un œil morne. Il trouva son offrande minable. Dans un soupir de dégoût, il considéra l'oiseau de Yos qui gisait, au centre de toutes les attentions. Pour sûr, quelles que soient les offrandes à venir, elles paraîtraient toutes ridicules face au volatile sacré. Soudain, il se mit à avoir peur. Personne n'était censé pouvoir capturer l'oiseau de Yos. Il se demanda comment Fantomastic avait fait et la détermination du messager l'effraya. Dans l'esprit de chacun, l'oiseau de Yos incarnait l'âme de la Falaise, l'insaisissable, la liberté, la seule créature capable de rejoindre les dieux à sa guise d'un mouvement de ses ailes immenses.

Malgré ses états d'âme, Azincourt ne put s'empêcher de se pencher en avant, comme tous les autres. Bien évidemment, il n'avait jamais eu la chance d'observer l'oiseau de Yos d'aussi près. Sa peau semblait dure, plus épaisse que le cuir d'une araignée. Un énorme bec lui dévorait le visage. Azincourt chercha ses yeux mais n'en trouva pas. Sur les côtés de sa tête, il décela des séries de fentes ; aussitôt, gagné par la fébrilité, il ne put empêcher les questions d'envahir son esprit. Le volatile se repérait-il grâce aux bruits, aux vibrations ? Son esprit était-il directement relié aux dieux ? Avait-on le droit de capturer, et de tuer une telle créature ?

Il parcourut du regard le reste du corps. Pétrifiées sur le rebord des ailes membraneuses, d'énormes griffes. Une autre paire de mains, presque graciles dans le prolongement de bras atrophiés, directement accrochés au torse musculeux de la bête. Fasciné autant que gêné, Azincourt considéra la posture obscène de la chose, étalée sur le dos, son organe reproducteur, un épais ruban entortillé qui pendait entre deux pattes courtes et rugueuses.

Il n'aurait pas dû, pensa Azincourt. *Personne ne devrait capturer l'oiseau de Yos. C'est une offense faite aux dieux.*

Lost Arrow ne semblait pas de son avis. Sans quitter son trône, il leva les bras vers le ciel, les écarta comme s'il voulait lui-même s'envoler vers le Sommet. « C'est une offrande remarquable, déclara-t-il. Celle d'un membre digne de confiance. »

Fantomastic jubila intérieurement. Il s'inclina et attendit la suite. Rien ne vint. Lost Arrow avait terminé. Fantomastic ravala sa déception. Il se redressa, regagna sa place avec une expression factice sur le visage. Son regard croisa celui des autres. Il décela de l'admiration et cela lui gonfla le cœur d'orgueil. Mais il vit aussi de la jalousie, de la gêne. De la réprobation. L'énervement le gagna mais il s'efforça de ne pas le montrer. Lui qui avait traqué l'oiseau depuis l'arrivée du clan sur la cassure, jour après jour, au péril de sa vie, se voyait maintenant critiqué par un silence méprisant. Il avait pourtant eu la chance de trouver le nid de la bête, presque par hasard ; les dieux étaient forcément avec lui.

Indifférent à la cérémonie, il s'assit et regarda défiler les chefs de cordée.

Au bout d'un moment, passée la frustration, l'enjeu de l'événement lui revint. À présent, l'autel débordait d'offrandes. Aucune ne pouvait rivaliser avec la sienne, et quelqu'un avait dû replier les ailes du volatile pour continuer à y déposer les présents. Pour autant, il ne restait maintenant plus aucune place et les greutes et autres siffleurs s'accumulaient à même le sol.

Après les membres du Conseil, les jeunes chefs de cordée se rendirent à leur tour à l'autel. Puis ce fut au tour des anciens. Le pouls de Fantomastic accéléra. Il prit conscience que plusieurs personnes n'avaient pas daigné se lever. Jusqu'au bout, il avait pensé que Gringo Loco changerait d'avis. Mais le tanneur était resté stoïque, tout comme Mendeku. En revanche, Pichenibule, sous le regard attristé de Chilam Balam, avait fait son offrande.

Fantomastic serra les dents. Sa mâchoire se contracta. Les opposants se révélaient à la face du clan. Parfait. Il avait déjà connaissance de la plupart des dissidents, mais leur attitude ne laissait plus aucun doute.

Soudain, le shaman se retrouva seul devant l'autel. « Les offrandes sont terminées », annonça-t-il. Sa voix était froide.

« Tu peux donc célébrer la naissance de mon fils », répondit Lost Arrow. Il se tourna vers sa femme qui attendait toujours, debout à côté de lui, le petit dans les bras. Elle semblait épuisée. Il lui fit signe de se diriger vers le shaman.

« Je ne célèbrerai pas la naissance de ton fils. »

La réplique sonna comme un tremblement de Falaise. Plus personne n'osa bouger.

« Tu es pourtant le shaman, dit Lost Arrow avec un étrange sourire. C'est ton devoir.

— Tu es un assassin, répondit Akira. Je ne te donnerai pas ce que tu veux. Tu es quelqu'un de torturé. Les dieux aient pitié de ton âme, mais tu ne conduiras jamais le clan vers le Sommet. »

Le shaman se tourna alors vers la foule, muette de terreur. Son visage rayonnait de force.

« J'en appelle à vous ! Ne voyez-vous pas l'ascension qu'il vous réserve ? Ne sentez-vous pas le mensonge qui plane sur le clan ? Rien ne vous oblige à le suivre ! Certains parlent d'unité, mais que souhaitez-vous, maintenir l'unité du clan dans la démence ? Par les dieux, c'est une ère de folie et de mort qui s'ouvre à nous si vous acceptez de le suivre ! »

Au sein de l'auditoire médusé, Salto Angel sentit tous les muscles de son corps se contracter. Les doutes qui l'avaient troublé au cours des derniers jours se dissipèrent. Oui, Akira avait raison. Et les autres devaient le comprendre. Il regarda tout autour ; l'espoir se diffusa en lui lorsqu'il vit les visages changer. Pour la première fois, le shaman prenait la parole devant le clan réuni et ses mots touchaient juste, son aura brisait les résistances. Partir. Akira proposait maintenant à ceux qui souhaitaient sauver leur âme de partir, de se libérer et de poursuivre leur ascension loin de la démence d'un chef illégitime.

Les gens se mirent à chuchoter. Parmi eux, la plupart avaient été approchés par les opposants. Rares étaient ceux qui avaient prêté l'oreille à leurs propositions hérétiques.

Mais cette fois-ci, le shaman en personne parlait, le garant moral et spirituel qui exprimait son désaccord. Les chuchotements perplexes se muèrent en un brouhaha confus.

« L'ascension ne peut se construire sur le crime et le mensonge ! »

Lost Arrow fit un mouvement de la tête, imperceptible. Aussitôt, Fantomastic et Azincourt se levèrent et se dirigèrent vers Akira. Un troisième membre, Paroxysme, les rejoignit.

« Vous ne me ferez pas taire ! » tonna Akira.

À peine eut-il prononcé ces mots que Fantomastic prit son élan et le frappa de toutes ses forces. Un silence soudain explosa. Akira, plié en deux, laissa échapper un souffle de douleur autant que de surprise. Il porta une main au niveau de son ventre, se redressa, saisit Fantomastic à la gorge. Le visage du messager devint rouge, ses yeux sortirent de leurs orbites. Il frappa son adversaire, sans réussir à le faire lâcher prise. L'instant suivant, Paroxysme et Azincourt se ruèrent sur le shaman. Une masse s'abattit sur le bras de ce dernier. Un choc terrible résonna, doublé d'un craquement. Fantomastic se dégagea, agrippa le bras d'Akira et acheva de le tordre dans un angle impossible.

À aucun moment le shaman ne cria. Il dévisagea ses assaillants un à un et comprit. Lorsqu'Azincourt se précipita sur lui, il esquiva l'attaque et le frappa de sa main valide. Le tisseur trébucha et s'étala de tout son long sur l'autel. Sous son poids, un pied céda et les offrandes volèrent tandis que la construction s'effondrait.

Des cris d'effroi s'élevèrent. Gringo Loco bondit. La pointe d'un poignard se pressa contre sa nuque. Il poussa un juron et resta debout, impuissant.

Au centre de tous les regards, Paroxysme et Fantomastic faisaient des petits pas en direction du shaman, comme deux chasseurs approchant une bête qu'ils savaient blessée mais encore dangereuse. Soudain, Azincourt se releva et plongea vers lui. Akira s'écarta au dernier moment et ne put empêcher les deux autres de le saisir. Fantomastic lui appuya la lame de son poignard contre la gorge. « C'est fini », grogna le messager.

Akira chercha à se débattre mais Paroxysme et Azincourt le tenaient fermement. Fantomastic l'entailla avec son poignard et un filet de sang se mit aussitôt à couler dans son cou. Plusieurs cris retentirent.

« Bouge pas », ordonna Fantomastic.

Pour la première fois depuis le début de la cérémonie, Lost Arrow se leva. Cela suffit à suspendre la menace de chaos qui s'apprêtait à déferler sur la cassure. Le chef ouvreur prit une profonde inspiration. Il écrasa l'assistance de toute sa détermination.

« Cet homme, dit-il en désignant Akira, n'est plus le shaman du clan. C'est un traître. Il a refusé d'honorer sa tâche sacrée. Il souhaite ouvertement la division du clan. Il a dès cet instant cessé de servir les dieux. Je suis désormais le chef de notre clan et il est de mon devoir de montrer l'exemple. »

Sous les regards au comble de l'anxiété, Lost Arrow vint se poster face à celui qui avait osé le défier. « Tiens-le », murmura-t-il à Fantomastic. Aussitôt, le messager obéit et laissa la place à son chef. Akira ne chercha pas à se débattre.

Gringo Loco voulut faire un pas en avant. Contre sa nuque, la pression s'accentua.

Du coin de l'œil, Salto Angel remarqua plusieurs membres du Conseil déployés derrière les opposants. Il se sentit tout à coup pris au piège.

Et puis, l'inconcevable se produisit. Lost Arrow sortit son poignard. D'un geste vif, il trancha la gorge du shaman. Le sang l'aspergea mais il ne bougea pas, fixa sa victime dans les yeux, la regarda tomber à genoux. Il ordonna à ses hommes de le maintenir. Personne ne cria, personne n'osa prononcer la moindre parole. Seuls les pleurs d'un enfant vinrent perturber le silence de mort.

Soudain, Sommeil Paradoxal se leva d'un bond. Il pointa un doigt rageur sur le nouveau chef ouvreur et se mit à hurler. « Je ne resterai pas dans un clan mené par un dément ! Tu as assassiné notre shaman !

— Il vit encore, fit observer Lost Arrow. Mais qu'importe. Si tu ne souhaites pas rester au sein du clan, je ne te retiens pas. »

Sommeil Paradoxal n'eut que le temps d'entrevoir la pâleur du poignard fendre l'obscurité. L'instant d'après, il ressentit une chaleur bouillonnante jaillir de son artère. Il plaqua sa main contre sa gorge, incrédule, mais aussitôt, le poignard s'enfonça entre ses épaules. L'ancien s'effondra dans un cri de douleur.

Salto Angel reconnut le membre qui venait de poignarder Sommeil Paradoxal. Il s'agissait d'un pitonnier. Un homme d'ordinaire calme et sans histoire. « Alors, ils sont tous devenus fous », murmura-t-il. Sa voix, brisée par la terreur, était méconnaissable. Il chercha son père et s'aperçut qu'il se tenait, armé lui aussi, derrière Mendeku. « Mère, articula-t-il avec peine, dis-moi qu'il ne le fera pas…

— Ton père fera son devoir, répondit sèchement Kallistée.

— C'est un cauchemar, vous êtes tous fous !

— Reste tranquille et il ne t'arrivera rien. »

Salto Angel refusa de croire ce qu'il voyait. La démence pure emporta les derniers vestiges de lucidité. Les uns après les autres, plusieurs anciens s'effondrèrent, la gorge tranchée, au milieu d'une terreur grandissante. La femme de Sommeil Paradoxal tenta de fuir. Elle se leva et échappa à la surveillance des hommes armés. Elle chercha à s'éloigner de la lumière des bûchers, mais soudain, les palissades dressées tout autour de l'espace de cérémonie apparurent comme autant d'obstacles à la liberté. En quelques enjambées, Fantomastic fonça sur elle, l'empoigna par les cheveux. Sans hésiter, il lui porta plusieurs coups de poignard à la poitrine. L'ancienne poussa un cri déchirant avant de tomber à son tour.

« Fils ! »

Salto Angel reconnut avec peine la voix de Pichenibule. L'ancien messager s'était levé mais il ne pouvait pas bouger, retenu par deux membres au visage déterminé. « Fils ! hurla-t-il de nouveau.

— Laissez-le », ordonna Lost Arrow à ses hommes.

Pichenibule se dégagea et s'élança vers Fantomastic. Il le saisit par l'épaule, le gifla. « Qu'as-tu fait ? »

Fantomastic ouvrit de grands yeux. Il porta la main à son visage, penaud. Une marque rouge tranchait avec son teint livide. Puis, lentement, il se mit à sourire. Ses yeux brillèrent d'une lueur malsaine. Pichenibule, décontenancé par l'attitude de son fils, recula d'un pas. « Tu n'as pas le droit, s'écria-t-il. Tu es devenu… »

Il ne put terminer sa phrase. Les mots furent remplacés par un flot de sang qui lui coula sur le menton. Ses mains glissèrent vers son abdomen ; à tâtons il chercha la source de cette effroyable douleur qui lui coupait le souffle. Ses doigts se posèrent sur le poignet de Fantomastic. Ce dernier, loin de lâcher son poignard, l'enfonça encore et tourna la lame, arrachant un râle indigné à Pichenibule.

De sa place, Chilam Balam serra son fils dans ses bras et l'empêcha de voir la scène. Derrière elle, aux aguets, une présence, prête à la renvoyer vers le Néant au moindre geste suspect. Les larmes lui montèrent aux yeux, mais elle les refoula et tandis que sa vue se brouillait, elle eut le temps d'apercevoir Mendeku. Jusqu'ici, l'ancien shaman était resté calme, il avait vu son fils se faire égorger, il avait assisté à la mise à mort des anciens et il n'avait pas réagi. Sans doute avait-il perçu dans son dos celui qui n'attendait qu'un faux pas de sa part pour l'assassiner et il avait eu la sagesse de s'en remettre aux dieux. Mais voilà que maintenant il se levait, le visage froid et déterminé. Derrière lui, Chilam Balam vit l'homme armé sortir de l'obscurité. Elle réalisa qu'il s'agissait de Tandem pour l'Évidence et ne put s'empêcher de pousser un cri de stupeur.

Les regards, encore rivés sur le cadavre de Pichenibule, se tournèrent vers Mendeku. Tandem pour l'Évidence se pressa derrière lui et passa une lame aiguisée sous sa gorge. L'ancien shaman s'immobilisa. Tout se figea. Seul le feu continua de crépiter.

Lost Arrow ne chercha pas à masquer sa satisfaction. D'une main ferme, il tenait toujours les cheveux d'Akira. Le shaman, à genoux, le torse rougi par son propre sang, avait terminé son ascension. Lost Arrow le maintenait dans la même position comme si, au-delà de la mort, il voulait que son adversaire assiste au spectacle et emporte ces visions jusqu'au Néant.

« Mendeku ! fit le chef ouvreur. Regarde ce que tu as fait. »

Les mots s'abattirent sur la cassure. La tuerie s'interrompit et des centaines d'yeux horrifiés parcoururent un à un les corps étendus sur le sol.

Mendeku ne répondit rien. Sous son menton, la lame tremblait.

« Tu as bien failli mener le clan à sa perte, reprit Lost Arrow. Sans une dévotion magnifique des membres du Conseil, nous serions plongés dans le chaos.

— Ceci est pire que le chaos, répondit Mendeku d'une voix rauque.

— Nous n'avons fait que supprimer les traîtres. Des individus qui, par ta faute et celle de ton fils, se sont détournés des voies qui mènent au Sommet.

— Je ne te laisserai pas faire. Je ne te laisserai pas…

— Tout juste, le coupa Lost Arrow. Jamais tu ne laisseras ce clan en paix. Il ne pourra pas y avoir d'unité tant que tu poursuivras ton ascension. »

D'un geste du menton, il fit signe à Tandem pour l'Évidence.

Mendeku regarda Lost Arrow dans les yeux. Il eut l'impression de voir à travers lui, comme si le Néant l'avait déjà dévoré. Son regard glissa sur son fils, exsangue, retenu par la main souillée du chef ouvreur. Son cœur se serra et il pria les dieux pour que sa fin soit rapide. Contre sa gorge, la lame anxieuse s'agita de plus belle et le blessa. Il sentit dans son dos le souffle de Tandem pour l'Évidence. « Tuez-moi, dit-il calmement. Je reviendrai du Néant. Je reviendrai par-delà la mort et je vous détruirai.

— Ça suffit, fit Lost Arrow. Ton ascension est terminée. Tandem ! »

Une voix incertaine lui répondit : « Tu es sûr ? C'est… c'est le shaman…

— Ça ne l'est plus depuis longtemps ! s'énerva Lost Arrow. Ce n'est qu'un ancien qui a cherché à semer la discorde au sein du clan ! Saigne-moi ce vieillard !

— Je… je ne sais pas si je peux.

— Alors tu es un lâche ! hurla le chef ouvreur. Fantomastic, fais ton devoir… »

Galvanisé, Fantomastic se précipita vers Mendeku. Il écarta Tandem pour l'Évidence sans ménagement et brandit son poignard rouge de sang.

À cet instant, Chilam Balam poussa un hurlement de rage qui l'arrêta dans son geste. Elle s'était levée, ignorant l'homme qui la tenait en joue du bout de son poignard. « Si tu le tues, il faudra que tu me tues aussi ! Combien de personnes allez-vous assassiner pour assouvir votre soif de pouvoir ?

— Il ne s'agit pas de pouvoir, mais d'assurer l'accession au Sommet, rétorqua Lost Arrow. L'accession qui a été compromise par la folie de ton fils ! C'est lui qui a mené le clan au bord du Néant, vois où nous en sommes par ta faute et celle des tiens ! Assurément, tu mérites de mourir toi aussi !

— Tuez-moi », dit Chilam Balam.

Le sourire de Lost Arrow s'élargit. Il regarda par-dessus l'épaule de Chilam Balam et s'adressa à l'homme qui se tenait là :

« Volubilis ! ordonna-t-il. Finissons-en. »

Chilam Balam se mit à rire. Un rire profond, dérangeant, qui glaça encore un peu plus l'atmosphère. Elle leva les bras dans la nuit et parla haut et fort. « Il ne le fera pas. Et tu sais pourquoi ? Parce qu'il a peur. Vous pouvez tuer notre shaman, vous pouvez supprimer tous ceux qui vous gênent au sein du clan, mais il y a quelqu'un contre qui vous ne pouvez rien ». Chilam s'arrêta. Le sourire de Lost Arrow fléchit. « Un homme dont l'aura vous domine et dont la présence vous hante, quelqu'un que vous ne parvenez pas à saisir, mais qui viendra vous trouver à n'importe quel moment du jour ou de la nuit. Vol Parfait ! »

L'évocation du nom de son fils réveilla le clan pétrifié et déclencha une réaction tumultueuse. Les plus jeunes, depuis longtemps enfouis dans les bras de leur mère pour échapper au spectacle sanglant, relevèrent la tête et se mirent à pleurer. Plusieurs personnes désemparées commencèrent à prier les dieux du Sommet. Quelques anciens semblèrent au contraire reprendre espoir et se manifestèrent bruyamment.

« Ça suffit ! hurla Lost Arrow. Fantomastic ! Tue-moi ces deux traîtres, avant que je ne sois obligé de le faire moi-même !

— Il ne fera rien du tout », menaça Chilam Balam. Elle se tourna vers Fantomastic, s'adressa directement à lui : « Fais-le et tu ne dormiras plus jamais tranquille. Vol Parfait viendra te trouver, et tu prieras les dieux du Sommet qu'il le fasse le plus tôt possible. Crois-moi, le mieux pour toi sera de te jeter dans le Néant tant ton ascension deviendra insupportable. »

D'un geste ferme, elle repoussa Volubilis et vint se placer au centre de tous les regards. Personne n'osa l'intercepter. Lentement, elle tourna sur elle-même, désigna les uns après les autres tous les membres du Conseil aux mains maculées du sang de leurs victimes. « Pour vous, cria-t-elle, il est déjà trop tard. Vous qui avez osé commettre ces actes inhumains, jamais plus vous ne pourrez poursuivre votre ascension sans être hanté par la colère des dieux. Vol Parfait vous surveille.

— Alors pourquoi ne fait-il rien ? » répliqua Lost Arrow d'un ton moqueur. Il se tourna vers la Falaise et hurla de toutes ses forces : « Vol Parfait ! Je t'attends ! Viens nous montrer à tous comment tu vas me faire décrocher ! »

Seul l'écho lui répondit. Lost Arrow marcha vers Chilam Balam, sans se presser. Arrivé face à elle, il la frappa au visage et la regarda tomber avec un sourire frustré. Il se tourna vers Fantomastic mais sentit chez le messager de la réticence, de la peur devant l'acte qu'il devait accomplir. Comme si les paroles l'avaient touché. Il savait que c'était le cas. Chez les membres du Conseil, personne ne semblait rassuré. Agacé, Lost Arrow se jeta sur Mendeku et l'assomma à son tour.

Il retourna près de l'autel, saisit le cadavre d'Akira par les cheveux et releva sa tête amorphe. « Voilà, hurla-t-il, ce qui arrive aux traîtres ». Il plongea son poignard dans la gorge du shaman, au plus profond de sa blessure mortelle. D'un geste rageur, il trancha les chairs et les tendons, fit rompre l'os et les cartilages, tira de toutes ses forces de son autre main sur les cheveux pour faire venir la tête ; lorsque le dernier lambeau céda, il faillit tomber à la renverse mais se redressa, son trophée sanglant exhibé à bout de bras, dans une expression pleine d'autorité.

« Voilà, répéta-t-il, ce qui arrive aux traîtres. Ne l'oubliez jamais. Le clan est au-dessus d'un pitonnier, d'un tisseur, et même d'un shaman. Vol Parfait, s'il ose se montrer ici, subira le même sort. »

Derrière Lost Arrow, un tronc d'arbre, effilé, se détachait de la palissade. Lorsqu'il y repensa plusieurs jours plus tard et pendant tout ce qui lui restait d'ascension à vivre, Salto Angel se dit que ce pieu n'avait pas été dressé là par hasard.

Le chef ouvreur se retourna, leva la tête à la vue de tous et l'enfonça sur la cime taillée en pointe. Le regard laiteux d'Akira se posa sur l'assemblée. Sa bouche ouverte poussait un cri muet, figé à jamais. Sa langue, gonflée et bleuâtre, pendait de manière grotesque entre ses lèvres.

« N'oubliez jamais, menaça Lost Arrow, ce qu'il en coûte de s'en prendre au clan. »

5

En état de choc, Salto Angel regagna le campement. Les images horribles s'enchevêtraient dans son esprit. Du coin de l'œil, il regarda sa mère. Pas une seule fois il ne chercha à lui parler. Il lui sembla que jamais plus il ne pourrait le faire.

Tandem pour l'Évidence était resté là-bas, avec les autres membres du Conseil. Salto Angel ne savait pas s'il devait se réjouir que son père n'ait pas tué Mendeku, ou s'il devait plutôt lui en vouloir d'avoir été mêlé à tout ça.

Il fallait partir. Fuir. Il savait que c'était le moment, mais il était incapable de prendre la moindre décision. Une partie de son esprit, celle qui voulait le maintenir en vie à tout prix, lui conseillait d'attendre, de reprendre des forces et de réfléchir. Mais il ne pouvait penser à autre chose qu'à la tête hideuse d'Akira, à son corps décapité qui gisait, quelque part sur la cassure.

Tous ces anciens égorgés, poignardés, éliminés de la surface de la Falaise sur l'ordre d'une seule personne. Lost Arrow n'était pas à l'origine de cette tuerie, il le savait. La tête pensante, celui qui disait à chaque membre ce qu'il devait penser, comment il devait agir, avait pris soin de se retirer dans l'obscurité dès la fin des offrandes. Brouillard Givrant. Avant même qu'Akira ne prenne la parole pour défier Lost Arrow, le chiffreur s'était discrètement éloigné, quelques pas en arrière qui avait suffi pour le soustraire à la lueur des flammes. De sa place, Salto Angel l'avait vu observer la scène avec la plus grande attention, le visage impassible, concentré. Il avait semblé contrarié lorsque le nom de Vol Parfait avait été prononcé.

Vol Parfait. Salto Angel avait la certitude qu'il n'avait rien manqué du spectacle. Pourquoi n'avait-il pas empêché tout ça ? Il se rendit compte que lui-même n'avait rien fait. Seule Chilam Balam, dans un élan de courage à la limite de l'inconscience, avait su mettre fin au carnage.

Salto Angel se retourna sur sa couche. Le sommeil ne voulait pas de lui. Dans un calcul macabre, il fit le compte des victimes. Onze anciens, auxquels il fallait encore ajouter Akira. Des dissidents, pour la plupart, mais aussi ceux qui avaient eu la prudence de ne pas s'indigner. Jamais Sommeil Paradoxal n'avait fréquenté les rassemblements tenus par Mendeku, pas plus que Pichenibule. Cela ne les avait pas empêchés de finir poignardés comme du gibier. Le message délivré par Lost Arrow ne souffrait d'aucun doute : personne n'était à l'abri. Salto Angel se demanda si son propre père se trouvait en danger pour avoir refusé de tuer Mendeku. *Il n'a pas refusé*, rectifia son esprit indigné, *il a hésité*. Oui, il avait hésité. Serait-il encore en vie s'il s'était clairement opposé ?

Dans la nuit, un bruit résonna. Un bruit de pitons, plantés dans la Falaise. Salto Angel pensa d'abord qu'il s'agissait d'une cordée qui repartait, avant de réaliser l'absurdité d'une telle idée. Quelqu'un plantait des pitons, et chaque nouveau choc le plongeait un peu plus dans une transe morbide sans espoir de retour. Il craignait de fermer les yeux. Il craignait de voir dans son esprit les morts se relever, il redoutait de voir la tête d'Akira, du haut de son pieu, se mettre à lui parler et l'accuser de n'avoir rien fait.

Escorté par d'insupportables visions, le martèlement des pitons dans les oreilles, il glissa vers le sommeil.

6

La nausée le réveilla. El Cap plantait ses premiers rayons sur la Falaise, au loin, mais la cassure se trouvait toujours à l'ombre. L'humidité le fit frissonner. Il se redressa. Un pendu le regardait de ses yeux vitreux. Salto Angel sursauta. Il essaya de crier, mais sa voix encore enrouée par la nuit ne produisit qu'un crissement rauque. Il reconnut le pendu. Il s'agissait de Garafao, l'ancien tanneur. Le père de Gringo Loco. Un peu plus loin, il aperçut Sommeil Paradoxal, à côté de sa femme. Tous les anciens massacrés au cours de la cérémonie suivaient, alignés contre la Falaise. Le martèlement des pitons lui revint. Son organisme refusa de le soutenir plus longtemps. Il eut à peine le temps de se lever ; au pas de course, il se précipita derrière un rocher et vomit ses tripes. Des larmes, de rage autant que d'impuissance, lui montèrent aux yeux et il les laissa couler. Il resta là un long moment.

Lorsqu'il revint, ses parents étaient réveillés. Fantomastic les avait rejoints. À la vue du messager, il eut envie de repartir, le plus loin possible.

Maintenant. Cours, fonce, sur la Falaise. Ils ne te rattraperont jamais. Si tu ne le fais pas maintenant…

« Où étais-tu ? » demanda Kallistée.

Salto Angel ne prit pas la peine de répondre. Il resta debout, regarda dans leur direction, mais les corps pendus en arrière-plan lui soulevèrent l'estomac. Alors il se mit à fixer le sol.

« À partir d'aujourd'hui, il est interdit de quitter le campement sans l'autorisation d'un membre du Conseil, déclara Fantomastic. Venez, les autres nous attendent. »

À ces mots, Salto Angel eut conscience du piège qui se refermait sur lui. Il s'en voulut de ne pas avoir eu le courage de partir. Mais il savait aussi qu'il était trop tard. Ses parents se levèrent ; son père lui sembla distant, encore plus effacé que d'habitude. Sa mère lui jeta un regard sévère avant de suivre Fantomastic. Une dernière fois, il fut tenté de partir en direction de la Falaise, mais les cadavres pendus constituèrent soudain un obstacle infranchissable. Il emboîta le pas aux autres.

Un peu plus loin, un groupe de personnes s'était rassemblé. Il reconnut la femme de Fantomastic, qui donnait le sein à son petit. Gringo Loco était là, lui aussi, des cernes profonds sous les yeux, la mine défaite. Sa femme et ses deux fils l'accompagnaient.

Fantomastic leur fit signe de s'asseoir et alla se placer face à eux, debout, les mains sur les hanches.

« Le Conseil a tranché, dit-il. Nous allons refondre les cordées. Pour le bien du clan, afin de maintenir son unité, chaque cordée sera encadrée par deux membres.

— Il n'y aura pas assez de membres, fit observer Gringo Loco d'une voix lasse.

— C'est pour ça que les cordées seront reconstituées. Et tu ne fais d'ailleurs plus partie des membres du Conseil », s'empressa-t-il d'ajouter.

Salto Angel laissa son esprit nauséeux assimiler l'information. Trente personnes tout au plus présidaient au Conseil. Une fois, il avait entendu le chiffreur dire que le clan dans son ensemble comptait près de trois cents personnes. Il ne savait pas exactement ce que ça faisait. Au-delà de cent, les nombres devenaient incompréhensibles. Il se rendait juste compte que les cordées seraient interminables, surchargées. Apparemment, il n'était pas le seul à tenir ce raisonnement. Retour aux Sources, un ancien, prit la parole d'une voix hésitante : « Ce sera plus dangereux si les cordées…

— Il le faut.

— Mais combien…

— Une vingtaine de personnes par cordée, répondit fièrement Fantomastic. Avec un membre méritant à sa tête, et un second pour l'épauler. »

Pour mieux nous surveiller, pensa Salto Angel. Vingt personnes. De la folie. Il regarda le groupe autour de lui et comprit.

« À partir de maintenant, vous faites partie de ma cordée, reprit Fantomastic. Vous me devez le respect et l'obéissance. Quiconque s'opposera à mon autorité sera châtié selon ma convenance. »

7

« Ils ont trouvé une putain de forêt verticale, avait pesté Gringo Loco. Je vais finir par croire que les dieux nous ont abandonnés. »

Salto Angel n'avait pas tout de suite compris. Puis il avait repensé à l'immonde cérémonie. Des palissades, ils avaient dressé des palissades de toutes parts. Pendant un instant, au début de toute cette horreur, il s'était demandé où les autres avaient pu dénicher tout ce bois. Maintenant il savait.

« Toi ! appela Fantomastic. Corvée de bois, tu viens. »

Salto Angel sentit un frisson désagréable le parcourir. Il se tourna vers le reste de la cordée. Il vit son propre père, qui attachait Gringo Loco, une expression neutre sur le visage. « Il ne vient pas avec nous ? demanda Salto Angel en montrant le tanneur.

— Certainement pas. C'est un traître. Il peut déjà s'estimer heureux de ne pas se balancer au bout d'une corde comme les autres, là-bas. »

Salto Angel évita de regarder les pendus. Il commença à s'encorder. À ses côtés, Tournebrosse s'équipait lui aussi. Le jeune saisonnier, à l'aube de sa vingtième saison, paraissait agacé par la tournure des événements.

« Les anciens, vous venez aussi », lança Fantomastic.

Fissuridale, Retour aux Sources et Combat Primitif se levèrent sans rien dire, blêmes.

« Autant vous le dire, annonça Fantomastic, vous allez en chier. Mais c'est vous qui l'avez voulu. Ceux qui ne viennent pas avec moi sont sous la surveillance de Tandem. Vous préparerez quelque chose qu'on puisse manger à notre retour. Il est inutile de le dire… mais je le dis quand même : le premier d'entre vous qui tente de s'opposer au clan ira compléter la collection. » Il fit un mouvement de la tête pour désigner les pendus, mais tout le monde avait compris. « Quant à toi, Gringo, si, d'une manière ou d'une autre, tu essayes de… C'est d'abord à tes fils que je m'en prendrai.

— Qu'est-ce que tu veux que je fasse, soupira le tanneur. Je suis complètement ligoté. »

Salto Angel le regarda. Lui, qu'il trouvait d'ordinaire si fort, presque brutal, joyeux et féroce, se retrouvait dépouillé de toute sa dignité. Adossé à une pierre, ficelé comme une bête, il gisait au milieu des autres, ceux qui restaient sur la cassure, pour la plupart femmes et enfants. Tandem pour l'Évidence posait sur ce petit groupe un regard transparent. Salto Angel ressentit un sentiment étrange. Il raccrocha ça à de la honte, mais il y avait autre chose. Sans doute de la déception.

Ils se mirent en route. Par chance, la forêt se trouvait vers l'ouest, et ils passèrent loin des pendus. Fantomastic ouvrait la voie. Venaient ensuite Tournebrosse, puis Salto Angel, et enfin les trois anciens.

Lorsqu'il vit cette masse sombre hérissée à la surface de la Falaise, Salto Angel oublia sa condition l'espace d'un instant. Jamais il n'avait eu l'occasion de rencontrer une forêt verticale. Aussitôt, il pensa à Vol Parfait, qui en avait traversé une de nombreuses saisons auparavant. Malgré son jeune âge à l'époque, il lui en avait fait une description détaillée. Mais, à la voir de ses propres yeux, à ressentir l'humidité qu'elle dégageait, sa profondeur sombre et mystérieuse, Salto Angel ne pouvait s'empêcher d'être impressionné.

Il continua de s'approcher, observa les arbres. Des troncs immenses, dressés à l'horizontale, qui jaillissaient de la Falaise. Des feuilles, vertes pour la plupart, mais aussi rouges, poisseuses, étrangement épaisses. Les paroles de Vol Parfait lui revinrent. La nuit, avait-il confié, les feuilles ouvraient les yeux et se détachaient des branches pour aller chasser. Ces mêmes feuilles qui avaient dévoré Action Directe.

Surtout, ne pas traîner ici, pensa Salto Angel. Devant lui, Fantomastic s'arrêta. Il se tourna vers le reste de la cordée. « Ceux de Lost Arrow sont déjà sur place, dit-il. Ils nous attendent. »

Salto Angel chercha et finit par apercevoir un petit groupe, derrière une première rangée végétale. Il distingua Mendeku et ressentit un pincement au cœur. « Ceux-là viennent de commencer à couper des branches, poursuivit Fantomastic. Des grosses branches. Vous allez les récupérer, les attacher et les faire descendre. Une autre cordée les prendra en charge plus bas et les acheminera jusqu'à la cassure. » De son gros sac, il sortit plusieurs cordes. Il en lança deux en direction de Tournebrosse et Salto Angel. « Vous deux, fit-il. Vous travaillerez ensemble. » Il donna les autres cordes aux anciens. « Les vieux, vous ferez équipe de votre côté. Allez ! »

Salto Angel s'encorda avec Tournebrosse. Ensemble, ils se hissèrent dans la forêt. En les voyant arriver, Mendeku s'arrêta de travailler et les regarda. Salto Angel s'attendait à trouver chez l'ancien shaman de l'abattement, de la rage, mais il n'en était rien. Il l'accueillit avec un sourire discret. Les événements l'avaient marqué, impossible de le nier : il semblait plus vieux de plusieurs saisons, le fond de son regard contenait une part de Néant. Ses longs cheveux gris, attachés en une liane épaisse et rêche, lui tombaient dans le dos. Visiblement éprouvé, il avait ôté sa tunique et son corps d'ancien apparaissait à la vue de tous : un corps encore musculeux, mais froissé par de multiples saisons d'ascension, guetté par l'affaissement.

Tournebrosse et Salto Angel s'approchèrent, s'encordèrent à l'arbre et se hissèrent dessus. Plusieurs branches coupées reposaient là, en équilibre, posées sur le large tronc. Des branches d'un clou de longueur, suffisamment épaisses pour constituer une palissade infranchissable une fois installées sur la cassure. Salto Angel jeta un regard aux alentours. Plus haut dans la forêt, Fantomastic avait rejoint Lost Arrow. Les deux hommes les surveillaient.

« Bouge-toi ! » La voix de Tournebrosse le fit sursauter. Sans rien dire, il saisit une des branches.

« Pas celle-là », fit le saisonnier. Salto Angel ne s'offusqua pas. Il se contenta de prendre la branche désignée par Tournebrosse et en attacha une extrémité. Puis il essaya de prendre une position la moins inconfortable possible sur le tronc et entreprit de faire descendre la branche. Cela ne lui sembla pas si difficile au début ; il essaya de caler ses mouvements sur ceux de son équipier et la branche disparut hors de la forêt.

Concentré, Salto Angel commença à ressentir le poids de la charge, la pression exercée sur ses muscles, dans son dos. Il regarda la réserve de corde diminuer, commença à se demander jusqu'où ils devaient faire descendre le bois. Et puis, soudain, ses muscles se détendirent. « Ils l'ont attrapée, fit Tournebrosse. Attends un peu. Remonte. »

Salto Angel obéit. Il eut l'impression de tirer sur du vide. La corde revint. La branche avait disparu. Il eut une brève pensée pour ceux qui allaient devoir acheminer tout ce bois sur la cassure. À cet instant, il fut presque reconnaissant à Fantomastic de lui avoir attribué ce poste. Un coup d'œil vers Mendeku et les autres, qui s'échinaient à scier le bois épais avec leur poignard, le conforta dans son impression.

Sans plus attendre, il attacha une deuxième branche et se remit au travail, suivant les mouvements de Tournebrosse. Il trouva celle-ci plus lourde que la première, mais il la descendit néanmoins, la vit disparaître ; à un moment une secousse remonta à travers la corde. « Attention ! pesta le saisonnier. Tu lui fais heurter la Falaise !

— Pourquoi ce serait moi ?

— Tais-toi et concentre-toi un peu. »

Salto Angel ne trouva rien à répliquer. Il n'aimait pas le comportement de Tournebrosse. Un vulgaire saisonnier. Salto Angel se demanda soudain ce qu'il allait advenir de toute l'organisation minutieuse du clan. Lui-même, pourrait-il fonder sa cordée ? Probablement pas. Il serait condamné à rester empêtré dans ce troupeau, cette interminable procession rampant à la surface de la Falaise. Lui qui attendait avec la plus grande impatience de quitter sa cordée se retrouvait maintenant bloqué au sein d'une cordée élargie, à devoir en plus supporter des énergumènes comme…

« Oh ! Tu rêves ?

— Hein ? »

Il regarda ses mains. L'extrémité vide de la corde s'y trouvait. De son côté, Tournebrosse avait déjà attaché une nouvelle branche.

Salto Angel soupira. Une nouvelle fois, il exécuta la manœuvre. Troisième trajet. Au moment de la descendre, son dos le tirailla. Il déplia les jambes, tenta de se positionner autrement sur l'arbre, mais c'était encore pire. Le regard ombrageux de Tournebrosse pesa sur lui et il n'osa pas changer de position. La fin de la descente dura une éternité.

Lorsqu'enfin il sentit qu'on le délestait de son fardeau en contrebas, il se tortilla, en profita pour se mettre debout sur le tronc en même temps qu'il remontait la corde. Des picotements s'éparpillèrent dans ses jambes. Il eut la mauvaise idée de regarder en direction du tas de branches. *Plus que quatre*, pensa-t-il. Mais Mendeku leur fit parvenir une autre unité. Salto Angel soupira de nouveau. La lassitude, déjà, envahissait son esprit autant que son corps.

Il se rassit et d'un geste négligent, tendit le bras vers le tas. Avec un temps de retard, il réalisa qu'il venait de heurter quelque chose. Une petite douleur lui mordit le poignet et il vit le stock s'ébrouer. Puis la branche posée par Mendeku glissa le long du tronc, s'échappa et tournoya dans les airs. Salto Angel la regarda s'éloigner, incrédule, puis il ne la vit plus, l'entendit rebondir contre la Falaise. Au loin, il perçut Tournebrosse qui l'insultait. Il l'ignora et pensa à l'équipe qui se trouvait en bas. Il tendit l'oreille. Rien. Confus, il pria les dieux du Sommet que la branche les ait évités. Il parcourut des yeux les environs. Personne ne semblait avoir remarqué l'incident. « Pauvre idiot ! rugit Tournebrosse. Regarde ce que tu as fait ! Je devrai en informer Fantomastic.

— Pourquoi ? demanda Salto Angel. Pourquoi lui dire ? Tu n'es pas obligé…

— Tu comptes t'en tirer comme ça ? Tu n'es pas capable de faire correctement ton travail et tu voudrais que ça reste impuni ?

— Ça va… On est dans la même situation, tous les deux. On pourrait se soutenir au lieu de…

— C'est bon, ferme un peu ta grande gueule.

— Alors tu diras rien ? tenta de nouveau Salto Angel.

— Fais un peu plus attention. Et suis mes ordres au lieu de rêvasser comme un vieillard. »

Salto Angel serra les dents. Il lui démangeait d'insulter son équipier, mais il jugea préférable de ne rien en faire. Déjà, si l'autre ne disait rien, il pouvait s'estimer heureux.

Il attacha la corde à une nouvelle branche. *C'est reparti*, pensa-t-il. Il essaya de se caler, sans y parvenir complètement. Tout en descendant la branche, il sentit ses avant-bras se durcir et se mit à avoir peur de lâcher la corde.

Au bout d'une dizaine de livraisons, les premières douleurs se manifestèrent. Il commença à reconsidérer son poste. Peut-être valait-il mieux se trouver en bas, après tout.

Il cessa de compter après la vingtième. Son dos semblait sur le point de s'écrouler comme un pan de Falaise sombrant dans le Néant. La nuque raide, les bras tétanisés, il évita de regarder le tas qui se régénérait sans cesse. Comme une lointaine promesse, il attendit que Fantomastic donne l'ordre de suspendre le travail, ne serait-ce qu'un court instant, pour manger quelque chose.

Boire. Sa gorge asséchée se réveilla dans un éclair râpeux. « J'ai soif », marmonna-t-il. Il regretta aussitôt ses paroles et leva un œil craintif vers Tournebrosse, mais ce dernier ne l'avait pas entendu. Le visage blême, baigné de sueur, il fixait ses propres mains et laissait descendre la corde par à-coups, comme si plus rien d'autre n'existait.

Lui aussi est épuisé. C'est déjà ça.

Mais voir Tournebrosse anéanti de fatigue, prêt à basculer dans le vide, ne le réconfortait pas. L'effroi s'empara de lui. Les autres pouvaient très bien décider de les tuer à la tâche. User la main-d'œuvre jusqu'au bout. Les cordées n'en seraient que moins longues. En contrebas, l'autre équipe les délesta de leur charge. Il s'en rendit à peine compte et remonta la corde, puis il releva la tête et regarda autour de lui. Mendeku, hagard, lui jeta un regard bienveillant. Plus loin, les anciens de sa propre cordée avaient abandonné. Fantomastic se dirigeait vers eux. Salto Angel tressaillit ; dans un réflexe, il attacha une nouvelle branche, la fit descendre, tout en observant la scène. Il s'attendait à voir Fantomastic violenter les anciens, mais il n'en fut rien. Au lieu de ça, le messager les changea de poste. Sa voix parvint aux oreilles de Salto Angel : « Coupez-moi tout ce que vous pouvez. Celui qui en coupera le moins restera ici. »

Salaud, voulut crier Salto Angel. Mais le courage lui manquait, à moins que ce ne fût la fatigue qui empoisonnait son corps tout entier. « … boire ? » fit une voix dans son dos. Il sursauta et pensa l'espace d'un instant qu'il avait parlé à voix haute, puis il reconnut la voix éteinte de Tournebrosse.

Fantomastic se dirigea vers eux et leur balança une outre. Une flamme se raviva en Salto Angel ; comme si sa vie en dépendait, il se redressa, tendit le bras, prêt à mordre pour saisir l'offrande inespérée. Sur la trajectoire, Tournebrosse le devança. Le saisonnier porta le goulot à sa bouche et l'eau coula à flots. Elle se déversa dans sa gorge, dans sa barbe, sur sa tunique, et Salto Angel crut devenir fou ; au moment où il allait bondir, le regard mauvais de Tournebrosse ainsi que la présence dans son dos de Fantomastic le dissuadèrent. Il en fut réduit à supplier en silence le saisonnier. Ce dernier n'abandonna pas son trésor ; rassasié, il se força à boire, l'outre se dégonfla, se vida devant les yeux impuissants de Salto Angel. Gavé d'eau, une expression lointaine et mauvaise sur le visage, Tournebrosse se relâcha et ne fit pas d'efforts lorsque son équipier lui arracha l'outre des mains.

Il ne restait rien, ou presque. Salto Angel eut à peine le temps de sentir le fond de sa gorge s'hydrater que déjà, la soif l'appelait de nouveau à grands cris.

« Au travail ! » fit la voix de Fantomastic.

8

Ils rentrèrent au moment où El Cap partait s'enfouir dans le Néant. Épuisé, la tête basse, Salto Angel rallia la cassure et suivit sa cordée vers le nouveau campement. Le paysage était transfiguré. Partout, les larges branches arrachées à la forêt verticale formaient des palissades, enfoncées dans le sol.

« Des enclos, murmura Fissuridale. Ils nous ont bâti des enclos. »

La voix de l'ancien chevrotait. Salto Angel voulut répondre quelque chose, mais il n'eut pas la force de trouver des mots de réconfort. Lui-même se sentait déprimé, vidé de toute son énergie. Une image tambourina contre son crâne. À chaque intersaison, les chasseurs capturaient de nombreuses bêtes. Loin de pouvoir toutes les manger le soir même, ils en enfermaient le plus souvent une grande partie. Dans des enclos. Comme ceux qu'il avait sous les yeux, à ceci près que les enclos des chasseurs avaient des proportions bien plus modestes. Une lassitude sournoise l'empêcha d'être horrifié lorsqu'il évoqua ces souvenirs. Mis à part les siffleurs pierreux, les autres animaux de la Falaise n'avaient aucun mal à se défaire d'une palissade d'un clou de hauteur. C'est pourquoi on cassait les pattes des ventouseux et on arrachait les ailes des greutes. Quant aux araignées, on leur sectionnait le bras au niveau du coude.

Et nous, que va-t-on nous faire pour nous empêcher de franchir l'enclos ?

Rien. Personne ne chercherait à s'échapper. Les regards qu'il croisait exprimaient tous la même fatigue et, au-delà de la peur, la même résignation.

L'estomac du jeune outilleur se tordit. Ses narines se dilatèrent. Une étincelle de vie traversa son regard. Face à lui, au-dessus des rondins de bois, une fumée s'élevait, parcourue d'odeurs pleines de promesses. Il ne fut pas le seul à s'en apercevoir car tous, malgré la fatigue, se hâtèrent soudain comme un seul homme et s'engouffrèrent dans l'enclos.

Les femmes et les plus jeunes se tenaient là, autour du feu, le regard anxieux, le teint livide. Dans un recoin, Gringo Loco, toujours attaché, dormait. Peut-être avait-il terminé son ascension.

Fantomastic frappa ses mains l'une contre l'autre. « Bien ! fit-il. Nous voilà arrivés. Comme vous le voyez, ceux qui sont restés sur la cassure ont bien travaillé. Que ce soit les femmes pour préparer à manger, où les autres pour… » Il désigna d'un geste les palissades qui les entouraient, à l'exception du minuscule passage qui servait d'entrée et de sortie. « Du beau boulot, donc. Mais vous voyez que tout n'est pas fini. Il manque ici et là quelques branches et surtout, on a à peine la moitié des enclos de construits. On en a encore pour plusieurs jours de travail. »

À ces mots, Salto Angel ressentit un profond vertige. Retourner à la forêt. Acheminer des branches et des branches et encore des…

« Est-ce qu'on pourra changer de poste ? demanda quelqu'un.

— Ça dépend de vous. Et de moi, bien sûr. Il est évident que ceux qui sont loyaux et dévoués envers le clan auront certains privilèges. » Fantomastic laissa passer un instant de silence et parcourut du regard la masse d'homme et de femmes, éreintés, assis à ses pieds. Satisfait, il poursuivit : « Je vous disais qu'il nous manque encore plusieurs enclos. Il va donc nous falloir nous serrer un peu pour la nuit. En fait, vous allez devoir *vraiment* vous serrer. Peut-être que quelques-uns auront le privilège de dormir à l'extérieur, mais comme je vous disais, les privilèges… » Il laissa sa phrase en suspens.

Dépité, Salto Angel entendit du bruit et leva la tête. À l'entrée de l'enclos, il vit Chilam Balam, accompagnée d'autres personnes. Sa tante lui adressa un regard où il crut discerner une pointe de révolte. C'était bien la seule personne présente à renfermer de telles émotions. La cordée de Lost Arrow avança, se déversa en silence dans l'enclos. Une fois qu'ils furent tous rentrés, il ne restait de place nulle part. Chacun se tenait assis, droit, les jambes repliées. Au centre, à côté du feu, on avait disposé des morceaux de viande encore fumants. Salto Angel sentit son estomac se tordre de nouveau.

Les femmes commencèrent la distribution, sous l'œil attentif des chefs de cordée. La journée avait duré une éternité ; pourtant, ce moment lui paraissait plus long encore. Il regardait les autres recevoir leur part, se jeter dessus et la dévorer. Certains avaient déjà terminé qu'il attendait toujours.

Et puis, soudain, il vit un morceau de belle taille arriver jusqu'à lui et tendit le bras pour l'attraper. « Pas si vite », fit une voix dans son dos. Salto Angel n'y prêta pas attention et saisit sa portion. Puis, alors qu'il allait la porter à la bouche, il se figea. Tout le monde le regardait. Les femmes avaient suspendu la distribution. Un silence total avait enseveli l'enclos.

Il se retourna et leva les yeux vers Fantomastic, debout juste derrière lui. Le messager se pencha et lui enleva le morceau des mains. La colère s'empara de Salto Angel et il serra les poings.

« Donnez-lui un autre morceau, dit Fantomastic. Un plus petit. » Il se redressa et parla haut et fort. « Aujourd'hui, ce jeune s'est montré imprudent. Son manque d'implication au sein du clan, sa maladresse auraient pu coûter des vies. Certains travaillent dur pour la survie de tous. Salto Angel, en laissant échapper cette branche, tu as gâché une partie des efforts fournis par les autres. »

Fantomastic se tut. Salto Angel regarda sa nouvelle portion lui parvenir. Une portion ridicule, à peine suffisante pour nourrir un petit. Il voulut se mettre à hurler, insulter Fantomastic, mais un regard dans sa direction l'en dissuada. Le messager, sourire aux lèvres, n'attendait que ça. Qu'il émette la moindre objection, et il lui enlèverait toute nourriture.

Salto Angel desserra les dents, se força à baisser le regard et engloutit sa part en deux bouchées. Dans le même temps, les uns et les autres se désintéressèrent de lui et reprirent le cours de leur repas. Du coin de l'œil, Salto Angel vit Fantomastic se diriger à l'autre bout de l'enclos. Il s'arrêta devant Tournebrosse. « Double ration pour toi ce soir », murmura-t-il.

ÉPISODE 2

1

Le lendemain, ils retournèrent à la forêt. Certains purent changer de poste, mais Salto Angel continua d'acheminer des branches en contrebas.

Fantomastic appela Tournebrosse à d'autres tâches et désigna Fissuridale pour faire équipe avec Salto Angel. Ce dernier fut soulagé du départ du saisonnier, mais il commença bien vite à s'inquiéter pour son nouvel équipier, autant que pour lui-même. Si Tournebrosse passait par là et constatait leur manque d'efficacité…

Mal à l'aise, fatigué, l'ancien ralentissait la livraison. Salto Angel sortit de sa torpeur pour l'encourager ; il mit toute son énergie pour essayer de compenser la faiblesse de Fissuridale avant de renoncer devant l'épuisement excessif qui le gagnait. Finalement, il retourna dans son monde intérieur, fait de lassitude et de douleurs continues, et se borna à répéter de temps à autre des « allez » et des « plus vite » à l'ancien.

En fin d'après-midi Fissuridale tomba dans le Néant. Salto Angel ne parvint jamais à déterminer si l'ancien, épuisé, avait fini par glisser ou s'il avait sauté volontairement.

Pendant un long moment, il resta assis sur l'arbre, à pleurer en silence.

Après son retour, il mangea sans appétit, se coucha sans trouver le sommeil. Lorsqu'il pensa enfin s'endormir, l'image du corps de Fissuridale plongeant dans le Néant le réveilla en sursaut. Il regarda autour de lui. Les corps entassés dans l'enclos. Quelques ronflements réguliers. Au-delà des barrières, les étoiles brillaient. Il se leva, enjamba ce qu'il prit pour des cadavres endormis, rejoignit l'entrée. Par chance, c'était son père qui montait la garde. Fantomastic dormait un peu plus loin, en dehors de l'enclos.

« Qui va là ? fit Tandem pour l'Évidence.

— C'est moi, Salto Angel. Ton fils », ajouta-t-il, morose.

Tandem pour l'Évidence hocha la tête et scruta son visage à la lueur des flammes.

« Qu'est-ce que tu veux ? demanda-t-il d'une voix radoucie.

— Pisser. »

Il s'éloigna et Tandem le regarda faire, soudain nerveux. « Ne va pas trop loin », murmura-t-il.

Salto Angel ne répondit rien et alla se planter au bord de la cassure, face au vide.

Où voudrait-il que j'aille ? Même équipé, je n'aurais pas la force de fuir. Ni le courage. Vol Parfait, où es-tu ? Pourquoi laisses-tu faire ça ?

Il regarda en contrebas, aperçut les reflets du Néant. Une boule se noua dans son ventre. Ses yeux s'emplirent de larmes et l'idée lui vint que la chute de Fissuridale avait peut-être laissé une marque dans le brouillard. Puis il se dit que le mieux pour lui était de rejoindre l'ancien.

Dans son dos, il entendit un bruit de pas. Son père vint auprès de lui. Il le prit par l'épaule pour le faire reculer, mais Salto Angel ne bougea pas. Tandem pour l'Évidence n'insista pas. Il resta un moment à côté de son fils, à contempler la nuit paisible.

« Tu ne devrais pas rester là, finit-il par dire. Si Fantomastic se réveille…

— Et alors ? Je suis ton fils, non ? »

Tandem pour l'Évidence ne répondit pas. Il laissa son regard se perdre au loin.

« Tu fais partie du Conseil, pourquoi les laisses-tu nous traiter comme ça ?

— La survie du clan…

— Pourquoi les laisses-tu *me* traiter comme ça ? »

Tandem pour l'Évidence soupira. « Je n'ai pas vraiment les faveurs du Conseil, dit-il. La situation serait différente si j'avais accepté d'égorger Mendeku comme ils me le demandaient l'autre soir, mais…

— Mais tu ne l'as pas fait.

— Non.

— Et tu ne fais toujours rien.

— Le clan a besoin d'apaisement, pas d'affrontements. »

La nausée s'empara de Salto Angel. « Fissuridale a décroché aujourd'hui, dit-il.

— Je sais. N'y pense plus.

— Comment les membres du Conseil peuvent-ils être aussi ignobles avec les anciens ? s'indigna Salto Angel. Il s'agit de vos propres parents ! »

Tandem pour l'Évidence mit longtemps avant de répondre. Salto Angel le regarda et vit un homme qui se débattait avec ses idées, perdu en lui-même, écrasé par le poids des événements. « C'est la loi de la Falaise, finit-il par dire. Il ne faut pas aller contre cela. Le clan ne peut pas supporter le poids de ceux qui ne suivent plus, au risque de ne plus avancer. Les temps sont durs, pour tout le monde. Si on commence à épargner les anciens, alors d'autres tomberont à leur place. »

Salto Angel fit volte-face et pointa un doigt rageur en direction de la paroi. « Et ceux-là ? Ils n'ont pas décroché, vous les avez tués, avant de les pendre et de les laisser pourrir sur place !

— C'est vrai, admit Tandem pour l'Évidence. Il fallait un exemple pour que les complots s'arrêtent. Ils menaçaient la survie du clan. Ce sont les dissidents qui ont provoqué ça. La responsabilité leur en revient.

— Alors tu as réponse à tout, murmura Salto Angel. Brouillard Givrant vous a bien eus, tous. » Il regarda en direction des enclos, faiblement éclairés par les foyers.

Voilà à quoi nous en sommes réduits, pensa-t-il. *Dormir parqués, comme des ventouseux à qui on aurait cassé les pattes.*

« Salto, il faut rentrer maintenant.

— Et si le Conseil avait décidé de faire un exemple avec granpa ? S'ils avaient décidé de tuer et de pendre ton propre père à cette paroi ?

— Il en a été question, souffla Tandem pour l'Évidence. J'ai dû négocier pour qu'ils choisissent quelqu'un d'autre.

— Et en échange, ils t'ont demandé quoi ? »

Salto Angel vit l'abattement gagner son père. À tel point qu'il n'osa pas lui résister lorsque celui-ci l'entraîna vers l'enclos.

« Je devais m'occuper de Mendeku. Pour leur prouver mon dévouement, je devais lui trancher la gorge. Mais je n'ai pas pu. Et si je ne le fais pas tôt ou tard, ils s'en prendront à mon propre père, ou peut-être même à toi. »

2

Lorsque les chefs de cordée annoncèrent le départ, Salto Angel resta sans réaction. Il fallut que son père vienne le secouer pour qu'il accepte de se lever, qu'il s'équipe, lentement, avec des gestes raides.

Une fois les enclos terminés, il avait laissé le soulagement prendre le pas sur le désespoir. Enfin, il allait pouvoir se reposer. Ne rien faire. Mais l'inactivité s'était révélée pire que les tâches harassantes auxquelles on l'avait astreint. Le manque d'épuisement, le désœuvrement laissaient entrer en lui les images les plus atroces. Le sacrifice des anciens. La mise à mort d'Akira. La chute de Fissuri¬dale. Autant d'événements indélébiles qui imprégnaient son esprit d'une odeur nauséabonde. Pendant un temps, il avait pensé à Vol Parfait, il avait espéré son retour. Forcément, Vol Parfait allait venir, il ferait décrocher Lost Arrow comme il avait fait décrocher Iron Curtain. Il s'était agrippé à cette idée, avait prié les dieux du Sommet chaque soir. Mais Vol Parfait n'était pas venu.

Torturé par ses souvenirs, il s'était porté volontaire pour les corvées, préférant subir les ordres de Tournebrosse que de revivre encore et toujours le moment où Lost Arrow décapitait le shaman du clan. Mais la sortie de l'enclos l'avait plongé dans l'horreur. Pour aller chasser, il avait dû se rendre jusqu'à la paroi. Les anciens s'y trouvaient toujours, pendus, putréfiés. L'odeur lui avait arraché des vomissements violents. Pendant un court instant, il avait vu ces restes de visages aux yeux picorés par les greutes, aux lèvres déchiquetées et aux plaies si profondes qu'elles laissaient voir l'os. Il avait eu le temps de se demander si la peau tout entière n'allait pas se mettre à couler pour se répandre sur le sol, emportant avec elle ce qui restait de muscles et d'organes. Puis les dieux étaient venus à son secours. Il s'était évanoui.

Après ce jour-là, il s'était définitivement réfugié dans l'enclos, ne sortant que pour vider ses boyaux ou sa vessie.

L'intersaison s'était étirée, interminable, jusqu'à ce matin humide où le Néant les avait rattrapés.

Dans un silence de mort, les quinze cordées remaniées prirent place sur la Falaise.

3

Chilam Balam gardait pour elle sa rage froide et grimpait, encore et toujours, veillait d'un œil sur Raja et Totem, mais aussi sur le reste de l'interminable cordée.

Le principal danger venait des chutes de pierres. Auparavant, lorsque la Falaise s'ébrouait, la paroi frémissait et, la plupart du temps, on pouvait deviner d'où viendrait l'effondrement. La cordée avait en général le temps d'esquiver. Cette menace existait toujours. À la différence près qu'une cordée de vingt personnes n'avait pas la même mobilité qu'une autre de quatre ou cinq. Plus grave encore, les passages répétés des uns et des autres le long du même itinéraire ne manquaient pas de décrocher des fragments de roche. Les premiers grimpeurs ne risquaient rien ou presque ; quant à ceux qui se trouvaient plusieurs clous plus bas, la moindre chute de pierre, même de petite taille, pouvait leur être fatale. Les anciens, systématiquement en fin de cordée, se retrouvaient les plus exposés.

Au cours des trente premiers jours, les blessés s'étaient comptés par dizaines. Ce soir encore, il faudrait faire appel au guérisseur. Chilam Balam regarda vers la tête de cordée. Lost Arrow se faufilait à travers les pièges de la Falaise avec une facilité déconcertante. Sa femme, avec le petit dans le dos, tentait tant bien que mal de le suivre. Venaient ensuite Volubilis et les siens.

Dans cette région, les arbustes se faisaient rabougris, repliés sur eux-mêmes dans un amas d'épines et de branches molles. Chilam Balam essaya de saisir l'un d'eux pour se hisser. Rien à faire. La végétation, en plus de ne pas proposer grand-chose de comestible, n'offrait aucune possibilité pour l'ascension. Chilam Balam fit la moue. Elle posa la main à plat, à la base des racines. La paroi lui parut fragile. Sableuse. Elle tendit le bras pour chercher une prise, laissa courir ses doigts sur la roche. De petites miettes s'effritèrent sous ses ongles. Un bref soupir jaillit de sa bouche. Elle se hissa, se tourna vers ses enfants et les regarda grimper. L'instant d'après, ils l'avaient rejointe.

« La Falaise change, annonça-t-elle. La roche devient pourrie. On arrive dans une région désertique. »

Raja hocha la tête. Totem la regarda de ses yeux tombants. Chilam Balam aurait voulu s'arrêter là avec eux, les prendre dans ses bras, mais déjà au-dessus d'elle la corde se tendait. « Il faut y aller », murmura-t-elle.

L'ascension se poursuivit, longue, pénible. Encordée à tant de personnes, Chilam Balam se sentait prisonnière. Lost Arrow imprimait un rythme élevé, mais la cordée se traînait, ralentie par la surcharge humaine. Pourtant, chacun se démenait pour suivre. Les adultes prenaient régulièrement en charge les plus jeunes ; ils les tractaient pour leur éviter les passages difficiles, remettant les apprentissages indispensables à plus tard. En fin de cordée, les anciens multipliaient les efforts pour rester dans la course. Rongés de fatigue, exposés aux chutes de pierres, ils brûlaient leurs dernières réserves d'énergie. Parfois, lorsque l'un d'eux, à bout de souffle, semblait sur le point de décrocher, les autres surgissaient pour le soutenir, l'aider à franchir la difficulté.

Depuis le début de la saison, Mendeku portait à lui tout seul le petit groupe d'anciens. De sa place, Chilam Balam l'apercevait lorsqu'elle se retournait pour veiller sur sa progéniture. Si les vieux de la cordée poursuivaient leur ascension, ils le devaient à l'ancien shaman. Ce dernier ne ménageait pas ses efforts pour les soutenir, les encourager, quitte à se mettre en danger. Souvent, Chilam le voyait saisir la corde pour aider sa femme, dont le visage cendreux et les traits tirés affichaient la plus profonde des fatigues. D'autres fois, il n'hésitait pas à se détacher pour redescendre aider un compagnon en détresse.

Chilam Balam évalua la distance parcourue. La fin de la journée d'ascension approchait. En tête de cordée, Lost Arrow devait sans doute chercher un endroit pour passer la nuit.

Le signal finit par retentir. Chilam Balam poussa un profond soupir. Elle leva la tête. Une vire, étroite, longue de quelques clous, serpentait le long de la Falaise. Un espace ridiculement limité pour accueillir vingt personnes.

Chilam Balam empoigna la paroi, ignorant le flot de sable qui se mit à couler entre ses doigts, et se résolut à en finir avec sa journée d'ascension. Elle se hissa sur la vire, lança un regard froid à Lost Arrow, partit s'installer à l'autre extrémité tandis que Raja et Totem la rejoignaient à leur tour.

La moitié de la cordée se trouvait là et la place manquait déjà. La paroi, en devers, n'offrait pas la possibilité de se tenir debout. Quelques arbustes aux épines acérées rongeaient encore un peu plus l'espace. Sans un mot, les uns et les autres se mirent au travail pour nettoyer les alentours.

Les anciens arrivèrent enfin. Mendeku fermait la marche. Devant la promiscuité extrême, il planta un piton dans la roche et resta encordé à côté de la vire.

Lost Arrow parcourut du regard les environs. Puis il détailla sa cordée, jaugea les individus les uns après les autres. « On ne pourra pas tous dormir là, dit-il enfin. Les anciens, ce soir vous dormez dans les filets. Au travail. » Il se retourna ensuite vers Chilam Balam. « Toi, avec tes enfants. » Il laissa passer un instant de silence, comme s'il continuait à réfléchir. « N'enlevez pas votre équipement. Vous irez dormir à côté. »

Chilam Balam regarda dans la direction indiquée. Un minuscule promontoire jaillissait de la Falaise, à quelques clous de l'emplacement principal. *Au moins, nous serons tranquilles*, se dit-elle.

Elle regarda les anciens tresser les filets et les installer dans le prolongement de la vire. L'image lui fit mal au cœur. Pendant un court instant, elle songea à son père. Qu'aurait-il pensé de tout ça s'il avait été encore parmi eux ? Aurait-il, lui aussi, été contraint de dormir dans cette précarité, de supporter ces nouvelles humiliations ?

Comme il a bien fait de décrocher... Au moins, il n'a pas connu tout ça.

Elle réalisa soudain qu'elle n'avait jamais remis en cause la position des anciens du temps d'Iron Curtain. Le peu d'importance qu'on leur accordait allait de soi au vu de la charge qu'ils représentaient. Mais depuis, les choses avaient changé. Il y avait eu cette nuit horrible de la cérémonie des offrandes. Le massacre des anciens. Les corps pendus, étalés contre la Falaise. Et maintenant, ces nouvelles formations où ils étaient relégués en fin de cordée, exposés à tous les dangers, obligés de dormir dans des cordages de fortune. Combien avaient décroché depuis l'intersaison ?

La colère monta en elle. Une rage sourde et glaciale. Elle regarda ses enfants et fit un effort pour se calmer. « On y va », dit-elle d'une voix dure.

Lorsqu'ils eurent atteint la saillie rocheuse, Lost Arrow vint les rejoindre.

« Qu'est-ce que tu veux ? demanda Chilam Balam.

— Le matériel. Donnez-le-moi. »

Chilam Balam fronça les sourcils. « Qu'on te donne quoi ?

— Cordes. Sherpas. Pitons.

— Pourquoi ? »

Lost Arrow la fixa avec un mépris violent. Il cherchait ses mots. Sous sa carapace d'agressivité, Chilam Balam devina de la fragilité.

« Parce que, cracha-t-il. Je ne te fais pas confiance. Toi, la mère de Vol Parfait, la bête au visage d'homme qui a failli causer la perte du clan. Si je te laissais ton matériel, tu serais bien capable de profiter de la nuit pour t'enfuir le rejoindre.

— Dans ce cas, pourquoi nous fais-tu dormir à l'écart ?

— Ça suffit ! Ton matériel… »

Chilam Balam regarda autour d'elle, désigna l'avancée minuscule sur laquelle tous les trois allaient passer la nuit. « Il n'y a pas assez de place ici. Il nous faut au moins une corde et quelques pitons pour sécuriser. Je ne veux pas risquer qu'en se retournant dans son sommeil, mon fils tombe dans le vide. Laisse-moi une corde. »

Lost Arrow parut hésiter. Ses yeux parcoururent l'espace, revinrent se poser sur Chilam Balam. Il secoua la tête. « Donne-moi tout », dit-il.

Chilam Balam ressentit une brusque envie de pousser le chef ouvreur dans le Néant. Une déception surprenante la saisit lorsqu'elle constata qu'il était assuré.

J'aurais pu le faire. Même attaché, je pourrais encore le faire. Ça lui donnerait une bonne leçon.

Mais elle se contenta de se détacher, d'enlever son sherpa. Raja et Totem l'imitèrent sans un mot.

Lost Arrow ne parvint pas à cacher tout à fait son soulagement. Il enfourna le matériel dans son sac. « En grattant un peu, vous trouverez de quoi faire le feu, dit-il. Tu as du salpêtre rouge ?

— Maintenant, laisse-nous », répondit Chilam. Le ton de sa voix était sans appel. Lost Arrow se raidit, parut sur le point de répliquer, mais il tourna finalement les talons et repartit.

4

De retour sur la vire, Lost Arrow jaugea une nouvelle fois sa cordée. Tous le regardaient. Un malaise insidieux rampa en lui, mais il garda le visage fermé, sévère. Aux abords du camp, les anciens en avaient terminé avec les cordages. Ils reposaient dedans, directement au-dessus du vide.

Lost Arrow se sentit écrasé par la Falaise. Cette immensité verticale, ce monde à gravir sans cesse. Le Néant. Si le clan faisait fausse route, le Néant les rattraperait. Toute la responsabilité lui incombait. Dans un soupir intérieur, il se demanda comment son père avait fait pour assumer une telle charge pendant tant de saisons. Lui n'en voulait pas. Il n'en voulait plus.

Les honneurs que lui conférait son statut l'avaient flatté au début, mais les premiers blessés l'avaient ramené à la réalité. Trop de gens s'étaient tournés vers lui pour lui demander ce qu'ils devaient faire. Qu'en savait-il ? Les pierres tombaient, ils n'avaient qu'à les éviter… Mais les blessés se trouvaient toujours plus nombreux et le guérisseur ne pouvait pas tous les soigner.

Alors il s'était adressé à Brouillard Givrant. Et comme d'habitude, le chiffreur lui avait proposé une solution. « Dis-leur de grimper en décalé, avait-il conseillé. Veille à ce que la cordée reste équilibrée. » Et Lost Arrow s'était trouvé bête de ne pas y avoir pensé tout seul.

Le chef ouvreur réprima une moue en parcourant la paroi sableuse du regard. Il hésita. Ce qu'il avait à dire lui coûtait une bonne partie de sa fierté. Mais il était maintenant évident qu'ils rejoignaient une région désertique. Le gibier se faisait trop rare depuis quelques jours. Seules les souris des sables vivaient en ces lieux hostiles, et personne ne savait les attraper. Hormis les anciens, qui avaient déjà traversé le désert. Les anciens savaient. Mais il refusait de se tourner vers le passé. Il eut l'impression que son esprit se tordait face à la contradiction. *Prends une décision. Tu es le chef. Décide.*

« Mendeku, tu viens avec nous pour la chasse. C'est un ordre. »

Allongé dans son filet, l'ancien shaman regarda Lost Arrow. Ses yeux se plissèrent légèrement, très légèrement, comme s'il avait compris l'impuissance du chef du clan. Il se redressa, sans se presser, grimpa sur la vire, commença à s'équiper.

« Un deuxième groupe avec Volubilis. Volubilis, tu prends un ancien avec toi. Je te laisse choisir », dit Lost Arrow. Puis il fronça les sourcils, durcit le regard et annonça : « Comme d'habitude, je vais nommer des responsables. Quand nous serons partis, ils surveilleront le campement. Manquez-leur de respect, et c'est à moi que vous manquerez de respect. Tentez seulement de vous enfuir, et ils donneront l'alerte. Alors, je vous rattraperai. Et je vous ferai décrocher. » Un silence glacial accompagna la fin du bref discours de Lost Arrow.

5

L'ironie de la situation n'échappait pas à Mendeku. L'ancien shaman restait à la suite de Lost Arrow, s'efforçant de ne rien laisser paraître. D'ailleurs, lui-même ne savait pas, ne savait plus, ce qu'il devait ressentir. Une profonde lassitude, sans doute. De la colère, du chagrin, et, peut-être, une curiosité malvenue qu'il s'empressait de balayer.

Jusqu'où la folie de ces hommes allait-elle les mener ? Les autres réagiraient-ils ? Serait-il lui-même capable de réagir ? Autant d'interrogations éludées par les blessures de son âme.

Le quotidien, la survie au jour le jour ne laissait aucune place à la révolte, il savait cela. Les uns avaient besoin des autres et, clin d'œil acerbe du destin, voilà que le chef ouvreur, celui-là même qui avait tué sa fille et son fils, en appelait à lui. Devait-il, par fierté ou par calcul, lui refuser son aide et ainsi priver le reste de la cordée de nourriture ? Si le chef se révélait incapable de subvenir aux besoins des siens, son statut serait remis en cause.

Mendeku secoua la tête. Un manipulateur. Voilà ce qu'il ne pouvait se résoudre à devenir. Laisser les gens mourir de faim pour amener la révolte. Laisser les autres anciens, ses compagnons d'infortune, à bout de force, s'endormir avec l'estomac replié sur lui-même, avant de repartir le lendemain pour une nouvelle journée interminable d'ascension. La conspiration avait ses limites. La précédente intersaison l'avait montré.

Malgré tout, puisque l'occasion ne se présentait pas tous les jours, il décida de s'accorder un petit plaisir. Depuis un moment, il avait repéré l'entrée d'un terrier dans la roche. Mais il préférait profiter du spectacle, laisser Lost Arrow s'épuiser à chercher, tourner en rond, émettre des grognements de frustration. Il suivait, tout comme leur autre compagnon de chasse, qui n'osait prononcer la moindre parole, conscient de la rage qui sommeillait chez l'ouvreur. Curieusement, ce spectacle le rassérénait. Petite, toute petite vengeance face à l'assassin de ses enfants.

« Où sont-elles ? finit par hurler Lost Arrow. Où sont ces maudites souris du désert ? » Il s'arrêta, se retourna. Le jeune qui les accompagnait se figea. Puis il tourna la tête dans tous les sens, comme si ses gesticulations allaient faire venir les souris. Mendeku ne put réprimer un sourire.

« Toi ! siffla Lost Arrow. Explique-moi ce qu'il y a de drôle avant que je te fasse décrocher.

— Tu t'énerves, répondit l'ancien. Ton père ne s'énervait jamais. D'ailleurs, il aurait déjà trouvé l'entrée d'un terrier. »

À ces mots, Mendeku vit le jeune ouvrir de grands yeux, frappé de stupeur.

« Mon père n'est plus ! Le passé appartient au Néant, vieux fou ; si tu y tiens tant que ça je vais t'envoyer le rejoindre ! » En un bond, Lost Arrow fut sur l'ancien. Celui-ci ne put s'empêcher de sursauter. Puis il retrouva son calme, s'efforça de sourire.

« C'est toi que le Néant va finir par rejoindre, si tu restes ainsi à tourner en rond sur la paroi. Ou peut-être seras-tu mort de faim avant.

— Tu en as repéré ? »

Mendeku accentua son sourire, regarda le chef ouvreur droit dans les yeux. « Bien sûr », dit-il.

Lost Arrow hurla de colère et empoigna l'ancien par les cheveux. Mendeku planta une main contre la paroi et s'agrippa de toutes ses forces à la roche. Des filets de sable coulèrent entre ses doigts. « Lâche-moi, souffla-t-il.

— Pas avant de t'avoir fait décrocher…

— Je ne demande… que ça, fit l'ancien. Mais si je tombe, je t'emmène avec moi. »

La perplexité remplaça la rage sur le visage du chef ouvreur. Il desserra son étreinte, avant de réaliser que Mendeku ne se tenait que d'une seule main. Lost Arrow baissa les yeux et vit avec horreur que le nœud de son sherpa était défait. Plus rien ne le retenait à la paroi. Il relâcha la chevelure de l'ancien et s'élança sur la Falaise, s'arrêta, tremblant, lorsqu'il eût mis un clou de distance entre eux. Il pointa un doigt accusateur dans sa direction. « Vieux fou… »

Mendeku le toisa. Son visage se fit sévère. « Je ne demande que ça, répéta-t-il. Rejoindre le Néant en compagnie de l'assassin de mes enfants. Mais, à moins que tu ne m'y obliges, le moment est mal choisi. Les gens ont faim et la nourriture est rare. Un incapable comme toi ne la trouvera jamais. »

Lost Arrow fit un effort démesuré pour ravaler sa fureur. « Où ? » parvint-il à articuler.

Mendeku se tourna vers le jeune, muré dans la stupéfaction, et prit soin de ne s'adresser qu'à lui. « Suis-moi, dit-il. Et surtout, fais ce que je dis. »

Ils redescendirent de quelques clous et s'arrêtèrent un instant plus tard. « Ici, fit Mendeku. Regarde la roche. » Un enfoncement, à peine visible, déformait la paroi.

« C'est une aspérité du rocher, dit le jeune. Rien de plus.

— C'est l'entrée du terrier, corrigea Mendeku.

— Mais il n'y a pas d'entrée… »

L'ancien se tourna vers Lost Arrow, tendit la main pour lui demander son poignard. L'ouvreur se mordit la lèvre, hésita. « Je te préviens, j'en ai un autre. Si tu tentes quoi que ce soit…

— Si je l'avais vraiment voulu, tu serais déjà mort. Allons, donne ton poignard. »

Lost Arrow s'exécuta, le visage tordu par une haine silencieuse. Mendeku prit le poignard, gratta la surface de la roche avec la pointe. Un filet de sable ruissela sur la paroi. Bientôt, une petite cavité apparut. Les deux autres ne purent retenir un cri d'étonnement.

« Les souris rebouchent l'entrée de leur terrier, expliqua l'ancien. Dans une souricière, seules les rocailleuses sont capables d'arpenter la Falaise. C'est pour ça qu'il est très rare d'apercevoir des souris. Toutes les autres restent dedans, bien au chaud.

— Et les rocailleuses, pourquoi elles sortent ?

— Elles rapportent de quoi nourrir la mère. À part quelques serpents velus, les régions désertiques ne proposent guère de nourriture.

— Alors les autres ne mangent pas ?

— Elles se mangent entre elles. Au rythme où la mère pond, cela n'est pas vraiment un problème pour la colonie. Mais les rocailleuses, tout comme la mère, sont intouchables. Les autres ne s'y essaieraient même pas.

— Pourquoi ? Qu'est-ce qu'elles ont de spécial ?

— Des dents, énormes, qui leur poussent sur le museau, et qui leur servent à creuser la roche. Et des griffes, aussi dures que celles d'un iguane, qu'elles plantent dans la paroi pour grimper. Une rocailleuse n'est pas plus grande que ton pouce, mais elle n'aurait aucun mal à te déchiqueter la gorge avant même que tu ne t'aperçoives de sa présence. Alors sois vigilant. »

Mendeku prit son sac, l'ouvrit et fit signe au jeune de le tenir sous l'entrée du terrier. Puis il coupa une branche épineuse. « Tiens ça, chef ouvreur », dit-il.

Lost Arrow serra les dents et obtempéra. Mendeku sortit ses pierres à feu et embrasa la branche, avant de la reprendre des mains de Lost Arrow. Il gratta encore un peu l'entrée du terrier avec le poignard, puis il y enfourna la torche.

« Qu'est-ce que tu fais ? demanda le jeune.

— Je les enfume. Mais attention : trop longtemps et je les tue dans la souricière. Si c'est le cas, on ne pourra jamais les récupérer. Mais si je retire la torche trop vite, elles vont se reprendre et se mettre à creuser dans l'autre sens pour s'enfuir. »

Mendeku attendit encore un peu. Les autres le regardèrent, anxieux. Pas un n'osa parler. Soudain, l'ancien tira sur la branche. « Tiens le sac ! » ordonna-t-il.

Un nuage de fumée jaillit du trou, accompagné d'innombrables couinements. Puis les souris fusèrent, un déluge de petites masses tremblantes, comme expulsées de la souricière, qui retombèrent dans le sac. La fumée se dissipa mais le flot, lui, s'intensifia ; les souris, affolées, désorientées, vinrent s'amonceler dans le réceptacle. Leur multitude compensait leur taille ridicule et annihila en un clin d'œil les menaces de famine.

La pluie vivante et sonore se déversa encore et encore. Le jeune commença à grimacer. « Le sac devient lourd ». Lost Arrow se précipita pour l'aider. Il regarda l'intérieur, ébahi, peinant à dissimuler son émerveillement. Des centaines de petites formes s'agitaient, grouillaient dans tous les sens. Certaines tentaient de reprendre leurs esprits et ouvraient les yeux, d'autres, au comble de la panique, avaient commencé à s'entredévorer. Bientôt, le sac menaça de déborder.

Mendeku obstrua l'entrée du terrier avec une pierre.

« Pourquoi ? fit Lost Arrow. Il en reste !

— Nous avons suffisamment à manger. Laissons la souricière. Rien ne sert de piller la Falaise.

— Mais…

— Nous pourrons toujours indiquer l'endroit aux autres cordées si elles n'ont pas eu notre chance. »

Lost Arrow jeta un regard méfiant à Mendeku, moyennement convaincu. Puis ses yeux se posèrent sur la chasse miraculeuse et un élan de satisfaction lui arracha un sourire. Il ferma le sac et le passa sur son dos. Une nuée de couinements se fit entendre.

« Les rocailleuses prisonnières vont chercher à creuser, prévint Mendeku.

— Et elles peuvent percer la toile ?

— Bien sûr… Si elles y parviennent, alors elles auront tôt fait de te recouvrir entièrement. Elles te dévoreront, en commençant par les yeux. C'est ce qu'elles mangent avec le plus de facilité, à cause de la texture. Ensuite, tes testicules seront grignotés jusqu'à disparaître. En fait, elles ne laisseront rien de toi. Pas même l'os. »

Lost Arrow se déchargea du sac et le colla sur le torse de l'ancien shaman. Un sourire mauvais passa sur son visage. « Tiens. À toi de t'occuper de ça. »

Mendeku se tourna vers le jeune, ignorant une nouvelle fois Lost Arrow. « Si on veut éviter de se retrouver dans une telle situation, dit-il, il faut les frapper régulièrement contre la Falaise, pour les étourdir. » Il saisit le sac d'une seule main ; ses muscles se contractèrent sous l'effort et il le balança contre la paroi. Les couinements diminuèrent d'intensité. « Pas de temps à perdre. Il faudra recommencer dans moins de deux clous. »

Après une descente prudente ponctuée de quelques haltes, le trio regagna le campement. En les voyant arriver, le reste de la cordée s'écarta pour les laisser passer. Mendeku donna le sac au jeune et lui demanda d'aller le placer au-dessus du feu. Conscient des regards tournés vers lui, il retira une souris endormie par la chaleur et la tint par la queue à hauteur des flammes. La petite bête se recroquevilla, son pelage se mit à fumer et s'embrasa avant de s'éteindre presque aussitôt. Une odeur de chair grillée monta dans les airs.

Mendeku éloigna la souris du feu et la porta à la bouche. Il sectionna la tête avec les dents avant de la recracher, puis il engloutit le reste du corps. Un sourire malicieux s'étira sur son visage. « Grâce soit rendue aux dieux du Sommet de nous accorder ce festin », dit-il.

6

Tout le monde avait fini par s'endormir. Dans son filet, l'ancien shaman ronflait légèrement. Lost Arrow ressentait une profonde envie de le faire basculer dans le Néant.

Vieux fou.

Il repensa à la chasse et à l'altercation qu'ils avaient eue.

Comment a-t-il fait pour me détacher d'une seule main ?

Un frisson remonta le long de son échine.

S'il l'avait vraiment décidé, il aurait pu décrocher et m'emmener avec lui.

Il regarda au loin, en direction de la croûte brumeuse qui semblait dormir sous l'éclat des étoiles.

Le Néant. Il essaya de chasser la sensation désagréable qui cherchait à s'emparer de lui, cette peur rampante qui ne demandait qu'à se transformer en terreur pure, celle d'être enseveli, dévoré par le Néant, oublié de tous. Il se rendit compte qu'il se mordait l'intérieur des joues et sentit le goût du sang dans sa bouche. Il s'efforça de se ressaisir. Recentra ses pensées sur Mendeku.

Vieux fou, se répéta-t-il. *Regarde, par ta faute, dans quel état je suis. Si personne d'autre n'ose le faire, je te tuerai de mes propres mains.*

Il se leva. Plus loin sur la vire, la silhouette de Tournebrosse remuait au rythme d'une respiration lourde. Lost Arrow s'approcha et le poussa du pied pour le réveiller. Tournebrosse grogna, se redressa et se frotta les yeux. À la lueur du brasier, il reconnut son chef ouvreur. « Prends le tour de garde, ordonna ce dernier.

— Tu vas où ?

— Ne t'occupe pas de moi, fais ce que je te dis. »

Lost Arrow s'éloigna. Il s'arrêta au bord de la vire, prit une profonde inspiration. Le Néant le narguait. Tous les muscles de son corps se contractèrent. Sur sa tempe, une veine furieuse se mit à battre. Il commença à trembler.

Je les ferai tous décrocher, hurla-t-il en silence. *Ainsi le Néant aura ce qu'il voudra et il me laissera tranquille. Je pourrai alors atteindre le Sommet et rejoindre les dieux, seul.*

Cette pensée le calma. Il regarda en direction de l'itinéraire qu'il avait repéré un peu plus tôt. Une voie facile, parsemée de grosses prises. Mais aucune voie n'était facile lorsqu'on ne s'assurait pas. Surtout la nuit. Lost Arrow songea à retourner chercher une corde et des pitons. Mais il réveillerait tout le monde. Et alors, les autres sauraient.

Il détestait sillonner la Falaise sans être assuré. À la merci du vide. Du Néant. Une montée de panique le menaça, mais il se raidit et la refoula du mieux qu'il le put.

Ne regarde pas en bas.

Sa main fouilla la roche à la recherche du bac solide qu'il avait relevé en plein jour. Il le trouva, s'engagea sur la paroi. Un nouveau pas, puis un autre, sur le côté, et le vide l'entourait. Son corps se crispa sur la Falaise. Il pensa qu'il allait rester bloqué là, à moins de deux clous de la vire, et qu'il lui faudrait appeler à l'aide. Alors, les autres viendraient l'aider, Mendeku le premier.

Vieux fou, je te tuerai. Je t'arracherai le cœur.

Il tendit la main et reprit sa progression, les jambes tremblantes, la respiration saccadée.

Une autre fois, il s'arrêta, hors d'haleine. Il se demanda ce qu'il faisait là, pourquoi il s'imposait cette traversée nocturne. Mais il savait qu'il en avait trop besoin. Il fallait qu'il le voie. Après, ça irait mieux. Le fardeau que lui avaient jeté les dieux du haut du Sommet paraîtrait moins lourd sur ses épaules. Il se sentirait de nouveau capable de tirer le clan, de l'emmener avec lui vers les hauteurs. Du moins l'espérait-il.

Il repartit. Son corps se détendit, et, tout à ses pensées, il ne l'aperçut pas. Un murmure éventra l'obscurité. Il sursauta et faillit décrocher. Il serra les dents pour ne pas crier, s'efforça d'être digne, puis il fouilla la Falaise du regard et distingua Brouillard Givrant sur une petite vire. Un soulagement aussi profond que le Néant vint faire le vide en lui.

Lost Arrow sauta sur la vire. Il salua en silence Brouillard Givrant. Le chiffreur s'inclina. « Quelles sont les nouvelles ? » demanda-t-il.

Lost Arrow hésita. Comme souvent, il voulait tout dire au chiffreur, se délester de tous ses soucis, mais sa fierté l'en empêchait. Pour l'instant. Il tenta de prendre un air indifférent, sûr de lui. Prudent, il commença :

« La Falaise change.

— Un désert, à ce qu'il semblerait. »

Lost Arrow opina dans l'obscurité. Il voulait poursuivre mais ne savait pas quoi dire. Le chiffreur vint à son aide : « La nourriture se fait rare.

— Oui. Il faut veiller à ce que la cordée ait de quoi se nourrir.

— Pour ce soir, ça allait. J'ai trouvé l'entrée d'un terrier. »

Lost Arrow ressentit un pincement. « Les anciens t'ont aidé ? voulut-il savoir.

— Non. »

Les deux hommes se turent. Humilié, Lost Arrow n'avait de cesse de cogiter. Pourquoi avait-il eu besoin de recourir aux anciens pour trouver le gibier ? Qu'avait-il de moins que Brouillard Givrant, pour ne pas être capable de repérer l'entrée d'un terrier ?

Une nouvelle fois, le désespoir menaça de submerger le chef ouvreur. Dans l'obscurité, il aperçut les yeux de Brouillard Givrant fixés sur lui. Un long soupir remonta dans sa gorge par saccades.

« Tu peux me parler, murmura le chiffreur. Même les chefs ouvreurs ont parfois besoin de parler. Personne n'est au-dessus du doute.

— Et mon père ? demanda Lost Arrow, conscient qu'il transgressait la première loi du clan.

— Ça pouvait lui arriver. »

Lost Arrow ne trouva pas la réponse entièrement convaincante, mais décida de croire le chiffreur. Il avait trop besoin de se persuader que son père, le grand Iron Curtain, avait lui aussi ses faiblesses.

Tu évoques les morts. Seuls les morts t'apportent un quelconque réconfort. Les morts et… Brouillard Givrant.

Son amour propre se fissura.

« C'est trop difficile, lâcha-t-il. Tout ce poids, chaque jour, toute cette pression…

— Tu fais un chef ouvreur remarquable, le rassura Brouillard Givrant.

— Tu le penses ?

— Le clan a été confronté à une crise extrême, et tu as su rétablir la situation. »

Lost Arrow frappa du plat de la main contre la Falaise. Il haussa le ton sans s'en apercevoir. « La situation n'est pas rétablie ! Les dissidents sont toujours là…

— Une poignée de misérables, rétorqua le chiffreur. La plupart se sont d'ailleurs résignés. Ils sont aussi inoffensifs qu'une greute avec les ailes brisées. Crois-moi, tu as ramené le calme.

— Je ne sais pas… Les cordées sont… surchargées…

— Il faut que les gens s'habituent. »

Le chef ouvreur secoua la tête. Il serra les poings, se força à chuchoter : « Les cordées sont comme… empoisonnées par ces…

— Ils ont leur importance.

— J'aimerais tellement les envoyer rejoindre le Néant ! Tous ! Tous ceux qui ont défié le clan lors de la dernière intersaison. Même ceux qui sont soi-disant résignés. Je veux les faire décrocher, de mes propres mains ! »

Un souffle furieux lui brûlait la gorge. Il s'aperçut qu'il tremblait. *Et je ferai décrocher le reste du clan avec*, songea-t-il.

Il parvint de justesse à se contrôler et garda cette dernière remarque pour lui.

« Nous avons besoin d'eux comme ils ont besoin de nous, reprit le chiffreur. C'est un équilibre. Une personne décroche, on ne peut l'empêcher. C'est un processus régulier, naturel. C'est la Falaise qui...

— Arrête ton charabia ! »

Brouillard Givrant s'interrompit, vexé, puis se reprit et dit d'une voix douce : « Ne t'en fais pas. Tous les gêneurs seront éliminés. J'y travaille.

— Pourquoi pas maintenant ?

— Il est trop tôt. Ils peuvent encore nous être utiles. »

Lost Arrow repensa avec rage à Mendeku qui avait nourri à lui tout seul la cordée.

« Trop de charges, pesta le chef ouvreur. Sans les dissidents, les cordées se déplaceront plus facilement. Les gens n'en peuvent plus ; s'ils osaient, ils se plaindraient sans cesse des conditions d'ascension. »

Le rire de Brouillard Givrant cliqueta dans le noir. Surpris, Lost Arrow attendit l'explication du chiffreur. Celui-ci prit tout son temps.

« Je vais t'expliquer une chose, finit-il par dire. Tâche de bien écouter. » Il se tut de nouveau, comme pour être sûr qu'il avait toute l'attention du chef ouvreur.

« Notre ascension est marquée par une constante. La présence du Néant. »

À ces mots, Lost Arrow ne put empêcher un frémissement de s'emparer de lui. Il fut à cet instant convaincu que le chiffreur connaissait sa terreur du Néant et en profitait pour le torturer.

« Le Néant, reprit Brouillard Givrant. Il nous poursuit. Jamais nous ne le distançons. Il est déjà là où nous étions trente jours auparavant.

— Je sais cela !

— Le Néant est notre meilleur allié, dit tranquillement le chiffreur. Il dévore tout. La Falaise comme le temps, et donc les souvenirs.

— Que veux-tu dire ?

— Tu sais, tout comme moi, qu'on ne parle pas du passé. Le clan n'a pas de mémoire. Autrefois, les fabulistes s'y sont essayés, mais aujourd'hui, il ne reste guère de monde pour se souvenir ne serait-ce que de ce qu'était un fabuliste. Tu sais ce qu'était un fabuliste ? »

Lost Arrow commença à s'énerver. « Qu'est-ce que ça vient faire dans tout ça ? cracha-t-il.

— Juste un exemple, pour te montrer que les gens oublient. Ils ne pensent qu'au présent, rêvent de l'avenir, et s'empressent d'oublier le passé. Quelques saisons avec des cordées de vingt, et les gens penseront qu'il en a toujours été ainsi. Ou plutôt, ils ne penseront pas, ils se contenteront de poursuivre l'ascension.

— Tu veux dire que…

— Une fois que le Néant aura effacé nos traces sur la Falaise, il aura aussi effacé les mémoires. C'est notre plus grande chance. Oh, certains garderont de vagues souvenirs du temps des cordées réduites, mais personne n'osera en parler. Tout au plus, quelques anciens se laisseront aller à la nostalgie. Quant aux plus jeunes, ils n'auront connu que cela. »

Le chiffreur s'arrêta. Il ferma les yeux et son sourire s'élargit. « Tu comprends ? demanda-t-il.

— Je ne suis peut-être pas aussi malin que toi, mais je ne suis pas non plus Fantomastic, répliqua le chef ouvreur.

— Alors tu comprends.

— Je comprends surtout que ça prendra du temps.

— Pas tant que ça, murmura Brouillard Givrant. Nous arrivons à la moitié de la saison. Attends seulement d'arriver à l'intersaison, tu verras. Les plus résistants auront été vaincus, ils te seront reconnaissants d'avoir sauvé le clan. »

Lost Arrow s'assit sur la vire, adossé à la Falaise. Il souffla et une partie des angoisses qui le tenaillaient s'évapora. En contrebas, le Néant se tenait toujours là, infini, silencieux, mais Lost Arrow pouvait à présent le regarder sans craindre d'y sombrer. Les foyers disséminés sur la Falaise vinrent lui rappeler la tâche qui l'attendait pour le reste de son ascension. Une tâche insurmontable, sans doute, mais dont il acceptait de s'acquitter un jour de plus. Un jour, il en serait capable.

« Il y a encore autre chose. » Au moment où il prononçait ces quelques mots, le réservoir de ses angoisses se vida pour de bon. Le plus dur était fait. Quoi qu'il dise, Brouillard Givrant saurait quoi faire. Il saurait le rassurer.

« Je t'écoute, dit le chiffreur.

— Ça concerne cette femme, Chilam Balam. La mère de Vol Parfait. »

Dans le noir, il perçut la crispation de Brouillard Givrant. Alors qu'il ne s'y attendait plus, une pointe d'inquiétude revint s'enfoncer dans son estomac.

« Ne t'en fais pas pour elle.

— Mais elle va nous faire des ennuis ! Les autres, même Mendeku, se résignent. Pas elle… C'est comme si… Elle a une sorte de force, les autres le sentent aussi. Ils la craignent. Et je suis sûr que certains l'admirent même, à leur façon. Il y a… quelque chose…

— Personne ne doit prononcer le nom de son fils, dit Brouillard Givrant. Même toi, tu ne devrais pas. »

Lost Arrow se mordit la lèvre inférieure. « Personne n'a prononcé son nom depuis l'intersaison, dit-il. Pas dans ma cordée. Ni dans les autres, à ce que m'a rapporté Fantomastic. Le premier qui s'y hasarde sera propulsé dans le Néant, ils le savent tous. Mais… c'est comme si… son esprit habitait la Falaise.

— À quand remonte la dernière fois où quelqu'un l'a vu ?

— C'était… juste après le départ, au tout début de la saison. Sauf que je crois que certains l'ont aperçu, mais ils ne le disent pas.

— Et toi ?

— Je ne l'ai pas vu, non.

— Moi non plus. Et les autres chefs de cordée pas davantage. Tu sais pourquoi ? Parce qu'il a décroché. Personne ne peut survivre seul sur la Falaise.

— Tu… tu es sûr ?

— Lost Arrow, tu es un grand chef. Avec tout le respect que je te dois, t'imagines-tu, sur la Falaise, seul, loin de tous ? Grimper seul, sans aucun assurage, chasser seul, dormir seul ? À quoi bon… Je vais te dire, moi. S'il n'a pas décroché, il a sauté de lui-même pour rejoindre le Néant. »

Le chef ouvreur resta pétrifié. Alors qu'il rêvait en secret de se débarrasser du reste du clan pour rejoindre les dieux du Sommet, il se vit sur la Falaise, sans aucun matériel. Sans rien, ni personne. Terrorisé, les mains plantées dans la paroi, incapable de bouger. Il resterait ainsi pendant des jours, brûlé par les rayons d'El Cap, et surtout, des nuits, hanté par le cri des greutes, à la merci du moindre prédateur nocturne. Et puis, comble de l'horreur, il verrait, du coin de l'œil, le Néant remonter vers lui, sans se presser, l'envelopper peu à peu. Et alors il se ferait dévorer, il serait dissout sans même avoir lutté… Il serra les dents de toutes ses forces pour ne pas hurler. « C'est… inhumain, balbutia-t-il.

— Bien sûr, approuva Brouillard Givrant. C'est bien pour ça que le fils de Chilam Balam ne fait plus partie de ce monde. »

Mais il a déjà survécu à l'inhumain. Je l'avais abandonné, laissé pour mort, ligoté à la Falaise, dans une région où les araignées pullulent.

L'angoisse revint gonfler son cœur mais il garda cette dernière pensée pour lui. « Sa lignée a quelque chose de… Je n'aime pas ce que je ressens. Après s'en être pris à ma sœur, ce petit salopard a fait décrocher mon père ! Et maintenant qu'il a disparu, son aura rôde autour de nous… Et sa mère… chaque jour, quand je croise le regard de sa mère, j'ai l'impression de le voir lui !

— Tu veux que je la prenne dans ma cordée ? » demanda doucement Brouillard Givrant.

Lost Arrow hésita. Il ne voulait pas de cette créature dans son entourage. Celle par qui tous les malheurs arrivaient. Celle dont il avait si… « Non ! Je n'ai pas peur d'elle. Elle et ses deux rejetons resteront dans ma cordée. Et à la première provocation de sa part, je l'éventre de mes propres mains…

— Attends un peu, répondit le chiffreur. Le clan a perdu beaucoup de personnes à l'intersaison. Nous ne sommes pas encore stables. » Il se tut et se gratta la poitrine, plongé dans ses pensées. Ses yeux se mirent à briller. « D'ici peu, ajouta-t-il, tu pourras envoyer tous ceux que tu désires rejoindre le Néant. »

Lost Arrow se détendit pour de bon. Un sourire féroce déchira son visage rugueux. Une fois encore, Brouillard

Givrant avait su trouver les mots. Il se demanda vaguement ce qu'il deviendrait sans le chiffreur.

7

Du sable. Partout. Il fallait désormais grimper au poignard. Ou à l'épieu, pour les moins chanceux. Poignarder la Falaise de toutes ses forces, fouiller la roche friable des pieds pour trouver une réglette précaire, prier les dieux du Sommet que la paroi ne s'écroule pas, se hisser, avant de tout recommencer. Les rayons d'El Cap achevaient de calciner les terres brûlées, ou bien peut-être étaient-ce les milliards de grains de sable qui renvoyaient sa chaleur en la décuplant. Les corps, harassés de fatigue, ruisselants de sueur, se traînaient le long de la paroi. Les processions humaines n'en finissaient plus de ramper à la verticale. La Falaise en ébullition laissait des cloques sur les doigts des plus aguerris, et les jeunes avaient passé gants et chaussons pour avoir une chance de ne pas fondre directement sur le conglomérat de roche et de sable.

Les cordées, accrochées aux traces les plus infimes de la vie, s'étalaient de part et d'autre des minces filets d'eau qui ruisselaient et s'évaporaient en quelques clous, laissant un brouillard moite troubler les alentours. L'épreuve imposée par la Falaise éteignait les dernières ambitions de révolte. Trop occupés à survivre, l'esprit désagrégé par la chaleur harassante, hommes et femmes en oubliaient de penser. À coup sûr, laisser son esprit s'échapper revenait à décrocher dans l'instant, chacun en était convaincu et s'employait à repousser avec la plus grande violence le souvenir d'une ascension meilleure.

Comme les autres, Chilam Balam souffrait. Jour après jour, elle s'acharnait à poursuivre sa progression, le cœur débordant de fatigue, abandonnant une partie de sa concentration pour surveiller ses enfants et leur venir en aide. Parfois, il lui semblait entendre la Falaise. Elle lui parlait, de sa voix grinçante, lui ordonnait d'arrêter, d'en rester là. Son ascension éternelle n'avait aucun sens, elle s'épuiserait sur la paroi et décrocherait, comme tant d'autres avant elle ; elle mourrait de s'être acharnée toute une vie à fuir le Néant qui n'avait de cesse de les rattraper. La Falaise n'en finissait pas, tantôt menaçante, tantôt enjôleuse, et Chilam l'ignorait de toutes ses forces, un pli sévère planté en travers du front. Mais lorsque la fatigue devenait trop lourde, le harcèlement prenait des allures de mélopée apaisante ; l'air, soudain moins brûlant, l'enveloppait dans une agréable tiédeur. Alors, son pied dérapait, un petit nuage de sable et de poussière explosait sous les ricanements de la Falaise. Et à cet instant, une source nouvelle d'énergie jaillissait au plus profond de son être. Elle ne s'en servait pas pour raffermir ses prises, ni même pour venir en aide à Raja et Totem. Elle en nourrissait sa mémoire. Ses muscles se tendaient, ses sourcils se fronçaient un peu plus et ses doigts meurtris, couverts de corne et de sang séché, s'élevaient une fois encore, pointés vers le Sommet, à la recherche de la moindre faille. Sa furie se réveillait et la tirait de sa torpeur, son regard flamboyant volait jusqu'en tête de cordée, vers l'esprit damné qui menait le clan à sa perte, celui qui avait œuvré pour les asservir, pour les dépouiller de leur dignité. « Lost Arrow ». Elle murmurait son nom et jurait vengeance. Alors, seulement, la Falaise se taisait et cessait de la tourmenter.

La fin de l'après-midi se dessinait. Une fois de plus, la chaleur et le sable avaient ralenti la progression du clan. Il manquait encore vingt clous et Lost Arrow venait de faire circuler l'ordre de continuer. Pas la moindre objection ne s'éleva. Au loin, Chilam Balam vit simplement un ancien se raidir brusquement, puis lâcher prise et pendre, inutile et flasque, en bout de cordée. Quelqu'un redescendit vers lui, défit son nœud. Le corps chuta, rebondit sur la Falaise, se fracassa dans un enchevêtrement de membres désarticulés et finit par disparaître dans le Néant, longtemps, bien longtemps après. La cordée repartit.

Soudain, la Falaise s'ébroua. Le grondement intérieur enfla, des filets de sable s'écoulèrent sur la tête et les épaules de Chilam, l'obligeant à fermer les yeux. Lorsqu'elle les rouvrit, son regard fut attiré par la cordée qui venait de perdre l'ancien, à une dizaine de clous sur sa gauche. Un désordre inhabituel régnait là-bas, loin de la résignation qui permettait aux uns et aux autres de survivre. Un cri lui parvint. Ses doigts se crispèrent sur la paroi. Elle en oublia de grimper, et ne réalisa qu'avec un temps de retard que le clan tout entier s'était figé. Les secousses se multiplièrent. Elles semblaient aller en s'intensifiant vers l'ouest.

La paroi se fissura. Une bourrasque brûlante jaillit du ventre de la Falaise, à moins d'un clou de Chilam Balam. Le danger lui apparut dans sa toute son horreur et elle se mit à hurler : « Grimpez ! Au nom de Yos ! »

Les cris s'élevèrent. Chilam voulut s'élancer, mais elle resta clouée sur place. Le poids du reste de la cordée la retenait prisonnière. Une nouvelle bourrasque s'échappa de la Falaise. Chilam sentit le souffle brûlant sur son visage et chercha une prise sur sa droite. Sa main ne trouva qu'un buisson épineux. Elle s'y agrippa, ignora la douleur lorsque les épines se plantèrent dans sa chair, et se balança sur le côté. Au même instant, elle vit avec effroi le pan de la Falaise qu'elle venait de quitter se détacher. La plaque de roche et de sable glissa dans un grondement sourd, souleva un nuage tourbillonnant et, avec une lenteur irréelle, se laissa tomber vers ce qui restait de la cordée. Dans un effort désespéré, Chilam tira la corde vers elle. À travers la poussière, elle distingua Totem, face au piège qui menaçait de l'emporter. À court de solutions, pris par la panique, il s'élança de toutes ses forces du côté de sa mère avant de disparaître dans un nuage de poussière et de roche.

L'effondrement se poursuivit, soulevant de nouveaux cris. Au-dessus de Chilam Balam, la corde se tendit. L'urgence de la situation la rattrapa en même temps que la douleur dans sa main. Elle changea de prise, essaya de repartir. Un demi-clou vers le haut, elle fut de nouveau arrêtée, bloquée par le poids de la cordée en contrebas. Elle tourna la tête. Totem apparut, le visage couvert de sang. Le bruit des chutes de pierres enfla, les cris, loin de s'éteindre, furent dévorés par le vacarme du tremblement de Falaise.

Prise au piège de la cordée, contrainte à une immobilité terrifiante, Chilam Balam ne put que regarder vers le bas.

Un fragment de roche rebondit contre la paroi, plongea vers Raja. Chilam resta sans réaction. Elle eut à peine le temps de comprendre que sa fille venait d'esquiver et vit la roche se fracasser sur la tête d'un ancien quelques clous plus bas. Le poids du corps inerte s'ajouta à la cordée. Les muscles se durcirent, les articulations grincèrent. Qu'une personne de plus lâche, et le reste de la cordée s'effondrerait.

Soudain, la silhouette de Mendeku surgit au milieu de la poussière. Le visage fermé, concentré, il s'élança. La roche s'effritait sous ses mains et ses pieds. Stupéfaite, Chilam Balam le vit gravir la Falaise, tenter de grimper alors que la paroi elle-même s'écroulait. Il remonta ainsi à contre-courant, ignorant les débris qui lui martelaient le corps tout entier. Lorsqu'il parvint à s'extraire du torrent de pierres, il vint se poster à hauteur de l'ancien qui gisait en suspension, le crâne défoncé. D'un geste rapide et précis, il dénoua la corde. Le corps fut aussitôt happé par le Néant.

8

À l'avant de la cordée, Lost Arrow assistait au spectacle de l'effondrement, impuissant. À plusieurs reprises, il avait essayé d'avancer, de s'éloigner du danger, mais chacune de ses tentatives se solda par le même constat : la cordée, trop longue, trop lourde, était piégée par la Falaise. Pire, la deuxième partie, prise dans l'effondrement, risquait de précipiter la chute de la tête.

Lost Arrow laissa échapper un cri de frustration. Il pensa à Brouillard Givrant. Cet imbécile qui lui avait suggéré une refonte des cordées pour maîtriser les individus. Des cordées à la merci du moindre soubresaut de la Falaise. La terreur sourde qui le tenait dans sa mâchoire depuis le début de la catastrophe desserra son étau et il ressentit une pointe de rage qui le rassura. Puis il aperçut Mendeku, à l'autre bout de la cordée, qui se précipitait pour détacher l'ancien tué dans l'effondrement. Un sourire se dessina sur ses lèvres. Il se tourna vers son second. « Coupe la corde ! » hurla-t-il.

L'autre le regarda avec des yeux ronds. Il avait entendu mais ne parvenait pas à y croire. Des mots sortirent de sa bouche, étouffés par le vacarme de la Falaise en colère. Lost Arrow le foudroya du regard et répéta : « Coupe la corde, avant que je t'arrache les yeux ! »

Le second sortit son poignard, redescendit au niveau de sa femme et entreprit de trancher la corde sous ses pieds. « Ça y est », cria-t-il, médusé par ce qu'il venait de faire. Lost Arrow n'attendit pas davantage. Il s'élança, aussitôt suivi par le petit groupe de tête. Il pitonna à toute vitesse, pressé par une incroyable force venue d'en bas, et il eut soudain la sensation que la puissance dégagée par l'effondrement, cette explosion de mort et de violence le portait, le rendait aussi léger et véloce qu'un oiseau. Sans s'en rendre compte, il se mit à rire.

La roche explosa à l'endroit où il venait de planter un piton et il s'immobilisa, regarda avec stupéfaction la paroi qui se lézardait entre ses jambes. La fissure remonta, s'élargit, et il se jeta de côté. Les autres suivirent et se rangèrent juste à temps ; dans un nouveau vacarme, un morceau de Falaise se détacha, emporté au milieu d'un déluge de sable. Lost Arrow s'esclaffa. Sa femme ne l'entendit pas mais perçut son visage hilare ; elle fronça les sourcils dans une expression entremêlée de sentiments confus et tourna la tête pour ne pas avoir à supporter l'horrible vision.

Lost Arrow riait à gorge déployée. Une excitation nouvelle le transperçait de toutes parts. La destruction. Enfin, il pouvait se laisser aller, se décharger de toutes ces tensions qui pesaient sur ses épaules depuis la mort de son père. Depuis que lui incombait la responsabilité de mener le clan au Sommet, alors qu'il ne désirait que les voir rejoindre le Néant un par un. La Falaise exauçait ses volontés. Les dieux se rangeaient à ses côtés. Il tourna la tête vers l'ouest et vit la cordée d'Azincourt. Le spectacle qui s'offrit à lui le laissa sans réaction.

Il crut voir une bête, une chenille géante peut-être, entièrement désarticulée, prise dans la paroi en mouvement. Les visages se trouvaient trop loin et pourtant il percevait leur détresse ; chacun se savait pris au piège, chacun essayait de bouger, de changer de voie, mais les mouvements désordonnés empêchaient la cordée de se mouvoir au milieu de la pluie de roches. Un individu fut fauché, puis un deuxième. La cordée chancela. En tête, Lost Arrow vit Azincourt sortir son poignard.

Non. Tu ne dois pas. Tu ne peux pas en sortir vivant.

Pris dans une nouvelle secousse, Azincourt laissa échapper son poignard. Un sourire s'étira sur les lèvres de Lost Arrow. La secousse gronda, se propagea. Le sable tourbillonna. Lost Arrow, fasciné, en oublia ce qui restait de sa propre cordée en difficulté en contrebas.

Au loin, plusieurs individus lâchèrent prise. Ceux qui s'efforçaient de tenir bon furent entraînés dans la chute. La corde, bloquée par les pitons, se tendit, et les malheureux s'arrêtèrent net, le souffle coupé. Les corps rebondirent contre la paroi, avant de s'immobiliser, suspendus dans le vide. Pendant un instant, nul ne bougea. La Falaise elle-même parut accorder un répit à la cordée en détresse dont chacun des membres avait lâché prise. La plupart semblaient inconscients, d'autres, certainement déjà morts. Puis quelques-uns se mirent à remuer. La Falaise calmée, un silence effrayant se répandit. Des gémissements s'élevèrent. Azincourt essaya de se remettre d'aplomb. Il tendit le bras vers une prise.

Soudain, un bruit métallique résonna. Le clan tout entier disséminé sur la Falaise entendit et reconnut ce bruit. Celui d'un piton expulsé, qui rebondit contre la paroi. Aussitôt après, un corps tomba. La corde se tendit, le piton suivant encaissa le choc et la chute fut enrayée. Mais sous la masse, une fissure apparut. Alors, tout se passa très vite. Revenus à eux, certains individus tentèrent de s'accrocher ; les pitons cédèrent les uns après les autres et ils furent happés par le vide, arrachés à la paroi. L'hécatombe se poursuivit, méthodique et implacable, remontant le long de la Falaise. Voyant la catastrophe venir à lui, Azincourt porta ses mains vers la corde et défit le nœud. L'instant d'après, sa femme et sa fille disparaissaient, emportées vers le Néant.

9

Azincourt ne parvint pas à crier. Il regarda sa cordée s'éloigner. Les corps s'emmêlaient, se heurtaient les uns aux autres dans une monstrueuse confusion. Puis, plus rien.

Il laissa échapper un long soupir. Les vingt-trois personnes dont il avait la responsabilité venaient de se faire engloutir par le Néant. Il secoua la tête, inspira profondément.

Comment en est-on arrivé là ?

Tout ça n'avait plus aucun sens. À peine cette pensée s'était-elle frayé un chemin dans son esprit qu'une autre s'imposa, avec la puissance indiscutable de l'urgence. Survivre. D'abord, survivre. Lorsque cette journée maudite s'achèverait, il rejoindrait Lost Arrow et lui parlerait. Il le forcerait à abandonner ses idées suicidaires. Tout redeviendrait comme avant.

Azincourt entreprit de poursuivre son ascension. Il tendit le bras et sans réfléchir, par habitude, jeta un coup d'œil en contrebas pour vérifier que le reste de la cordée suivait. Mais il était seul rescapé. L'émotion le submergea. Sa vue se brouilla et des tremblements s'emparèrent de lui. Ses muscles, soudain inconsistants, ne répondirent plus. Pas de corde. Il rata sa prise.

En le voyant rejoindre sa cordée dans le ventre du Néant, Lost Arrow éclata de rire.

10

Le tremblement de Falaise avait cessé. Chilam Balam remercia les dieux du Sommet en silence. Totem se hissa péniblement à sa hauteur. Son cuir chevelu était entaillé dans des proportions impressionnantes. Du sang séché lui recouvrait une bonne partie du visage. Le jeune garçon serrait les dents et semblait sur le point de s'évanouir. Aussitôt, Raja vint se placer à côté de son frère pour l'assister.

Mendeku les rejoignit. « Ne traînons pas », dit-il simplement. Les uns et les autres vérifièrent leur encordement. Puis ils repartirent. Un peu plus haut, Lost Arrow et les siens les attendaient. « Tu as coupé la corde, l'accusa un ancien.

— Tss, tss… Vous avez vu ce qui est arrivé à la cordée de ce pauvre Azincourt… En séparant notre groupe en deux, je vous ai sauvé la vie.

— C'est Mendeku qui nous a sauvés, répliqua l'ancien. Toi, tu nous as obligés à nous encorder comme des bêtes, tout ça pour mieux filer à la première occa… »

Il ne put finir sa phrase. Lost Arrow plongea son poignard directement dans ses cordes vocales. Un flot de sang jaillit hors de sa bouche, et l'ancien eut beau lui lancer un regard indigné, il ne s'effondra pas moins, incapable de retenir la vie qui s'échappait, revêche et obstinée.

Lost Arrow toisa les autres, éparpillés autour de lui. « Des questions ? » demanda-t-il.

Personne ne répondit. Chilam Balam ne fit rien pour cacher son mépris. Lost Arrow prit soin d'éviter son regard. Il rangea son poignard et tendit son index en direction du Sommet. « Nous avons encore du chemin avant ce soir, dit-il. Vous pouvez reconstituer la cordée. Réjouissez-vous, avec deux anciens en moins, notre maniabilité en sera accrue. Détachez-moi celui-là et ne tardez pas. Les secousses peuvent reprendre à tout moment. » Il ponctua sa phrase d'un rire nerveux.

11

Le clan s'arrêta en fin d'après-midi. Lost Arrow décréta les tours de garde obligatoires pour la nuit. Officiellement, il souhaitait que ses hommes de confiance observent la Falaise, au cas où de nouveaux tremblements surviendraient. Mais parmi ceux qui conservaient une étincelle de lucidité, personne n'était dupe. Chacun savait que Lost Arrow faisait surveiller le clan. Après l'épisode tragique qui avait vu disparaître une cordée entière, la moindre velléité séparatiste serait sévèrement punie.

Pendant toute la dernière partie de la journée, Chilam avait été forcée de tracter son plus jeune fils, aidée par Raja. Lorsqu'elle le hissa sur la vire, Totem s'effondra aussitôt. Elle s'agenouilla auprès de lui, inspecta une nouvelle fois sa blessure. Une large plaie courait dans ses cheveux et descendait jusque sur sa tempe. Chilam Balam toucha son front : il était brûlant. Le jeune garçon marmonna quelques mots dans un état de semi-conscience.

Inquiète, Raja s'approcha de sa mère. « Le guérisseur, chuchota-t-elle. Il faut le guérisseur. » Chilam hocha la tête. Aux abords du campement, les anciens installaient les filets pour ne pas encombrer la vire. Mendeku était déjà reparti pour la chasse, en compagnie de plusieurs autres hommes. Chilam chercha du soutien mais ne trouva personne, alors elle s'adressa directement à Lost Arrow. Elle l'appela d'une voix ferme, masquant du mieux qu'elle put son angoisse. Le chef ouvreur l'observa un court instant, ses yeux glissèrent sur elle, puis vers le corps frêle de Totem étendu sur le sol. Il bouscula quelques personnes pour se frayer un passage vers eux.

« Que veux-tu ? demanda-t-il d'une voix méfiante.

— Le guérisseur. Totem a été pris dans l'effondrement. Il est gravement blessé et la chaleur n'a rien arrangé. Il est sur le point de décrocher. »

Lost Arrow fit semblant d'étudier la blessure du jeune. Il hésita, chercha ses mots comme pour ne pas contrarier Chilam Balam. « C'est impossible, finit-il par dire. Le guérisseur a déjà trop de travail. Ton fils n'a pas l'air tellement mal en point. Il doit être un peu fatigué, c'est tout.

— Il faudrait qu'il soit mort pour que tu fasses venir quelqu'un ? »

Lost Arrow ne répondit pas. Chilam Balam le dévisagea et crut voir une lueur de satisfaction passer dans ses yeux. « Très bien, fit-elle. J'irai moi-même. J'amènerai Totem.

— Tu ne pourras pas. Il est inconscient. » Le sourire glacial du chef ouvreur emplit Chilam Balam de rage. Elle avança d'un pas dans sa direction et le foudroya du regard.

« J'irai, murmura-t-elle. Essaie seulement de m'en empêcher. »

Lost Arrow ne put réprimer un frisson. Lentement, il recula. Aussitôt, Chilam Balam se désintéressa de lui. « Raja, appela-t-elle. Aide-moi. Attache Totem sur mon dos.

— Laisse-moi venir avec toi, dit la jeune fille.

— Pas le temps de s'assurer. Et puis je serai trop chargée. Si je viens à décrocher, je risque de t'entraîner dans ma chute. » Elle tourna la tête et lança un regard méprisant en direction de Lost Arrow. « Puisque cet imposteur ne veut pas faire venir Chan Thé jusqu'ici, alors c'est moi qui me déplacerai. »

Raja installa Totem sur le dos de sa mère, puis elle entreprit de l'attacher. Ses gestes rapides perdirent de leur assurance tandis qu'elle observait le visage de son frère. « Mère, murmura-t-elle, je… j'ai l'impression qu'il ne va pas bien du tout. »

À cet instant, Totem poussa un faible gémissement. Raja sursauta. « Dépêche-toi, ordonna Chilam Balam.

— J'ai presque fini… Ça y est ! »

Chilam ne prit pas la peine d'étudier la Falaise. Elle ne pensa à rien. Ni au poids dans son dos, bien trop important, ni à l'absence d'assurage qui pouvait lui être fatal. Au moment de quitter la vire, elle se tourna vers sa fille. « Si je devais décrocher, dit-elle d'une voix dure, fais en sorte que Lost Arrow ne reparte pas demain matin. »

Elle n'attendit pas la réponse de sa fille et s'élança dans la paroi. Aussitôt, elle partit en arrière. Sa main verrouilla une prise. Son pied trembla, elle s'efforça d'attendre quelques respirations tremblantes. Totem pesait lourd. Il n'avait plus rien du petit de jadis. Chilam Balam prit conscience de la folie de son entreprise. Elle fit un pas sur le côté, puis un autre, s'arrêta sur une marche, à bout de souffle. Ses jambes cherchaient à se dérober sous elle.

Elle avala péniblement sa salive, chercha du regard le campement du guérisseur. L'absence de corde démultiplia le poids dans son dos. Pour la première fois de son ascension, une sensation de vertige l'assaillit. Pétrifiée, elle se colla à la paroi, et dans un mouvement désespérément lent, tourna la tête en direction de son propre campement. Raja la regardait, une terreur muette dans les yeux. Moins d'un clou les séparait. Chilam aurait voulu revenir, mais la distance lui semblait impossible à combler. Et puis, soudain, elle aperçut Lost Arrow ; le chef ouvreur, à l'autre bout de la vire, ne perdait pas une miette du spectacle. Il se délectait et attendait de voir son ennemie rejoindre le Néant.

Les muscles de Chilam Balam se contractèrent. Elle se positionna de profil, tendit la jambe pour prendre appui sur une colonne rocheuse. Sa respiration se bloqua et elle engagea le mouvement. Elle bascula, perdit l'appui confortable de la marche.

Je ne peux plus revenir en arrière, pensa-t-elle. La fatigue de la journée s'abattit sur elle. Les images de l'effondrement défilèrent devant ses yeux. Elle réalisa que ses bras tétanisaient contre la paroi. *Je n'y arriverai pas. Trop lourd. Trop fatiguée.*

Un râle s'éleva dans son dos. Sans réfléchir, elle poussa sur sa jambe et lança son bras. Sa main crocheta une prise, bien trop petite. Ses doigts glissèrent. Au moment où elle lâcha sa deuxième main dans l'espoir de trouver une meilleure prise, elle eut l'impression de flotter. La peur lui tordit les viscères. Sa paume ouverte frappa la roche, glissa ; elle appuya de toutes ses forces et parvint à se stabiliser. Sa jambe se replia, son genou heurta la paroi mais elle ne prêta pas attention à la douleur. Elle parvint à poser son pied sur une racine, sentit les tremblements incontrôlables dans le bas de son corps, attendit patiemment qu'ils s'arrêtent. Les pensées fusèrent dans sa tête. Elle s'en voulut de ne pas avoir pris le temps d'étudier la voie. Puis un nouveau gémissement de Totem lui rappela l'urgence de la situation.

Elle s'accrocha à un buisson, franchit une écaille, son pied arracha un morceau de roche mais elle ne s'arrêta pas pour autant. Un nouvel enchaînement la propulsa sur une autre portion de Falaise. Désormais, elle voyait le campement du guérisseur. Elle avait parcouru presque la moitié du chemin. Ses avant-bras douloureux, durs et gonflés, rendaient ses mouvements difficiles. Soudain, au moment de saisir une nouvelle prise, ses forces s'estompèrent ; elle essaya de se hisser, ses doigts lâchèrent. Elle serra les dents pour ne pas crier de rage. Ses pieds trouvèrent une cavité et elle se força à attendre, secoua ses bras l'un après l'autre. Cela lui parut durer une éternité. Elle essaya de percevoir la respiration de Totem, sans y parvenir. N'y tenant plus, elle repartit, franchit une nouvelle portion. Il lui sembla qu'elle était partie depuis des jours.

À quelques clous de là, plusieurs personnes s'approchèrent du bord de la vire pour l'observer. Et puis Chan Thé apparut. Il fronça les sourcils, prit la mesure de la situation, se mit à crier : « Qu'est-ce que vous attendez ? Allez l'aider ! »

Les autres se regardèrent, l'air vaguement coupable. Chan Thé s'encorda, planta un piton en toute hâte, se précipita dans la paroi. Lorsqu'il passa la corde dans le sherpa de Chilam, celle-ci eut l'impression qu'elle allait s'effondrer en pleurs. Elle se fit guider jusqu'à la vire et laissa le guérisseur détacher Totem, avant de tomber à genoux.

Chan Thé allongea le jeune garçon sur le dos. Chilam Balam n'avait pas encore repris son souffle que le guérisseur s'exprima d'une voix pleine de regrets.

« Il est mort », dit-il.

12

L'intersaison sembla ne jamais vouloir venir. Quand le clan y parvint enfin, l'épuisement avait achevé les dernières résistances. Brouillard Givrant lui-même avait vu son corps fondre au cours de cette interminable saison, comme si chaque grain de sable incrusté au cœur de la paroi avait réfléchi les rayons d'El Cap pour mieux le dessécher. Sa peau, auparavant d'un aspect laiteux, s'était rembrunie, craquelée, ses mains aux longs doigts n'avaient plus rien d'élégant et se couvraient de boursouflures durcies. La calvitie qui gangrénait son crâne avait encore gagné du terrain, et quelques poils blancs avaient même fait leur apparition dans sa barbe. Mais ses yeux contenaient toujours le même éclat. Sur son front, aucun pli de contrariété ne s'était creusé ; à cet endroit, c'était comme si la Falaise n'avait pas laissé la moindre trace. Le grain de peau lisse et régulier témoignait d'une confiance inoxydable. Car, malgré les épreuves du climat, malgré les pertes humaines, Brouillard Givrant le savait : il avait réussi. Ou, du moins, il était en passe de réussir. Le clan avait été restructuré. Le clan avait survécu à la mort d'Iron Curtain et à la sédition. Tout ça, grâce à lui.

Il n'avait pas encore rejoint la cassure depuis une longueur de temps que déjà, malgré la fatigue, il avait entamé son chiffrage. Le clan comptait en ce jour deux-cent-douze individus. Cinq petits à naître. Quatre-vingt-deux morts depuis la fin de la précédente intersaison. C'était beaucoup, évidemment. Il faudrait de nombreuses saisons avant de revenir à hauteur des trois-cents individus. Mais pour l'heure, cela ne pouvait que faciliter l'ascension.

Il continua son chiffrage. Sur trente-cinq séparatistes identifiés, dix-huit avaient terminé leur ascension. Huit s'étaient repentis. Six autres, parmi lesquels le jeune Salto Angel, semblaient parfaitement résignés.

Restaient trois cas d'interrogation.

Chilam Balam, tout d'abord. Cette sorcière ne disait rien ; elle ne tentait rien non plus, mais son regard sombre trahissait une haine évidente. Une haine encore accrue depuis la mort de son plus jeune fils. La crainte de Lost Arrow à son égard n'arrangeait rien. Le chef ouvreur n'était pas le seul : Chilam Balam inspirait une terreur froide au clan tout entier. Chacun voyait à travers cette femme le spectre de son fils aîné, celui qui avait fait vaciller la Falaise et dont l'aura continuait à hanter les lieux.

Raja, ensuite. La fille de la sorcière. La sœur de... Il se refusa à formuler son nom, ne serait-ce qu'en pensée, et se reconcentra. Raja. La même moue boudeuse et rebelle que sa mère. Trop jeune pour enfanter, suffisamment âgée pour poser des problèmes. Brouillard Givrant se demanda une nouvelle fois s'il ne valait pas mieux supprimer la mère et la fille. Au risque de réveiller le clan ? Il se rendit compte qu'il ne craignait pas la réaction du clan. Mais quoi, alors ? Qui ? Ses traits se crispèrent d'agacement. « Il est mort, grommela-t-il. Disparu depuis une saison entière. Quatre-cents jours ! Personne ne peut survivre à ça ! » Ses genoux tremblaient. Il s'en aperçut et cracha sur le sol sablonneux, serra ses poings de toutes ses forces. Lui, le véritable chef du clan, ne pouvait avoir peur d'un fantôme !

Sa main se posa sur son poignard. Tuer la sorcière. Il allait les égorger, elle et sa fille, et montrerait ainsi qu'il n'avait peur de personne ! Sa main se détendit. Il souffla, parvint même à esquisser un petit sourire.

Laisse les réactions brutales à ce gros lourdaud de Fantomastic. Tu es un chiffreur. Tu analyses, tu trouves des solutions.

Il s'obligea à évacuer ses émotions irrationnelles et se remit au travail.

Mendeku. Dernier élément mystère. Repenti ? Certainement pas. Résigné ? Peut-être. Du moins, il ne dégageait aucune haine. Mais il cachait quelque chose. Brouillard Givrant ne pouvait pas croire que quelqu'un puisse voir son ascendance ainsi décimée sans se révolter. Pour le briser, Lost Arrow lui avait même enlevé la garde de Tarnagas. L'ancien shaman n'était plus rien. Sa lignée ne perdurerait pas, personne après lui ne partirait à la rencontre des dieux du Sommet. Il ne pouvait exister de plus grande déchéance qu'une ascension marquée du sceau de l'inutilité, sans enfants pour la poursuivre. Et pourtant, Mendeku continuait. Il se battait pour les anciens, les encourageait, les aidait dès qu'il le pouvait. Cet homme ne ressemblait pas aux autres. Une nouvelle fois, Brouillard Givrant frissonna.

Ne te laisse pas dominer par tes émotions. Les émotions ne servent à rien.

Il s'obligea à faire le vide dans son esprit. Petit à petit, la raison reprit le dessus. Il calcula l'âge de Mendeku. Cinquante-neuf saisons. Un vieil homme brisé qui avait trouvé dans l'aide qu'il apportait aux anciens une nouvelle raison de poursuivre son ascension. Aucun danger là-dedans. Mendeku pouvait vivre encore un peu, l'expérience des vieillards se révélait parfois utile. Quant à Chilam Balam et Raja… Brouillard Givrant pinça les lèvres et plissa les yeux. Une solution semblait vouloir se dessiner dans son esprit. Il la laissa venir, regarda autour de lui. Une femme passa. Son ventre était rond et lourd de l'enfant qu'elle mettrait bientôt au monde. Brouillard Givrant ouvrit soudain de grands yeux. Trop jeune pour enfanter… Avait-il vraiment pensé que Raja était trop jeune pour enfanter ? Le compte se fit instantanément dans son esprit. Elle entrait dans sa quatorzième saison. Elle était physiquement prête, même si la coutume voulait que les jeunes femmes attendent leur vingt et unième saison.

Oui, mais les règles ont changé. Et c'est moi qui établis les nouvelles règles.

Une agréable satisfaction envahit Brouillard Givrant. Encorder la fille revenait à la séparer de sa mère. La faire engrosser les rendrait toutes les deux inoffensives. Et tant pis si on n'avait jamais vu une jeune fille mariée dans sa quatorzième saison. Le temps était au changement, après tout.

ÊPISODE 3

1

Plus tard dans la soirée, le clan se rassembla pour la veillée traditionnelle. Les cordées élargies avaient établi une aire de campement sur la cassure. Nul besoin d'enclos cette fois-ci, Brouillard Givrant le savait. Les individus se surveilleraient entre eux, trop soucieux de progresser dans la hiérarchie. Encore une trouvaille géniale de sa part.

Lors de la cérémonie, il expliqua son idée. « En ces temps difficiles, nous avons besoin d'être unis. La réussite du clan dépendra de votre dévouement. » Il s'arrêta. Ses paroles lui semblèrent usées, comme s'il avait passé toute la saison à mettre en garde les uns et les autres. Il était temps de passer aux choses concrètes. « À partir de ce soir vous sera attribuée une place dans la cordée. Bien entendu, le chef de cordée se trouve en première position, avec femme et enfants.

» Votre position pourra bien sûr évoluer en fonction de votre dévouement envers le clan. Désormais, les numéros un et deux de chaque cordée siégeront au Conseil. Ce classement est accessible à tout le monde, y compris aux saisonniers.

— Et aux femmes ? »

Brouillard Givrant tourna la tête, cherchant du regard la personne qui avait osé prononcer de telles paroles. Raja. La fille de la sorcière. Il ne prit pas la peine de répondre pour autant.

Attends voir un peu ce qui t'attend.

« Le temps des privilèges est terminé, reprit-il. Soyez loyaux, servez le clan et vous vous rapprocherez de la tête de la cordée. Par exemple, Raja se classe en douzième position. Juste avant sa mère. Après elles, tout au bout, il n'y a que les anciens. Pour vous autres, pas de numéros. Ce n'est pas la peine.

— Qui décide de ce classement stupide ? »

La phrase claqua dans l'air. Brouillard Givrant ne put s'empêcher de baisser les yeux. Puis il s'efforça de regarder Chilam Balam qui se dressait face à lui, fière et glaciale. « Notre chef, Lost Arrow, répondit-il. C'est lui qui décide. »

Sur proposition de son chiffreur.

Il esquissa un petit sourire intérieur. Un vent chaud et poussiéreux souffla sur la cassure. Les flammes du brasier vacillèrent.

« Les événements de la précédente intersaison appartiennent au passé. Nous n'en parlerons donc pas… Néanmoins… Gringo Loco… »

Tous les regards se tournèrent vers le tanneur. Assis sur une souche, misérable, le dos voûté, il mâchonnait une herbe de jha. Il leva des yeux vitreux vers Brouillard Givrant.

« Gringo Loco, tu as perdu ta place au Conseil. Il te faudra prouver ta fidélité au clan pour la regagner. En attendant, tu prendras place en cinquième position au sein de ta cordée. »

Gringo Loco haussa les épaules en poussant un soupir désabusé. Brouillard Givrant se détourna de lui et prit un air solennel.

« Tournebrosse… Voilà un exemple pour nous tous. Tournebrosse est un saisonnier. Désormais, les saisonniers, je vous l'ai dit, peuvent envisager une place au Conseil. Tournebrosse n'a pas cessé de nous prouver sa loyauté. Il a travaillé dur, il a obéi, il n'a pas hésité à se sacrifier. Et pour toutes ces raisons, Tournebrosse est maintenant en deuxième position dans sa cordée. Il prendra la place de Tandem pour l'Évidence. Et il fera partie intégrante du Conseil. »

Pendant une bonne longueur de temps, concentré, minutieux, Brouillard Givrant classa les individus au sein des cordées. Certains hommes tremblèrent et prièrent en silence de voir leur place préservée, jurant de s'investir comme jamais si Brouillard Givrant les laissait siéger au Conseil. D'autres, blessés, reçurent la sentence de l'éviction comme un coup de poignard, s'inquiétèrent de pouvoir un jour reconquérir leur statut de membre. Enfin, les derniers sentirent comme un gonflement agréable qui n'en finissait plus de prendre toute la place dans leur corps, dans leur esprit dilaté de joie. L'orgueil. L'accession au Conseil. Impossible quelques saisons auparavant, voilà que Brouillard Givrant réalisait leur rêve le plus fou, les couvrait de gloire et de reconnaissance.

Pour mieux signifier leur intronisation aux quatre nouveaux membres, Brouillard Givrant leur proposa de réciter eux-mêmes la prière à la gloire des Dieux du Sommet. Le clan n'avait plus de shaman pour le faire.

Après ça, le chiffreur jeta une grande quantité d'herbe de jha dans le feu.

2

Tournebrosse s'appliqua à garder un visage sérieux, austère. Celui qui convenait à un membre du Conseil. Il lutta de toutes ses forces pour contenir ses souvenirs, pour empêcher le passé de ressurgir du Néant, mais les images étaient là.

Il se revit enfant. Les innombrables nuits passées dans le filet, à flanc de Falaise, pour laisser les vires aux *autres*, ceux qui possédaient le savoir-faire, ceux qui siégeaient au Conseil et prenaient les décisions. Envieux, il avait souvent épié les enfants de son âge ; pendant d'infinies longueurs de temps il les avait regardés apprendre à tisser, à guérir, à tanner le cuir. Il avait même essayé en secret de fabriquer une corde, pour un résultat si piteux qu'il s'était empressé de tout jeter dans le Néant, tremblant de rage.

Plus tard, lorsqu'il eût atteint l'âge, son père lui avait ordonné de se mettre à disposition du clan lors des intersaisons. Corvée de chasse, corvée de bois, corvée d'eau… Après la saison éreintante, continuer, grimper, redescendre, repartir, se mettre en danger pendant que les autres se prélassaient. Tout ça pour espérer glaner un piton rouillé ou une corde de seconde main. Tout ça pour ne pas pouvoir espérer mieux qu'une fille de saisonnier comme épouse.

Mais Brouillard Givrant avait changé tout ça. Et aussi vrai qu'il siégeait dorénavant au Conseil, Tournebrosse, une fois l'émotion dissipée, était bien décidé à oublier ces saisons d'humiliation, les laisser une bonne fois pour toutes là où elles ne surgiraient plus jamais.

À cet instant, alors que le chiffreur en terminait avec son classement, il se promit de garder sa place au Conseil.

3

L'intersaison. Le moment pour le guérisseur de faire le tour des campements. Remettre d'aplomb les uns, vérifier l'état de santé des autres, réconforter les anciens, ceux qui décideraient de ne pas repartir. ChanThé s'attelait à sa tâche avec rigueur. Cette fois-ci, la saison avait été bien trop éprouvante. Il avait demandé à son père de l'épauler.

Chaxi l'ancien sillonnait donc le camp lui aussi, comme à la bonne époque, ce temps qu'il évoquait parfois en lui-même. Mais les souvenirs revêtaient trop souvent la teinte du deuil, car il fallait alors prendre conscience de ce qu'on avait perdu, de ce changement dans les esprits et dans les conditions de subsistance.

Personne, au sein du clan, n'aurait reproché à un ancien de s'égarer dans les limbes du passé. Lui-même s'accordait ce plaisir amer avec parcimonie, pour avoir la force de repartir le jour venu. D'ailleurs, combien ne repartiraient pas ? Beaucoup, sans doute, au vu de la saison effroyable qui venait de s'écouler.

Les anciens, en bout de cordée, avaient souffert mille maux ; les chutes de pierres, la chaleur, les humiliations avaient achevé des organismes épuisés par plusieurs dizaines de saisons d'ascension. Bien souvent, ceux qui avaient tenu bon et rallié l'intersaison subissaient le contrecoup de leurs efforts. S'imaginer repartir, vivre une nouvelle fois le même calvaire relevait pour eux de l'absurdité pure et simple. Chaxi le savait bien. Contrairement au temps où il exerçait en tant que guérisseur en titre, ses interventions se résumaient désormais le plus souvent à tenter de soigner l'âme des gens. Les morsures de la Falaise n'avaient plus aucun secret pour lui depuis longtemps ; pour chaque situation, il connaissait un remède, une plante, une mixture appropriée. Mais ces blessures-là étaient bien plus profondes.

Lui-même se posait de trop nombreuses questions. Il avait encore au-dessus de lui plusieurs saisons d'ascension et faisait partie des anciens les plus en forme. Peut-être conservait-il au fond de lui l'espoir d'un changement. Peut-être lui restait-il encore suffisamment d'énergie pour repartir, et résister au questionnement. *Mais après ?*

Il s'ordonna d'arrêter de penser et marcha d'un pas décidé vers le campement suivant. Ce n'est qu'au moment de s'y présenter qu'il réalisa. Ici, malgré la rareté du bois dans les environs, des branchages faisaient office de palissade. Un espace spécial. Des ondes particulières. Chaxi l'ancien fit la moue. Il s'annonça, comme on lui avait ordonné de le faire. « Chef ouvreur, ton humble serviteur demande la permission d'entrer.

— Tu peux venir », répondit une voix féminine.

Chaxi se faufila à l'intérieur du campement. Malgré sa réticence à se trouver ici, une sensation agréable se diffusa aussitôt en lui. De l'ombre. Au-dessus de sa tête, fixées aux palissades, des peaux étirées empêchaient les rayons d'El Cap de calciner le sol et ses occupants. Chaxi baissa les yeux. Pink Projet, la femme de Lost Arrow, se tenait là, assise. Elle regardait son petit dormir.

Chaxi s'inclina. « Pink Projet…

— Il n'est pas là, répondit-elle.

— Alors je peux peut-être commencer par toi. Ou par le petit…

— Le petit va bien. » Elle hésita un instant, avant d'ajouter : « Et moi aussi. »

Chaxi resta impassible, mais ses sens se mirent en éveil. Les bruits des alentours lui parvinrent avec une acuité différente, comme s'ils se détachaient dans l'air moite et brûlant. De la sueur glacée coula dans son dos. La nervosité de Pink Projet lui parut évidente.

« Ton pied », dit-il, suivant son instinct.

Pink Projet blêmit. Sa paupière tressauta, elle commença à se mordre la lèvre inférieure. Elle laissa échapper un profond soupir, puis fit glisser le cordage qui dissimulait son pied droit. Chaxi approcha. Il s'agenouilla, saisit la jambe d'une main ferme, la posa sur son genou et entreprit d'examiner Pink Projet.

« Pourquoi le cacher ? » Il se doutait de la réponse. Durant son ascension, il avait vu trop de personnes camoufler la moindre blessure, par peur d'être déclarées inaptes et jetées dans le vide ou, au mieux, abandonnées sur place. La réponse le surprit.

« C'est Lost Arrow, dit-elle. Il ne veut pas que j'en parle.

— Alors il sait… Étrange, j'aurai pensé que tu voulais justement le lui cacher.

— Je lui ai dit aussitôt. Je voulais me faire soigner, mais il m'a ordonné de ne rien dire. » Sa voix était basse, presque un chuchotement, et elle jetait des regards prudents derrière Chaxi. « Tu ferais mieux de ne pas trop t'attarder ici.

— Tu m'as pourtant demandé d'entrer.

— Je… je ne sais pas pourquoi. »

Chaxi examina le pied. Une bosse bleu violacé saillait sur le côté, un peu en avant de la cheville. Plus inquiétant encore, une vilaine plaie lui déchirait la peau. L'ancien toucha la chair molle, sentit ses doigts, et fit de son mieux pour masquer son inquiétude. Pink Projet sursauta et étouffa un gémissement.

« C'est grave ? ne put-elle s'empêcher de demander.

— Tu as sans doute le pied cassé. Il va te falloir du repos, beaucoup de repos si tu veux repartir. Je vais te préparer une attelle, ainsi qu'un onguent pour ta…

— Non, murmura Pink Projet. Il ne doit pas savoir. Il te tuerait. Personne ne doit savoir…

— Est-il fier à ce point ? »

Elle ne répondit pas tout de suite. Ses yeux, remplis d'angoisse, passèrent de Chaxi à son petit, puis retournèrent surveiller l'entrée. « Il est fou », souffla-t-elle.

L'ancien ne put empêcher un sentiment désagréable de refluer en lui. Il avait tout fait pour oublier ce morceau-là du passé, mais la tragédie revenait le hanter régulièrement. La nuit où Lost Arrow était devenu le chef du clan. La nuit du massacre. « Je sais, murmura-t-il à son tour, soudain apeuré. Tout le monde le sait. Et tout le monde le suit. »

Pink Projet leva vers lui des yeux embués. « Ne t'en fais pas, dit Chaxi. Je vais te préparer ce qu'il faut. Je surveillerai… »

Une branche craqua. L'ancien guérisseur se raidit, tourna la tête. Rien. Il se rendit compte qu'il avait peur. Son cœur battait trop fort. Il reprit d'une voix encore plus basse : « Je le surveillerai. Dès que je le verrai quitter votre campement, je t'apporterai le nécessaire. Tu n'auras qu'à emmailloter ton pied dans une peau, pour cacher l'attelle. Et s'il la découvre, tu lui diras que tu l'as confectionnée toi-même.

— Il ne me croira jamais.

— Alors tant pis, tu lui diras la vérité. » Chaxi fut surpris par le ton ferme de sa voix. Il s'aperçut aussi que la peur s'était envolée.

« Il risque de te tuer. Pourquoi fais-tu ça ?

— Je suis un ancien. Mon ascension a été recouverte depuis longtemps par le Néant. Je n'ai pas grand-chose à perdre. » Il aurait pu continuer à discourir pendant plusieurs longueurs de temps, mais préféra garder le silence. Comment expliquer ce qui venait de se produire dans son corps, comment expliquer la révolte de son esprit, face à ce qu'il avait accepté depuis la précédente intersaison ? Quatre cents jours de soumission, d'humiliation. Le sentiment irrémédiable que la passivité prenait fin en cet instant. Les mots ne servaient plus à rien ; le regard de Pink Projet était plongé dans le sien, et elle avait tout compris. Un mot se forma en silence sur ses lèvres. *Va*, implorait-elle.

Chaxi regarda autour de lui et quitta le campement. Il erra, l'esprit en ébullition. Au loin, il aperçut Salto Angel. Le jeune outilleur se tenait assis, au bord de la cassure, les pieds au-dessus du vide. En voilà un qui semblait ne jamais devoir se remettre. Chaxi se demanda s'il n'allait pas sauter dans le Néant. Il fit quelques pas dans sa direction, hésita, attendit. Finalement, Salto Angel se leva, s'éloigna du précipice. Il passa devant l'ancien guérisseur, sans un regard. Chaxi pensa avec tristesse à Salto Angel tel qu'il l'avait connu, excellent grimpeur, espiègle et plein de vie.

Ils l'ont tué. Son esprit a décroché.

Peut-être devait-il aller lui parler. Il voulait lui dire de garder espoir, lui expliquer ce qu'il avait ressenti lorsqu'il avait décidé de soigner Pink Projet malgré l'interdiction. Il avait décidé de défier Lost Arrow, et la peur était partie.

Bien peu de chose en réalité, il le savait. Mais il ne ressentait plus cette espèce de boue collante et nauséabonde au creux de son estomac, son esprit s'éclaircissait et l'air lui semblait plus pur.

Il repensa à Mendeku, Chilam Balam, Gringo Loco et tous les autres, ceux qui avaient osé conspirer après la mort d'Iron Curtain. Ils avaient été inconscients, mal organisés.

Comment pouvait-on se douter qu'ils se transformeraient en bêtes ? Comment pouvait-on imaginer un tel massacre ?

Trop de choses avaient changé. Ces cordées, interminables et meurtrières. Les uns et les autres, prêts à s'épier et se vendre pour une place gagnée. Le clan, qui n'avait plus de shaman ! Personne ne paraissait s'en émouvoir, et pourtant, plus aucune force spirituelle n'accompagnait le clan vers les dieux du Sommet. Les gens commençaient déjà à l'oublier. Les petits nés à l'intersaison ne connaîtraient jamais de shaman. Lost Arrow ne souhaitait pas s'encombrer de l'inutile. Alors ils finiraient tous comme des bêtes rampantes. Et, s'ils arrivaient un jour au Sommet, les dieux eux-mêmes ne les reconnaîtraient pas et les mépriseraient. Face à cette idée, Chaxi avait soudain bien moins peur de décrocher.

L'ancien regarda Salto Angel disparaître derrière un éperon rocheux. Il abandonna l'idée d'aller lui parler. Lost Arrow avait placé des espions partout sur la cassure, il le savait. Son statut lui permettait d'entrer en contact avec n'importe quelle personne du clan, mais il se savait surveillé. La moindre tentative de complot se terminerait dans un nouveau bain de sang. Salto Angel devait trouver les ressources en lui-même.

Une silhouette furtive traversa la cassure. Brouillard Givrant. Le chiffreur avait l'air fatigué. Mais pour l'avoir côtoyé de longues saisons durant, Chaxi savait qu'il était plus résistant qu'un arapierre.

4

Brouillard Givrant s'avança vers la Falaise, à la recherche d'un peu de fraîcheur. À ce moment de la journée, El

Cap avait pitié des hommes. Cela ne durait que quelques longueurs de temps mais, à condition de bien s'y prendre, on pouvait se ménager un petit coin d'ombre. Brouillard Givrant regarda les rayons disparaître derrière la Falaise. Il repéra un creux dans la paroi et fila s'y réfugier. Le sable brûlant lui piqua la voûte plantaire, sensation nouvelle, pour des pieds à la corne épaisse. Il se laissa tomber sur le sol, poussa un soupir sec et bref. Quelques gouttes de sueur coulèrent sur son front. Il s'épongea distraitement avec son avant-bras, mais lui aussi était tout luisant de transpiration.

« Chaud, murmura-t-il. Chaud, et soif. » Il venait d'envoyer un saisonnier lui chercher de l'eau. Malgré la chaleur écrasante, le bougre n'avait pas hésité : il s'était encordé avec son fils et avait filé, loyal et dévoué. Bien. Exactement ce qu'il fallait.

Les rumeurs racontaient que le débit à la cascade faiblissait. Brouillard Givrant ne savait pas si les rumeurs disaient vrai. Il n'avait jamais eu à se rendre là-bas. Les uns et les autres étaient trop soucieux de se faire bien voir et se fatiguaient volontiers à sa place.

Tant mieux. Toute cette chaleur m'épuise déjà bien assez.

L'image de la cascade, à plusieurs dizaines de clous de la cassure, lui vint à l'esprit. Un mince filet d'eau, dont la plus grande partie s'évaporait au fur et à mesure de sa chute. Mais les dieux leur enverraient bientôt une bonne pluie en amont pour remédier à tout ça. Avec un peu de chance, peut-être pleuvrait-il même sur la cassure. Plongé dans ses pensées, Brouillard Givrant n'entendit pas arriver Lost Arrow.

« Tu te ramollis », lança le chef ouvreur.

Brouillard Givrant sursauta de façon imperceptible, fronça les sourcils avant de se reprendre. « Je réfléchissais.

— Je sais, fit Lost Arrow. Tu réfléchis tout le temps. Il n'empêche que tu n'es pas sur tes gardes. »

Brouillard Givrant eut un petit sourire. Il hocha la tête, regarda autour de lui. « Pour quoi faire ? La paix est revenue. N'importe lequel d'entre eux serait prêt à sacrifier femme et enfant pour avoir une chance de progresser d'une place dans la cordée.

— Faut reconnaître que tu es sacrément malin. Mais ça ne suffit pas.

— Ah bon ? Et que faut-il d'autre ?

— De la force. De la résistance. Du courage et… de l'instinct.

— J'ai tout ça, rétorqua Brouillard Givrant. Merci à toi de t'en soucier. » Il regarda le chef ouvreur dans les yeux, perçut une ombre de doute. Presque de la réprobation. Il se mordit la langue, et se força à poursuivre : « Je suis un chiffreur. Tu ne peux pas me demander d'être aussi résistant que vous autres. À chacun son domaine…

— C'est vrai.

— Je pense, j'organise toute la vie du clan. Nous allons bientôt repartir, et vous serez bien contents que j'aie réfléchi aux modifications nécessaires. »

Lost Arrow parut surpris. « Des modifications ? Encore ? »

Brouillard Givrant s'autorisa un petit rire condescendant. « Oui, encore… les ajustements ne s'arrêtent jamais. C'est bien pour ça qu'un chiffreur est indispensable. »

Lost Arrow ne trouva rien à répondre. Un silence pesant s'installa. Non loin de là, un pitonnier rentrait d'expédition, flanqué de trois saisonniers. Ces derniers portaient une lourde charge dans leur filet. La cordée atteignit la cassure, passa à côté d'eux sans les voir. Les saisonniers déchargèrent de gros fragments rocheux, parcourus de teintes grisâtres. Aussitôt, le pitonnier leur donna ses instructions et ils entreprirent d'extraire le fer.

Brouillard Givrant désigna les trois hommes du menton. « Et eux, à quoi veux-tu qu'ils réfléchissent ? Ils obéissent, c'est tout.

— Tu as prévu d'autres modifications avant notre départ ? » demanda l'ouvreur.

Brouillard Givrant se crispa. Il savait le sujet sensible. Les mots étaient tout prêts dans son esprit depuis plusieurs nuits déjà. Néanmoins, il attendit encore quelques instants avant de les prononcer.

« Pas vraiment une modification, dit-il. Une solution. La solution.

— De quoi s'agit-il ?

— La sorcière. »

La mâchoire de Lost Arrow se contracta. Désormais, lors de leurs fréquents rendez-vous, ni l'un ni l'autre ne souhaitait l'appeler par son nom. « Eh bien ? Parle ! »

Brusqué, Brouillard Givrant tronqua une partie de son argumentaire. « J'ai le moyen de la rendre inoffensive.

— Parle ! Pourquoi gardes-tu cela pour toi ?

— J'étais en train d'y réfléchir lorsque tu es arrivé, mentit le chiffreur. Et je ne pourrai rien te dire si tu me presses comme ça ! » ajouta-t-il pour se défendre. Il laissa passer quelques respirations, pour se calmer et reprendre le dessus. Suspendu à ses lèvres, Lost Arrow s'efforça de ne rien dire.

Brouillard Givrant jugea la situation satisfaisante. D'une voix basse, il dit : « C'est à propos de Raja. J'ai l'intention de l'encorder.

— Pourquoi ?

— Pour la séparer de la mère. Et ce n'est pas tout. Dès les semences, elle se fera engrosser.

— Engrosser ?

— Exactement. Ainsi, jamais la sorcière n'osera nous faire du tort. Elle deviendra très, très docile. Sinon… »

Il laissa sa phrase en suspens et leva les yeux vers Lost Arrow pour savourer l'effet produit. Il fut déçu du résultat. Visiblement, le chef ouvreur n'approuvait pas. Il semblait même contrarié.

Le chiffreur ressentit un pincement au creux du ventre. De la peur ? De la colère ?

Je lui apporte la solution pour le débarrasser de celle qui le terrorise… et voilà sa réaction… Pourquoi me regarde-t-il comme ça ? Il devrait plutôt tomber à genoux et me remercier !

« Il n'en sera rien, dit Lost Arrow.

— Pourquoi ? s'offusqua le chiffreur. C'est idiot… »

Avant même qu'il ne s'en aperçoive, la grosse main de l'ouvreur lui enserrait la gorge. « Qu'est-ce qui est idiot… moi ?

— Non, s'étrangla Brouillard Givrant. Je veux dire… pourquoi ne veux-tu pas, ça me semble une bonne idée… »

L'étreinte se desserra, mais Lost Arrow n'enleva pas sa main pour autant. Brouillard Givrant se sentit minuscule et incroyablement fragile. Son cœur peinait à battre dans sa poitrine.

« Tu es… suffisant, lâcha le chef ouvreur. Les idées d'un chiffreur doivent rester des propositions. Pas des ordres.

— Mais puisque je te dis que je venais juste d'y penser quand tu as surgi…

— Menteur avec ça ! Tu as tout prévu depuis longtemps…

— Comment… comment sais-tu ? »

Lost Arrow lâcha sa proie. « L'instinct », murmura-t-il.

Le chiffreur aspira une grande bouffée d'air. Il n'osa pas regarder son vis-à-vis dans les yeux et replia ses mains pour les empêcher de trembler. Une cascade de rage s'écoula dans ses entrailles. Il s'obligea à laisser passer une quinzaine de respirations avant de reprendre la parole.

« Je ne te comprends pas, Lost Arrow. Je faisais justement une proposition…

— Bouffi d'orgueil, marmonna l'ouvreur. Est-ce toi qui parcours le monde à la tête du clan ?

— Non…

— Sais-tu qui est le chef de ce clan, qui est ton chef ?

— C'est… c'est toi.

— Et tu t'adresses à moi comme si tu parlais à ton égal… Ou même à un vulgaire tanneur, pourquoi pas…

— Lost Arrow…

— Chef ouvreur ! »

Les mots résonnèrent. Brouillard Givrant se figea. Les saisonniers se redressèrent, s'interrompirent dans leur corvée. Ils n'osèrent pas regarder du côté des deux hommes et se remirent au travail, gênés.

Dérouté, Brouillard Givrant balbutia : « Je… je ne comprends pas…

— Arrête de chercher à comprendre, et obéis. Tu l'as dit toi-même, la paix est revenue dans le clan. Si les dieux le veulent, nous sortirons bientôt du désert. Il est temps pour toi de te faire plus discret.

— Je ne comprends pas… » répéta Brouillard Givrant. Et pourtant, il ne comprenait que trop bien. Mais il ne parvenait pas à admettre que Lost Arrow ait pu se servir de lui de la sorte. Au risque de se confronter à l'interdit du passé, il repensa à toutes ces nuits où le chef ouvreur était venu lui demander conseil, ou simplement se confier à lui, désemparé. Maintenant que la crise s'estompait, voilà qu'il le traitait comme le dernier des saisonniers. *Je suis le véritable chef de ce clan ! Tu es faible, fou et stupide !*

« Je ne suis pas si bête que tu le penses », dit Lost Arrow.

Brouillard Givrant se figea. « Je… je n'ai jamais pensé que tu étais bête, bredouilla-t-il.

— Bien sûr que si. » Le chef ouvreur regarda le visage surpris de son interlocuteur. « L'instinct », ajouta-t-il.

Brouillard Givrant resta pétrifié. Lost Arrow pointa un doigt menaçant dans sa direction, puis il tourna les talons et s'éloigna. Le chiffreur n'avait besoin d'aucune traduction : le chef venait de lui signifier qu'il reprenait le contrôle du clan. Lui n'avait plus qu'à se faire discret.

Une colère sourde monta en lui.

Je suis l'homme le plus intelligent du clan ! Comment cet imbécile peut-il croire…

De rage, il ferma son poing et frappa la Falaise. La douleur fut instantanée et remonta le long de son bras. Il se trouva faible, trop sensible. Aucune résistance, Lost Arrow avait raison. Et si en plus même le chef ouvreur avait réussi à le manipuler, alors peut-être n'était-il pas aussi intelligent qu'il le pensait.

Je serai patient, se promit-il. *J'attendrai mon heure. Je me ferai discret ; tellement discret qu'ils m'oublieront tous. On verra comment ils s'en sortent sans moi. Et le moment venu…*

5

Au grand soulagement du vieux guérisseur, Pink Projet avait pu repartir. Combien de temps tiendrait-elle dans cet état, Chaxi ne le savait pas. Il ne voulait pas y penser. Dès qu'il pouvait l'apercevoir, il la regardait grimper. Ses mouvements raides n'auguraient rien de bon.

Pendant toute la fin de l'intersaison, il avait tenu parole. Il s'était rendu au campement, jour après jour, sans éveiller les soupçons. Du moins l'espérait-il. La blessure de Pink Projet n'avait pas empiré. Son état ne s'était pas amélioré non plus. Au fil des rencontres, Pink Projet avait précisé ses pensées, jusqu'à se confier totalement à l'ancien guérisseur.

« Il est fou, avait-elle répété ce jour-là. Il ne le montre pas, mais je crois qu'il est terrorisé. » À cet instant, elle s'était tue, le visage tourné vers le ciel pour retenir ses larmes. Chaxi avait attendu la suite avec patience, conscient que la jeune femme voulait en dire davantage. Un cœur si lourd l'empêcherait de poursuivre son ascension. Chaxi réalisa à quel point les membres du clan vivaient un cauchemar, seuls de leur côté. Il le savait déjà pour les anciens, pour les frondeurs, qui avaient été durement réprimés. En revanche, il ignorait que la femme du chef ouvreur elle-même puisse souffrir le martyre, dans son corps et dans son âme. Cela ne fit que renforcer sa détermination.

« Je l'ai entendu parler tout seul, lâcha la jeune femme. D'autres fois, j'ai entendu ses rêves. »

Chaxi ne dit rien. Une partie de lui voulut partir avant d'entendre les paroles qui devaient marquer son esprit.

« Il est fou, et seule la mort le fait vivre. Il s'en nourrit. Il la recherche. Pas pour lui, mais pour les autres. Je… je pense qu'il a l'intention de renvoyer le clan tout entier au Néant. »

L'ancien prit la mesure des propos de Pink Projet. Son corps se noua, comme paralysé de terreur. Mais son esprit, lui, s'agitait, lucide et déterminé. « Il sait que tu es blessée… murmura-t-il. Et il laisse ton état empirer…

— Il en tire une grande satisfaction. »

Chaxi se prit la tête entre les mains. Il savait. Sa mémoire rebelle hurlait sans relâche deux mots terribles : pulsions destructrices. Le mal des ouvreurs. Un clan à mener au Sommet, une charge trop lourde qui finissait par lacérer l'esprit de certains chefs. Entre délire de toute puissance et désir d'annihiler la moindre parcelle de vie, pour s'alléger.

« Nous n'avons plus de shaman », se répéta Chaxi.

Pink Projet leva vers lui des yeux circonspects. « L'ouvreur montre la voie au clan, poursuivit-il. Mais le shaman est le guide spirituel. Sans shaman, la pression devient intolérable pour le chef ouvreur.

— Tu veux dire que…

— Je pense que Lost Arrow n'est pas fait pour être chef ouvreur. Il a conquis son statut dans la violence et le meurtre. Et sans shaman, il est évident que les choses ne peuvent qu'empirer. »

Il hésita, puis se résolut à transgresser le tabou du passé. La jeune femme avait fait preuve de courage pour se confier. Il était avec elle au-delà des lois artificielles du clan.

« Autrefois, commença-t-il, lorsque j'ai accédé au statut de guérisseur, mon propre père m'a appris qu'il était possible de destituer un chef ouvreur, et d'en choisir un autre. »

À ces mots, la jeune femme leva vers lui un regard où l'espoir tentait de percer la détresse.

« Hélas, reprit Chaxi. Plus personne ne le sait à présent. Cette situation ne s'est pas présentée depuis trop longtemps et…

— Et ?

— Ce n'est pas en interdisant d'évoquer le passé que quiconque pourra s'en souvenir. » Chaxi secoua la tête, désabusé. « Il y a autre chose aussi…

— Parle, le pria Pink Projet.

— Avant, c'était au guérisseur d'évaluer l'état psychologique du chef ouvreur. S'il décelait des pulsions destructrices, il… il devait en parler au shaman. Le chef spirituel du clan.

— Tu veux dire que c'est le shaman qui avait la possibilité de choisir un autre ouvreur ? »

L'ancien hocha la tête en silence.

En cet instant, il venait de percevoir tout ce que la situation recelait de maléfique. Comme si le piège s'était refermé sur eux. En éliminant le shaman, Lost Arrow avait fait en sorte que personne ne puisse l'atteindre. Le pouvoir, auparavant équilibré, se concentrait désormais sur une seule personne, ivre de sa propre puissance. Et pour parachever cette réalité cauchemardesque, le clan avait lui-même entraîné ses propres sujets à oublier le passé sans relâche, à laisser les souvenirs sous la croûte brumeuse du Néant.

Mais le chef ouvreur n'avait pas toujours été un fou autoritaire et sanguinaire. Et si les choses avaient changé…

Brouillard Givrant.

Le chiffreur, qui détenait des données inaccessibles et incompréhensibles pour le reste du clan. Le chiffreur, qui savait compter jusqu'à plus de mille. Le chiffreur, qui avait toujours fait en sorte d'éloigner les autres du savoir, pour mieux se l'accaparer et manipuler le clan. Pour mieux manipuler Lost Arrow lui-même. Sans savoir ni mémoire, le clan devenait faible, vulnérable. Et Brouillard Givrant en profitait pour assouvir sa soif de pouvoir, depuis son poste discret et machiavélique. Mais ce que le chiffreur ignorait, c'est qu'en l'absence de shaman, l'esprit de Lost Arrow, déjà instable, suivait les voies de la perdition, entraînant avec lui le clan tout entier.

Tout s'était éclairé pour Chaxi ce jour-là. Les confidences de Pink Projet avaient fait ressurgir des souvenirs enfouis. L'évidence s'était imposée à lui, comme si son esprit, depuis trop longtemps embourbé dans le quotidien d'une survie de plus en plus difficile, s'était remis à fonctionner.

Chaxi regarda sa propre cordée. Trois anciens avaient décidé de ne pas repartir. Trois amis, avec qui il avait partagé plus de cinquante saisons d'ascension. Lui-même s'était posé la question. Mais il n'avait pas permis au doute de s'installer davantage. Sa place se trouvait sur la Falaise, les dieux lui avaient donné la force de résister à la tyrannie ; maintenant que Pink Projet lui avait révélé la vérité sur Lost Arrow, il ne pouvait plus abandonner le clan.

6

En fin d'après-midi, lorsqu'ils établirent le campement, une immense lassitude tomba sur Chaxi. La vire, minuscule, se trouvait déjà saturée. Les anciens qui avaient eu le courage de repartir se regardèrent, la mine fermée. Chacun savait ce qui l'attendait.

Le vieux guérisseur sortit une corde et entreprit de confectionner un filet. Puis, encordé à ses semblables, il s'écarta de la vire, planta quelques pitons dans la Falaise et installa son propre campement. Sa femme vint auprès de lui et il tâcha de lui faire une petite place.

Le cordage lui cisaillait la peau. Déjà, des picotements se propageaient à travers ses membres. Il posa un regard désabusé en contrebas, sur la vire qui ne contenait plus un seul espace de libre. Les hommes se préparaient pour la chasse. Il fit un signe à Brouillard Givrant pour se porter volontaire. Refusé. Bien sûr.

Chaxi demeura là, le corps collé contre celui de sa femme. Son odeur l'incommoda, mais il se força à l'intégrer à la somme des désagréments qui allaient constituer les prochaines longueurs de temps. D'ailleurs, lui-même ne devait pas sentir très bon. L'eau se faisait rare, bien trop rare.

Nous sommes sur le point de régresser pour de bon. La saison dernière, tout était nouveau dans l'horreur. Maintenant, nous nous habituons.

Il frissonna malgré la chaleur écrasante. Bientôt, la période des semences viendrait. Et alors, hommes et femmes, entassés sur la vire, s'accoupleraient comme des bêtes, sans aucune pudeur. La saison passée, chacun s'était donné beaucoup de mal pour préserver une parcelle d'intimité, de nombreuses personnes n'avaient même pas osé accomplir leur devoir, découragées par la promiscuité. Le clan avait subi les foudres de Brouillard Givrant. Trop peu de naissances. Le chiffreur avait désigné les géniteurs, les menaçant de leur faire perdre une place s'ils ne donnaient pas de petit au clan.

Cette fois, personne ne s'embarrasserait. La plupart s'étaient déjà habitués à s'entasser, à se faire marcher dessus pendant la nuit lorsque quelqu'un se levait pour faire ses besoins. Malgré le manque de confort, Chaxi était presque content de dormir dans son filet.

L'ancien regarda les hommes s'équiper et partir pour la chasse. Les femmes préparaient le feu. Un feu minuscule, par manque de place, qu'il faudrait alimenter toute la nuit. Dans le ciel, El Cap ne voulait pas faiblir. Une chaleur lourde et poisseuse dégoulinait de la Falaise. Déjà, plusieurs femmes s'étaient dévêtues et s'affairaient ainsi, à demi nues. Le climat lui-même semblait vouloir précipiter la chute de l'humanité.

Vaguement écœuré, Chaxi détourna les yeux. Il ne put s'empêcher de chercher le campement de Lost Arrow. Il le trouva, une dizaine de clous sur la droite. Un spectacle similaire l'accabla. Des petits qui pleuraient, d'autres qui couraient partout, nus, saisissaient parfois au hasard un sein et se mettaient à téter. Certaines femmes les laissaient faire ; d'autres, soucieuses de garder leur lait pour leurs propres petits, les envoyaient rouler d'une claque bien sentie. S'en suivaient d'autres cris, parfois des disputes entre femmes.

Dans un recoin de la vire, Chaxi crut distinguer Pink Projet. La femme du chef ouvreur avait conservé ses habits et se tenait immobile. L'ancien guérisseur aurait voulu la rejoindre pour la soigner, mais le moindre de ses gestes serait aussitôt rapporté à Brouillard Givrant, puis à Lost Arrow, il le savait. Depuis treize jours qu'ils étaient partis, il n'avait pu examiner la jeune femme. Elle forçait sur son pied pour suivre le rythme, il en était sûr. Son état se détériorait.

Si seulement je pouvais…

Soudain, quelqu'un s'agenouilla face à Pink Projet et lui posa la main sur l'épaule dans un geste de réconfort. Ainsi, l'état de la femme du chef n'était plus un secret pour personne. Vu les difficultés qu'elle devait éprouver à poursuivre son ascension, cela n'avait rien de surprenant. Chaxi observa la scène. Ses ongles, trop longs, trop sales, se plantèrent dans les paumes de ses mains. Sa mâchoire se crispa.

J'ai prêté serment le jour où je suis devenu guérisseur. J'ai juré aux Très Hauts de faire tout mon possible pour soigner les gens. Pink Projet est là, et je ne fais rien. Je ne peux rien faire.

Au-dessus du campement voisin, un filet s'agita. Chaxi vit émerger une tignasse grise qu'il connaissait bien. Mendeku s'extirpa du cordage, sauta sur la vire. Un sentiment de réconfort apaisa quelque peu l'ancien guérisseur. Il vit Mendeku s'assoir à côté de Pink Projet et lui passer un onguent. Ses connaissances n'étaient peut-être pas aussi étendues que celles d'un guérisseur, mais il ne restait plus que lui pour prendre soin de la jeune femme.

Silencieux, Chaxi lui en fut reconnaissant. Cet homme-là continuait de veiller sur l'âme du clan.

Les dieux du Sommet aient pitié de nous s'il venait à décrocher.

La voix de Brouillard Givrant parvint aux oreilles de l'ancien guérisseur. Les hommes revenaient de la chasse. Chaxi ne put se retenir davantage. Avant même d'avoir l'idée de ce qu'il allait dire, il avait déjà interpelé le chiffreur.

« La femme du chef ouvreur a l'air blessée. Je devrais aller l'examiner. » Sa voix lui semblait lointaine. Contre lui, le corps de sa femme se tendit. Brouillard Givrant ne lui accorda pas un regard, et donna ses instructions aux hommes qui portaient le gibier.

« Tu restes où tu es, l'ancien, finit-il par dire. Tu n'es pas guérisseur.

— Alors envoyez le guérisseur », répondit Chaxi.

Brouillard Givrant se redressa, puis il se retourna et leva la tête vers lui. « Depuis quand les anciens se permettent-ils de donner des ordres ? cracha-t-il.

— Depuis que le chef ouvreur laisse mourir sa propre femme. » Chaxi réalisa avec un temps de retard ce qu'il venait de dire. Une partie de lui-même, résolue et obstinée, ne regretta rien. Brouillard Givrant leva un sourcil. « Si tu n'étais pas le père de notre guérisseur, je t'aurais déjà envoyé rejoindre le Néant », dit-il.

Encore faudrait-il que tu en sois capable.

Cette fois, Chaxi parvint à retenir les mots. Mais l'idée d'infliger une correction au chiffreur lui arracha un sourire. Brouillard Givrant s'en aperçut et le toisa, pensif. Il ouvrit la bouche pour ajouter quelque chose, puis la referma. La colère empourpra ses joues comme il réalisait que ses menaces n'impressionnaient pas l'ancien. « Maintenant, tiens-toi tranquille, vieux débris », finit-il par dire avant de se détourner. Visiblement contrarié, le chiffreur passa ses nerfs sur un saisonnier.

« Tu es fou, chuchota la femme de Chaxi.

— Pas autant qu'eux, répondit-il. Gama… je veux que tu écoutes bien ce que j'ai à te dire. »

L'ancienne ne répondit rien. Elle se tint immobile. Elle attendait la suite.

« Quelque chose… commença Chaxi. Quelque chose va arriver. Nous ne pourrons pas continuer ainsi. Lost Arrow va précipiter le clan dans le Néant. Je pense qu'il faut… Je ne sais pas ce qu'il faut. » Il s'arrêta, incapable de donner suite à ses idées. Ce fut Gama qui parla, et sa réponse le glaça.

« Il faut tuer Lost Arrow », dit-elle.

Tuer le chef ouvreur. Chaxi y avait songé à de nombreuses reprises, sans se l'avouer. Parce que la situation ne ferait qu'empirer. Parce qu'il espérait, comme tous les autres, que les temps difficiles étaient sous eux. « Lost Arrow souffre de pulsions destructrices, souffla Chaxi. La situation ne fera que s'aggraver. »

Mais si nous nous abaissons au meurtre, nous deviendrons ce que nous combattons.

« Ils nous surveillent, reprit-il. Nous n'avons aucun moyen de contacter les autres.

— Alors il te faudra agir seul. »

Chaxi intégra les mots de sa femme avec un temps de retard. Il ne parvenait pas à y croire. « Ne penses-tu pas que nous allons précipiter nous-mêmes la chute du clan ?

— Si tu ne veux pas le faire, je m'en chargerai », dit-elle.

L'ancien guérisseur sentit son estomac se retourner. Ce qu'il entendait était-il réel ? Sa propre femme…

« Tu es un guérisseur, murmura-t-elle. Ton savoir est grand. Je ne suis que ta femme, mais je sais des choses. Je n'ai pas attendu l'intersaison pour réaliser que Pink Projet était blessée. Je sais que Lost Arrow veut s'en débarrasser. Je sais qu'il veut se débarrasser de tout le monde. Et je sais que tu n'oseras rien faire, car tu es trop respectueux des règles.

— Il aurait fallu agir lors de l'intersaison, hasarda-t-il.

— Pour les laisser s'organiser ? »

Chaxi ne trouva rien à répondre. Sa femme le sidérait. Elle lui faisait presque peur. Il réalisa combien, depuis tout ce temps, il s'était replié sur lui-même ; pas un seul instant il n'avait imaginé que les autres puissent analyser la situation.

Assassiner le chef du clan. Gama avait raison. Jamais il ne pourrait. Il pensait même que c'était une mauvaise idée, et pourtant… quel espoir restait-il à un clan privé de shaman, aux mains d'un ouvreur animé de pulsions destructrices ?

Une image atroce surgit du Néant et s'imposa à lui. La saison précédente, la cordée prise dans l'effondrement de Falaise. Plus de vingt morts. Fallait-il attendre que toutes les cordées décrochent, les unes après les autres, que les blessés ne soient plus soignés, les anciens exécutés ?

« Laisse-moi un peu de temps pour y songer, demanda Chaxi.

— Tu n'en auras guère. Si Pink Projet venait à terminer son ascension, je ne pourrais faire autrement que de tuer Lost Arrow. Que ce soit à coup de pierres, ou de mes propres mains. »

Chaxi ne trouva rien à répondre. Loin, très loin dans son esprit, une remarque émergea. Il n'était jamais trop tard pour découvrir une personne.

7

Pendant toute la journée suivante, Chaxi garda un œil rivé sur la cordée de Lost Arrow. Son cœur se serra lorsqu'il réalisa que la plupart du temps, le chef ouvreur tirait sur la corde pour faire monter sa femme. Même à distance, on ne pouvait ignorer ses gestes hasardeux, désorientés. La pauvre n'était plus capable d'accrocher une prise correctement.

Aussi, le soir, lorsque Fantomastic se présenta au campement, personne ne fut réellement surpris. Dans son filet, Chaxi regarda le messager s'avancer. Son regard torve glissa sur la vire étroite. « Deux jours de report », annonça-t-il. Puis il repartit, sans plus d'explications.

Chaxi tourna la tête en direction du campement de Lost Arrow. Il aperçut Pink Projet, allongée sur le dos, et son cœur se serra.

« Elle ne repartira pas », murmura sa femme.

Chaxi ne trouva rien à répondre. Il se mordit la lèvre et se laissa dériver dans ses propres pensées.

8

Deux jours de report interminables. Chilam Balam attendait, comme les autres, impuissante. Juste à côté d'elle, la femme de Lost Arrow mourrait, une longueur de temps après l'autre. Son état n'avait cessé d'empirer, désormais elle ne pouvait plus se lever, ni même parler. Son visage prenait une teinte cadavérique ; des sillons violacés entouraient ses yeux, fixes et grands ouverts. Mais le plus insupportable était l'odeur. L'infection de sa blessure, le pourrissement qui maintenant s'étendait à la jambe entière.

Lost Arrow n'avait pas fait venir le guérisseur. Personne n'osait poser de question, tout le monde attendait qu'elle meure.

La délivrance arriva au petit matin, alors que le report prenait fin. Dans la chaleur naissante d'une nouvelle journée, Pink Projet rendit son dernier soupir. Lost Arrow en fit l'annonce, mais au sein du campement, tout le monde savait déjà.

« Pink Projet a terminé son ascension », dit le chef ouvreur.

Chilam Balam, malgré toute sa colère, fut troublée de constater que la peine de Lost Arrow ne semblait pas feinte. Alors qu'il n'avait rien fait pour la sauver, il montrait maintenant un visage grave, perdu. Chilam s'assit, décontenancée. Une partie d'elle-même attendait le shaman qui devait accompagner les défunts dans le Néant, mais il n'y avait plus de shaman.

Lost Arrow prit son fils et le serra contre lui. Il resta debout, son petit dans les bras, posa un pied sur la dépouille de sa femme et la fit rouler dans le vide. Dans leur filet, quelques anciens étouffèrent un cri d'effroi. Lost Arrow demeura au bord de la vire, le dos tourné à sa cordée. Son regard, mélancolique, était tourné vers le Néant, comme s'il voyait à travers.

L'instant, dans tout ce qu'il avait de macabre, se prolongea. Le malaise enfla. Chilam Balam se demanda si le chef ouvreur n'allait pas jeter son fils dans le vide. Puis elle se fit la réflexion qu'il offrait une cible facile. Une telle occasion ne se représenterait pas de sitôt. L'envie de se lever pour aller le pousser l'aiguillonna, mais il y avait le petit. Elle soupira, secoua la tête.

Son regard se porta sur les alentours ; tout le monde, sans exception, fixait Lost Arrow. Dans le campement voisin, elle aperçut Brouillard Givrant. Pour autant qu'elle pût distinguer son visage, il semblait pensif. Comme si, alors qu'il passait tout son temps à prévoir, à calculer, le chiffreur n'avait aucune prise sur ce qui se passait sous ses yeux.

Un peu plus haut, Chaxi et sa femme contemplaient la scène, le visage fermé. Sur une autre vire, la cordée de Fantomastic avait également cessé toute activité. Chilam Balam surprit sa sœur en train de pleurer. Tandem pour l'Évidence, Salto Angel, ils étaient tous là, et tous regardaient le chef ouvreur, emplis de colère et de ressentiment, mais aussi touchés par sa détresse.

Lost Arrow brisa le silence, et tout bascula.

« Il me faut une femme », dit-il sans se retourner. Sa voix était claire, résolue.

Au sein du campement, personne ne parut comprendre. Chilam Balam se répéta la phrase qu'elle venait d'entendre. Elle fixa le dos de Lost Arrow, choquée. Lorsque le chef ouvreur leur fit de nouveau face, elle croisa son regard et son sang se figea dans ses veines.

« Il me faut une femme », répéta-t-il.

L'évidence transperça Chilam Balam.

« Raja, murmura Lost Arrow. Tu seras ma femme. »

Instinctivement, Chilam Balam referma sa main sur celle de sa fille. Raja se crispa. Toutes deux se levèrent et affrontèrent Lost Arrow du regard. Ce dernier leur sourit, avant de poser son fils. Puis il tendit la main. « Tu es mienne, maintenant.

— Jamais », répondit Raja d'une voix ferme.

La jeune femme resta stoïque, main dans la main avec sa mère. Son visage grave traduisait une volonté farouche. Tout autour, l'atmosphère irrespirable figeait les corps, personne n'osait prononcer le moindre mot.

9

La femme de Chaxi garda elle aussi le silence. Mais contrairement aux autres, elle ne resta pas immobile. Loin des regards, elle quitta son filet. L'ancien guérisseur, l'air contrit, ne fit rien pour la retenir. Après quelques instants d'hésitation, il lui emboita le pas. Gama, déjà en position sur la paroi, tourna la tête vers lui. En le voyant la rejoindre, un demi-sourire se dessina sur ses lèvres. Chaxi crut distinguer quelque chose de plus sur le visage de sa femme. Cela ressemblait à du respect. Son cœur se réchauffa et une bouffée de courage l'aida à se mettre en action. Les deux anciens, ignorés de tous, entamèrent un trajet périlleux le long de la paroi.

10

« Tu seras ma femme », répéta Lost Arrow, et son sourire se fit éclatant, carnassier. Il avança d'un pas. Le cœur de Chilam Balam tambourina dans sa poitrine. Elle se raidit, serra un peu plus fort la main de sa fille. « Reste où tu es, fit-elle.

— Sinon ? »

Chilam recula sans regarder derrière elle. Ses talons se posèrent à la limite du vide. « Nous sauterons dans le Néant sans hésiter. »

Sans rien dire, Raja rejoignit sa mère au bord du gouffre. Sur la vire, tous les autres se replièrent imperceptiblement contre la paroi, entassés, agglutinés, laissant un espace démesuré autour de Chilam, Raja et Lost Arrow. Jamais la vire n'avait semblé aussi grande.

Lost Arrow se mit à rire. Plusieurs personnes sursautèrent. « Des menaces ! hurla-t-il. J'adore les menaces ! Tiens, en voici une pour toi, sorcière ! Et contrairement à toi, je la mettrai à exécution… Raja va devenir ma femme. Et puis, comme je suis le chef, j'ai décidé d'avancer la période des semences… »

Le visage de Chilam Balam se crispa de dégoût.

« … juste pour pouvoir la prendre, sous tes yeux. Ici, maintenant.

— Elle n'a pas l'âge !

— Eh bien ! j'ai décidé que si. »

Le visage de Lost Arrow rayonnait. Ses yeux déments tremblaient d'excitation.

Chilam Balam lâcha la main de sa fille. « Tu as raison, murmura-t-elle. Je ne mettrai pas ma menace à exécution. Je ne sauterai pas. Je préfère te tuer de mes propres mains. » Elle se jeta sur Lost Arrow. Le chef ouvreur fit un pas en arrière. Son sourire disparut. Sur son visage soudain tendu, un autre sentiment émergea, jusqu'à balayer tout le reste, et Chilam Balam comprit avec un temps de retard.

Un piège. Il vient de nous tendre un piège.

Dissimulée dans la paroi, une ombre jaillit et l'empoigna par les cheveux. Lui porta un énorme coup sur la nuque. Elle trébucha. Raja poussa un cri de surprise. Du coin de l'œil, Chilam Balam aperçut Tournebrosse. La dernière image fut celle de son genou qui grossissait à toute vitesse jusqu'à emplir son champ de vision. Puis, l'impact. Les ténèbres.

Le choc résonna. Certaines personnes sortirent de leur torpeur, quelques-uns aperçurent deux anciens se déplacer sur la Falaise, en direction du campement de Lost Arrow. Ils ne s'étaient pas assurés et leur démarche paraissait incertaine, presque tremblante. Ils progressaient lentement et semblaient éprouver les pires difficultés. Mais ils avançaient.

Le rire du chef ouvreur retentit. « Grâce te soit rendue, Tournebrosse ! s'exclama-t-il. Qui aurait pensé qu'un saisonnier puisse être aussi dévoué envers le clan ? »

Tournebrosse se précipita vers Raja et l'immobilisa. Celle-ci essaya de se débattre, mais elle réalisa aussitôt que la force de son agresseur était supérieure. Impuissante, choquée, elle se laissa entraîner au centre de la vire. Des frissons de dégoût l'envahirent au moment où Lost Arrow se mit à lui caresser les cheveux. Elle lui cracha au visage. « Maudits soient tes morts », fit-elle d'une voix sombre.

Lost Arrow tressaillit. Une moue colérique déforma son visage. Il leva sa main puissante, bien haut, comme s'il voulait que tout le monde la voie, puis il l'abattit sur le visage de Raja. Une partie de sa bonne humeur revint. « Vois-tu, dit-il, pour moi, le principal problème est réglé. » Il hocha la tête en direction de Chilam Balam, inconsciente sur le sol. « Cette sorcière m'a toujours mis mal à l'aise. J'aurais bien été en peine de lui régler son compte. Même Fantomastic, ce gros balourd prêt à tout pour se faire bien voir, n'a pas voulu s'acquitter de cette tâche. Alors j'ai dû demander à quelqu'un d'autre…

— Tu as peur d'elle parce qu'elle t'a maudit et qu'elle est la mère de Vol… »

Un nouveau coup l'empêcha d'en dire davantage. Un filet de sang apparut au coin de ses lèvres. Sonnée, elle ne put qu'écouter Lost Arrow poursuivre.

« Avec toi, dit-il, c'est différent. Tu es jeune. Je pourrai te dresser. Reprendre le dessus. Maîtriser cette lignée décadente qui est la vôtre. » Sa main se leva une nouvelle fois. Raja ferma les yeux et se crispa. Lost Arrow sentit une pointe d'excitation se mêler à la satisfaction. Sa main plongea vers la jeune fille et arracha sa tunique, dévoilant sa féminité aux yeux de tous.

Raja se força à contenir les larmes qui venaient. « Je suis trop jeune pour enfanter, parvint-elle à articuler.

— Ça, c'est à moi de le décider. » Il s'avança et fit signe à Tournebrosse de la lâcher. « Toi, occupe-toi plutôt de la sorcière. On dirait bien qu'elle est sur le point de reprendre ses esprits. Je ne veux pas qu'elle rate ça. »

Tournebrosse hocha la tête et sans un mot vint se placer derrière Chilam Balam. Il lui attacha les mains, puis glissa son poignard sous sa gorge.

Soudain, Raja s'élança en direction du précipice. Lost Arrow déplia ses bras immenses et la rattrapa juste à temps, puis il l'attira contre lui. Raja hurla et tenta de se débattre, mais le chef ouvreur la maintint fermement. Il lui tordit le poignet derrière le dos, avant d'agripper sa longue chevelure. N'y tenant plus, Raja éclata en sanglots, autant de rage que de douleur. Dans un écho diabolique, Lost

Arrow se mit à rire, il projeta la jeune femme contre la Falaise avant de s'en saisir à nouveau.

Au sol, Chilam Balam ouvrit les yeux. Elle essaya de se débattre, puis elle prit conscience des liens qui retenaient ses mains et du couteau dont le tranchant lui râpait la gorge. Elle ne cessa pas moins de se débattre, chercha à se relever, ignora la douleur lorsque la lame la blessa. Déstabilisé, Tournebrosse essaya de la maintenir, sans résultat.

« Grand chef ouvreur, balbutia-t-il, qu'est-ce que je fais, je n'arrive pas à la contenir… » À cet instant, Chilam Balam se mit à genoux ; elle lança violemment sa tête en arrière. Un choc sourd ainsi qu'un craquement s'élevèrent, suivis d'une plainte.

« Mon nez, salope… Tu m'as cassé le nez ! » Incrédule, Tournebrosse sentit le sang lui couler dans la bouche. Sa main serra le manche du poignard. Ses sourcils se froncèrent, son visage se tordit en une expression horrible. « Salope ! répéta-t-il. Je vais te tuer ! » Il leva sa main armée.

« Arrête ! » ordonna Lost Arrow.

Tournebrosse suspendit son geste.

« Je t'ai dit que je voulais qu'elle voie ça.

— Mais…

— Fais ce que je te dis. Débrouille-toi ! »

Tournebrosse baissa les yeux sur sa prisonnière. Loin de s'être calmée, celle-ci avait profité de l'intervention du chef ouvreur pour se relever. Elle se retourna en un éclair et d'un geste précis, elle envoya son genou dans les parties de Tournebrosse. Cette fois-ci, ce fut un véritable hurlement de douleur que répercuta la Falaise. Concentrée, déterminée, Chilam Balam lança son pied au visage de son tortionnaire, plié en deux. Un flot de sang s'échappa et se répandit sur le sol.

Au sein des différents campements, les observateurs médusés se mirent à ressentir des émotions contradictoires. Pour plusieurs d'entre eux, un espoir terrifiant et fragile émergeait. Ils virent cette femme blessée, attachée, foncer sur le saisonnier et le percuter de plein fouet, une première fois, puis une deuxième. Quelque part, on entendit quelqu'un oser un timide encouragement lorsque le poignard fut projeté dans les airs. Ceux qui n'avaient pas déjà remarqué les deux anciens le long de la paroi les aperçurent, et réalisèrent qu'ils étaient sur le point d'arriver au campement de Lost Arrow. Alors, l'espoir s'affirma. Et lorsque Tournebrosse bascula dans le vide sous les assauts de Chilam Balam, plusieurs cris s'élevèrent.

Sur la vire, le sourire de Lost Arrow se volatilisa. Il faillit en relâcher sa proie, mais se ressaisit au dernier moment. Ses yeux pleins d'effroi se posèrent sur la femme qui le regardait. Tournebrosse lui avait fracassé la pommette. Son œil gauche était presque fermé. Sa gorge saignait abondamment, une large éraflure courait le long de son bras. Ses mains disparaissaient dans son dos, toujours attachées. Sa bouche était entrouverte et elle tentait de reprendre son souffle, sans le lâcher du regard, de cet œil unique où pointait une haine plus grande que la Falaise. Elle le terrifiait.

« Sorcière », fit-il. Sa voix se cassa sur la dernière syllabe. La force déserta son corps et il eut soudain toutes les peines à maintenir Raja.

« Lâche ma fille, dit-elle d'une voix calme. Ou je te tue.

— Sorcière », répéta Lost Arrow, incrédule. Cette femme, attachée, blessée, cette sorcière venait de se débarrasser d'un homme robuste dans la force de l'âge, par la seule force de sa rage. Il hésita. Ses jambes se révélèrent soudain trop molles. Son regard erra en direction des autres campements, à la recherche de Brouillard Givrant. Le chiffreur. Le chiffreur saurait le conseiller. Le chiffreur n'avait pas peur d'*elle*. Mais il avait lui-même mis à l'écart Brouillard Givrant lors de la dernière intersaison, il…

Son regard revint vers Chilam Balam et il dut soudain faire un gros effort pour masquer le sourire qui ne demandait qu'à percer son visage. Au sol, une énorme racine suivait la vire et descendait le long de la paroi. Une main s'y accrochait désespérément. La main d'un homme dans la force de l'âge, robuste.

« Doucement, sorcière, murmura Lost Arrow. Je vais te rendre ta fille, calme-toi. »

Chilam Balam fronça les sourcils. Elle fit un pas en avant, méfiante. Lost Arrow tourna le visage de Raja vers lui pour qu'elle ne puisse pas apercevoir le bras, puis la tête de Tournebrosse sur le point de remonter. « Lâche-moi, immonde ventouseux ! cria Raja.

— Lâche-la », reprit Chilam Balam.

Lost Arrow sourit, ouvrit les bras. Raja resta un instant interloquée, puis elle se retourna et courut vers Chilam Balam. Au moment de la serrer contre elle, des cris d'avertissements parvinrent à ses oreilles. Elle n'y prêta pas attention, préférant se concentrer sur le visage meurtri et soulagé de sa mère. La vision brouillée par les larmes, elle la regarda, inspecta son œil gonflé, la blessure de son cou. En arrière-plan, quelque chose bougea. Elle ne voulut pas y prêter attention, puis les cris lui revinrent. Son estomac se tordit lorsqu'elle vit Tournebrosse se hisser sur la vire.

« Attention ! » hurla-t-elle. Trop tard. Déjà sa mère s'affaissait dans ses bras, le regard de plus en plus lointain. Tournebrosse regarda la pierre ensanglantée qu'il tenait encore à la main, avant de la laisser tomber. Il poussa Raja et jeta Chilam Balam au sol, avant de lui donner un violent coup de pied. Raja serra le poing, se jeta sur lui et le frappa de toutes ses forces au visage. Elle continua, ignorant les cris de douleur de Tournebrosse, jusqu'à ce qu'une main surpuissante ne l'entraîne en arrière.

« Tu ne crois pas que j'allais te laisser partir comme ça… » murmura Lost Arrow au creux de son oreille. Puis il s'adressa à Tournebrosse : « Tu l'as tuée ?

— J'en sais rien, répondit-il en touchant du bout des doigts son visage tuméfié. Ces femmes sont de vraies bêtes féroces. »

La remarque amusa Lost Arrow. « Attache-lui aussi les jambes, cette fois-ci. S'il lui venait à l'idée de se réveiller et de te mettre une nouvelle raclée… »

Tournebrosse s'efforça de ne rien répondre et obtempéra. Lost Arrow le regarda faire, un air de dégoût sur le visage. « Sorcière », murmura-t-il. Puis il lui vint une idée. Il renversa Raja sur le sol, face contre terre, attacha deux cordes à ses poignets.

« Tournebrosse ! Viens me tenir la jeune vierge une fois que tu auras fini avec la sorcière, je tiens à éviter les nouvelles surprises. Tu crois que tu en seras capable ? » Et, tandis que le saisonnier maintenait Raja immobile, Lost Arrow planta deux pitons dans la roche. Il y passa les cordes reliées aux poignets de Raja, recula de quelques pas, contempla la jeune fille prisonnière de la Falaise, à demi nue, les bras en croix.

« Salaud, dit faiblement Raja. Maudits soient tes morts. Maudite soit ton ascension, qu'elle soit frappée de l'inutile. »

Lost Arrow ne releva pas. Il se délecta en observant sa proie, songea au plaisir intense qu'il allait prendre, là, tout de suite. Finalement, il n'aurait pas la patience d'attendre que la sorcière se réveille. Il pouvait tout aussi bien demander à Tournebrosse de la balancer dans le vide... Quelque chose s'éveilla soudain en lui. Son excitation se dissipa aussitôt et il se jeta sur le côté, entraînant Tournebrosse dans son plongeon. Un énorme rocher se fracassa à l'endroit où il se trouvait l'instant d'avant. L'ouvreur se remit aussitôt sur pied ; sans prendre le temps de lever la tête, il fit un bond en arrière. Un deuxième, puis bientôt un troisième rocher firent trembler le sol. Le sang se mit à affluer dans ses veines, un sang glacé, acide, qui le propulsa dans un état de conscience irréel. Ses sens en alerte lui indiquèrent un moment de répit. Alors seulement il regarda en l'air. Il reconnut aussitôt les deux silhouettes qui se tenaient à quelques clous de là.

« Tiens, tiens, tiens... mais c'est le vieux Chaxi... avec sa femme... »

Il esquiva facilement un autre rocher, moins gros que les précédents, qu'ils lancèrent dans sa direction. Nouvelle salve : plusieurs pierres fusèrent, mais cela ne lui posa pas davantage de problèmes. Avec une rapidité déconcertante, il les évita. Un rire sonore s'échappa de sa gorge. « Vous essayez de me tuer, c'est ça ? Vous osez vous en prendre à moi ? »

Le temps d'un battement de cils, il se trouvait sur la paroi. Son visage se durcit et il s'élança, dévorant la voie en direction de Chaxi et Gama. Pris de panique, les deux anciens tentèrent de s'enfuir, mais déjà le vieux guérisseur sentait sa jambe happée par une mâchoire impitoyable. Ses yeux s'arrondirent lorsqu'il vit que Lost Arrow les avait rejoints, son bras puissant tendu vers lui, sa main de fer qui lui broyait la cheville… Il chercha sa femme, l'aperçut à un clou de là, qui commençait à revenir pour l'aider. « Pars ! hurla-t-il. Sauve-toi ! »

La traction se fit plus forte et la roche glissa sous ses doigts. Il lâcha prise. La paroi sinueuse défila un court instant devant lui. Puis, le choc. Il percuta le bord de la vire, lança son bras dans un geste désespéré pour s'y accrocher. Ses doigts ne trouvèrent aucune prise. Alors il sut que son ascension venait de prendre fin. Ses yeux se fermèrent, son visage se détendit et il laissa la sérénité l'envahir. Il avait agi contre Lost Arrow. Enfin. Peu importe qu'il décrochât. Tandis que le vide l'appelait à lui, il trouva la paix.

Dans un silence mortel, Chaxi l'ancien s'éloigna, encore et encore, jusqu'à s'enfoncer dans le Néant.

Lost Arrow poussa un grognement de satisfaction. Plus haut, il vit Gama s'engouffrer dans une grotte. « Ça ne sert à rien de te cacher, cria-t-il. Je vais te traquer comme on traque une bête. Quand je t'aurai capturée, je te dépècerai. Je t'embrocherai, puis je te ferai cuire au-dessus du feu… » Tout en parlant, il continuait d'avancer. Il n'y avait plus aucune trace d'urgence dans ses gestes. Puis il s'arrêta. Huma l'air. Quelqu'un venait de le rejoindre sur la paroi. Sans même regarder, il sut. Sa langue claqua. « Vieux fou, dit-il d'une voix contenue. Qu'est-ce que tu veux ? »

La silhouette se hissa à sa hauteur, un clou sur la gauche.

« Je savais bien que si quelqu'un pouvait venir gâcher la fête, c'était toi. Et pourtant, je t'avais moi-même ligoté.

— Les nœuds n'ont jamais eu aucun secret pour moi, répondit Mendeku. Surtout pas les tiens. »

Lost Arrow se tourna vers l'ancien. Cette fois, il laissa transparaître sa contrariété. « Qu'est-ce que tu veux ? répéta-t-il.

— Tu as fait assez de mal. Je suis venu mettre un terme à ton ascension. »

Lost Arrow reçut l'information avec un temps de retard. Il pensa tout d'abord qu'il avait mal entendu. En tant qu'ancien shaman, Mendeku ne pouvait pas tuer, c'était impossible. Les Très Hauts ne manqueraient pas de le maudire à jamais.

L'ancien lui jeta une petite pierre au visage, avant de s'élancer dans le vide. Lost Arrow réagit, mais trop tard. La pierre le heurta, libérant un nuage de poussière, mais il ne sentit rien. Il eut même l'impression étrange qu'elle était molle. Dans un réflexe, il s'écarta. Mendeku parvint à se rattraper à son mollet. Lost Arrow tenta de lui faire lâcher prise, sans succès.

Soudain, sa vision se brouilla. Il poussa un hurlement de douleur. Ses yeux. Il avait l'impression que ses yeux prenaient feu. Il porta une main à son visage, mais le poids de Mendeku menaça de le faire décrocher.

« Vieux fou ! Qu'est-ce que tu m'as fait ? » Un nouveau cri s'éleva. Sa main retourna chercher une prise contre la paroi, mais désormais ses doigts, ceux-là mêmes qui avaient touché son visage, ses doigts s'embrasaient. Quelque part, sous lui, il eut l'impression qu'on le tirait. « Vieux fou ! » s'écria-t-il de nouveau, indigné. Dans son esprit confus, il revit la pierre que lui avait lancée l'ancien shaman. Le nuage de poussière. Ce n'était pas du tout une pierre. Du poison. Il décrocha. Dans un ultime effort, il tendit la main et parvint à empoigner Mendeku. Une ombre de satisfaction passa sur son visage, vite remplacée par une douleur atroce lorsqu'il s'écrasa sur la vire.

Lost Arrow ouvrit péniblement les yeux. Il grimaça. Sa main partit explorer sa cuisse et il ne put retenir une plainte. Une pierre, il était tombé sur une des foutues pierres lancées par les anciens. Il voulut se relever, mais le corps du vieux shaman l'en empêchait. Il le poussa de côté. Parvint à se mettre sur ses pieds.

Pendant un court instant, il tituba, puis il se redressa et regarda autour de lui. Mendeku était trop faible pour se relever. Il avait tout son temps pour s'occuper du vieux fou. Il eut un frisson de dégoût lorsqu'il aperçut Chilam Balam. Elle était une nouvelle fois revenue d'entre les morts. Une flaque de sang poisseux maculait ses cheveux et une partie de son visage. Ficelée comme une bête, elle n'avait cette fois-ci pas pu bouger d'un pouce. Elle le fixait sans rien dire. Il s'empressa de détourner les yeux.

Tout autour, sa cordée ; des êtres craintifs, respectueux. Au-delà, c'était le clan tout entier qui l'admirait. Pas un bruit. Lost Arrow se rendit compte que son visage ne le brûlait plus. Les forces lui revinrent. Un petit rire naquit dans sa gorge ; il s'amplifia, encore et encore, jusqu'à faire trembler la paroi. Le visage enfoui entre les seins de sa mère, un petit se plaqua les mains sur les oreilles et commença à pleurer.

« Je suis immortel ! clama Lost Arrow. Venez ! Vous pouvez tous venir me tuer, je vous attends… Je vous ferai décrocher les uns après les… »

Une main lui toucha l'épaule. Il se retourna. Quelqu'un se trouvait là. Sa vision se troubla et il dut cligner des yeux. Une silhouette frêle et puissante à la fois, longiligne. Ce n'était plus un jeune, presque un homme. « Salto Angel ! s'exclama-t-il enfin. Tu es venu rendre grâce à ton chef béni par les Très Hauts ?

— Enfoiré », marmonna Salto. Sa main, armée d'une pierre, décrivit un arc de cercle qui s'acheva sur le front du chef ouvreur. Il y eut un choc, perçu par le clan tout entier. Lost Arrow ouvrit de grands yeux, vacilla, puis il essaya de parler, mais ne trouva pas ses mots. Il leva alors la main pour saisir Salto Angel, mais celui-ci se dégagea et le frappa une nouvelle fois, en pleine face. La lèvre supérieure éclata, la plupart de ses dents se brisèrent, emportées par la cascade sanglante qui s'écoula de ce qui restait de sa bouche. « Attends », gémit Lost Arrow.

Salto le frappa encore, lui fracturant la mâchoire, puis il lui envoya un dernier coup sur la tempe. Le chef ouvreur s'effondra.

Salto Angel lâcha sa pierre. Il resta là un long moment, à contempler sans la voir la grande carcasse de Lost Arrow.

11

On détacha Raja de la Falaise. Celle-ci se précipita vers sa mère et trancha elle-même ses liens.

Puis Chan Thé le guérisseur arriva et commença aussitôt à secourir Mendeku.

Personne n'osa s'intéresser au corps de Lost Arrow. Chan Thé déclara simplement qu'il vivait encore, mais il ne le soigna pas. Aucune remarque ne s'éleva. Assis dans un coin de la vire, pensif, Salto Angel regardait la cage thoracique de Lost Arrow se soulever, puis redescendre lentement. Il ne l'avait pas tué. Il se rendit compte que cela n'avait aucune importance.

Tu as vaincu la bête. Tu es un homme.

Oui. Il avait réussi. Ce n'était pas tant Lost Arrow que lui-même qu'il avait vaincu. Il avait terrassé le démon qui le hantait depuis trop longtemps, celui-là même qui l'avait plongé dans une torpeur sans fond, qui l'avait poussé à courber l'échine devant l'inacceptable. La bête avait été vaincue.

Suivant une impulsion soudaine, il se leva. Les regards qui se tournèrent vers lui ne le gênèrent pas. Il se rendit compte que tous ses anciens compagnons de rébellion se trouvaient là ; tous avaient rejoint le campement et attendaient de part et d'autre de la vire, encordés à la Falaise.

Salto avança de quelques pas. « Brouillard Givrant ! » appela-t-il d'une voix grave.

Sur l'autre vire, un groupe de personnes s'écarta. Le chiffreur apparut, l'air préoccupé. « Que veux-tu ? demanda-t-il.

— Assume tes responsabilités et rejoins-nous ici.

— Que j'assume… »

Brouillard Givrant ne parvint pas à finir sa phrase. Il semblait hésiter entre se mettre en colère et jouer l'apaisement. « Ce que vous avez fait…

— Toi et les tiens n'avez plus aucune chance, le coupa Salto Angel. C'est terminé. »

Brouillard Givrant gratta son crâne chauve, à l'endroit où El Cap avait laissé de vilaines cloques. Il parut marmonner quelque chose, puis répéta : « Que voulez-vous ?

— Simplement discuter.

— Je veux votre parole…

— Il ne te sera fait aucun mal. »

Le chiffreur parut réfléchir, les mains sur les hanches, comme s'il cherchait un moyen de retourner la situation à son avantage. Finalement, il hocha la tête.

Quelques instants plus tard, il arriva sur la vire, accompagné de son second ainsi que de Fantomastic. Il jeta un coup d'œil au corps de Lost Arrow, secoua la tête et dit sur un air de regret, suffisamment fort pour être entendu : « Si seulement il m'avait écouté…

— Écarte-toi un peu, fit la voix du guérisseur dans son dos. Tu me gênes. »

Une moue contrariée apparut sur le visage du chiffreur, mais il obtempéra. « Salto, fit-il d'une voix affable, tu as bien grandi…

— Tais-toi. »

Brouillard Givrant se mordit la langue. Il serra et desserra les poings, ravala sa colère. À ses côtés, Fantomastic bouillonnait d'impatience. « Vous êtes des traîtres, finit-il par lâcher.

— Fantomastic, tais-toi », dit à son tour le chiffreur.

Salto Angel laissa apparaître un sourire en coin. Derrière Brouillard Givrant, Mendeku revint à lui. Cela lui donna du courage. « Nous allons partir », dit-il.

Des murmures se propagèrent. Un mélange d'inquiétude, de réprobation, mais aussi d'acquiescement, de soulagement. Salto Angel regarda vers Gringo Loco. Ce dernier, ancré à la Falaise, les deux pieds contre la paroi, lui adressa un clin d'œil. Lui aussi était de retour. Quelque part, une voix de femme s'éleva, indignée. Il l'aurait reconnue entre mille, si seulement il avait su compter jusque-là. Kallistée, sa mère.

« Nous allons partir », répéta-t-il.

Brouillard Givrant le fixait, bouche bée. Il se reprit, lentement, et dit d'une voix molle qui ne lui ressemblait pas : « Qui, nous ?

— Tous ceux qui le souhaiteront. »

Fantomastic voulut dire quelque chose, mais le chiffreur l'en empêcha. « Ne serait-il pas préférable, dans l'intérêt du clan, de… de s'accorder un délai de réflexion ?

— Pour quoi faire ?

— Eh bien, cela nous permettrait de… » Sa voix mourut dans sa gorge. Il se gratta de nouveau le crâne, jeta un regard en direction de Lost Arrow. « Pour être franc, reprit-il d'une voix un peu plus confiante, je pense que notre chef ouvreur, avec tout le respect que j'ai pour lui, a commis quelques… erreurs. »

Salto Angel garda le silence, le visage impassible. Brouillard Givrant y vit un encouragement à poursuivre.

« Dès lors, il me semble que l'on pourrait… discuter, procéder à quelques ajustements… »

Il conclut, avec un sourire chaleureux : « Bien entendu, vos propositions sont les bienvenues.

— Alors nous proposons à toutes celles et ceux qui en ont marre de tout ça de nous rejoindre et de partir former un autre clan. »

Brouillard Givrant fit comme s'il n'avait pas entendu et s'empressa d'ajouter, un ton plus haut : « D'ailleurs, Salto Angel, tu es un homme maintenant. Que dirais-tu de siéger au Conseil ?

— J'en dis que tu peux aller te faire foutre. »

Gringo Loco éclata de rire. Brouillard Givrant changea de couleur. Comme à chaque fois qu'il ne parvenait plus à se contrôler, il chercha quelqu'un sur qui passer ses nerfs. La première personne qu'il trouva fut le guérisseur. « Toi ! Pourquoi ne soignes-tu pas ton chef ouvreur ?

— Je regrette, dit calmement Chan Thé. Ce n'est plus mon chef. Je pars avec eux.

— Tu es chef de cordée ! s'emporta Brouillard Givrant. Tu ne peux pas abandonner le clan !

— Ce n'est plus un clan, répondit Chan Thé. C'est une meute. »

Brouillard Givrant trépigna. Il mit toute son énergie à se calmer, se cacha le visage dans les mains un bref instant. Lorsqu'il les enleva, il avait retrouvé une partie de sa sérénité. Malgré tout, les remous provoqués par l'annonce de Chan Thé s'amplifièrent. Les gens se mirent à parler entre eux de la possibilité de partir, de suivre le guérisseur avec ceux qu'ils appelaient « les autres ».

Brouillard Givrant s'efforça de compter un certain nombre de respirations. Il mit ce temps à profit pour réfléchir, façonner son intervention. Finalement, il leva une main autoritaire, solennelle. Tout autour, les remous diminuèrent, sans pour autant disparaître tout à fait.

« Mes amis, dit-il haut et fort. Ne voyez-vous pas ce qu'il nous arrive ? » Il laissa son discours en suspens. Le bruit s'estompa encore un peu.

« Les dieux ! s'écria-t-il. Les Très Hauts ! Ceux, qui, dans leur infinie sagesse, nous ont donné la possibilité, que dis-je, la chance, l'honneur ultime, de les rejoindre au Sommet. »

Il s'efforça de regarder les visages un par un. De capter le regard de ceux qui hésitaient. Ceux qui, il le savait, lui resteraient fidèles ne l'intéressaient pas. Ceux qui partiraient à coup sûr non plus. Il parlait pour les indécis.

« Pensez-vous que c'est ce que veulent les dieux ? L'unité du clan, mes amis ! N'oubliez jamais !

— On n'en veut plus ! cria une voix au loin sur une autre vire. Vous êtes trop durs avec nous !

— Parce que vous pensez que les Très Hauts seront plus cléments avec ceux qui briseront l'unité du clan ? »

Cette fois, le silence total enveloppa la Falaise. Un silence terrifié. Même les frondeurs paraissaient soudain moins sûrs d'eux. Brouillard Givrant sourit en son for intérieur. Il prit une profonde inspiration, et cria, afin que tout le monde, même sur les vires les plus éloignées, puisse l'entendre : « Briser l'unité du clan, c'est défier les dieux ! Il en va de leur volonté que nous parvenions un jour à les rejoindre, et c'est ensemble que nous y arriverons. Ceux qui partent aujourd'hui… verront leur ascension frappée du sceau de l'inutile ! »

Le chiffreur fit à nouveau le tour des visages, plus rapidement cette fois. Il n'avait pas besoin de s'attarder pour savoir qu'il les tenait. D'une voix plus douce, il poursuivit : « Alors bien sûr, nous avons tous souffert en ces temps difficiles. Mais vous avez accepté avec courage de surmonter les épreuves. Tout ça est sous nos pieds maintenant. C'est du passé, n'en parlons plus. Les dieux seuls retiendront la bravoure et la loyauté de ceux qui restent. Ils se chargeront d'accabler ceux qui lâchent le clan. Mes amis, n'ayez pas peur, entrez dans l'espérance. »

Brouillard Givrant baissa la tête et fit un pas en arrière pour marquer la fin de son discours.

Salto Angel décela de la satisfaction mal dissimulée chez le chiffreur. Comme souvent, il avait bien parlé. Les gens en étaient tout retournés. L'espace d'un instant, il hésita à prendre la parole à son tour, pour rallier les indécis à sa cause. Puis il comprit que le chiffreur le surveillait du coin de l'œil et n'attendait que ça.

Des actes, il fallait des actes. Il regarda autour de lui et se souvint qu'il n'avait aucun équipement. Alors il décida de rejoindre les siens. Pas son père, ni sa mère, encore moins sa cordée inhumaine, non. Il se fraya un passage vers Chilam Balam et Mendeku. Ce dernier lui posa une main sur la nuque. Ce geste, plus que n'importe quel discours, acheva de le convaincre qu'il avait raison. Le vieux shaman était visiblement épuisé, sa chute l'avait secoué. Mais il s'était relevé. Il était toujours là. Le seul, avec Chilam Balam, à ne jamais avoir lâché, quand tous les autres s'étaient résignés. Empli d'émotion et de respect, Salto Angel s'inclina devant lui.

Le petit groupe commença à rassembler quelques affaires. Mendeku grimpa dans son filet, redescendit aussitôt, équipé, souriant.

« Qu'est-ce que vous faites ? s'indigna Brouillard Givrant.

— On te l'a dit, trou du cul, rétorqua Salto Angel. On s'en va.

— Bien dit, fils ! lança Gringo Loco. On se tire ! Et tous ceux qui veulent venir sont les bienvenus. Allez ! »

L'agitation gagna la Falaise. Ceux qui étaient décidés depuis longtemps se trouvaient déjà aux abords de la vire, prêts, et n'attendaient plus que de partir. Mais d'autres, au sein de leur campement, commencèrent à remuer, des discussions scandalisées se propagèrent, des disputes éclatèrent. Puis une femme quitta son campement, encordée à un ancien. Sur la vire, son mari l'insultait et la maudissait. Une autre cordée improvisée suivit, puis une autre, et encore une autre. Chaque nouveau départ donnait naissance à un nouvel espoir, et encourageait un peu plus les indécis.

Brouillard Givrant regarda cet exode d'un mauvais œil. Il compta, calmement, nota dans sa tête le nom des dissidents. Lorsque le mouvement s'arrêta enfin, la paroi était gorgée de cordées disparates. Personne ne le regardait. Tous les visages étaient levés vers le Sommet. Brouillard Givrant, vexé, se tourna vers Salto Angel, mais celui-ci l'ignorait et finissait de s'encorder avec Mendeku et sa femme.

« Les dieux vous maudissent », lâcha-t-il.

Salto Angel ne lui répondit pas. Il se mit simplement en route et les autres suivirent.

12

Dans ce qu'il restait du clan, personne ne parvint à parler. Pas tant que les autres se trouvaient encore dans leur champ de vision. Cela prit une bonne longueur de temps avant qu'ils ne disparaissent.

Brouillard Givrant eut besoin de tout ce temps pour se ressaisir. Pour la première fois de son ascension, il se sentait abattu. Il jeta un œil mauvais en direction de Lost Arrow. Le guérisseur parti, personne ne s'était occupé du chef ouvreur. Il gisait toujours, inconscient, le visage barbouillé de sang.

Tout ça est de ta faute.

En cet instant, le chiffreur repensa à leur conversation de l'intersaison. Lui-même voulait encorder la fille de Chilam Balam et Lost Arrow l'en avait empêché.

Tu voulais te la garder pour toi… Tu voulais juste attendre que ta femme meure pour te sauter la fille de la sorcière, hein, gros dégueulasse !

La masse au sol remua et il sursauta. Autour de lui, tout le monde attendait. Désormais, les autres se trouvaient loin. Et ce qui restait du clan attendait qu'il prenne la parole. Alors il s'efforça de se montrer confiant.

« Mes amis, vous, les vrais, les seuls, ceux qui servent les Très Hauts. Votre choix a été le bon. Ils ne sont qu'une quarantaine à être partis et s'en mordront bien vite les doigts. »

En réalité, près du double les avait abandonnés. Mais combien, parmi ceux qui restaient, savaient compter jusque-là ?

« Une majorité de vieillards, aussi utiles à la survie du clan que… » Il ne trouva aucune image forte pour donner du poids à son propos. « Eh bien… des inutiles. Des incapables. La vraie force du clan, c'est vous.

— Tu causes trop », murmura une voix à côté de lui. Fantomastic. Brouillard Givrant se tut et haussa les épaules.

Le messager fit craquer ses articulations. Il renifla bruyamment, arpenta le campement du regard. Il tourna le dos au chiffreur et s'éloigna. Ses mains vinrent se poser sur un des rochers échoués sur la vire. Le plus gros. Une grimace d'effort déforma son visage lorsqu'il le souleva. Tout le monde l'observa ; Brouillard Givrant, circonspect, avec plus d'intensité encore que les autres.

Fantomastic fit quelques pas, brandit le rocher aussi haut qu'il put. Brouillard Givrant fronça les sourcils, incrédule.

Qu'est-ce… Il ne va quand même pas…

Fantomastic projeta le rocher de toutes ses forces sur Lost Arrow. Son visage disparut aussitôt sous l'énorme masse dans une série de craquement très rapprochés.

Brouillard Givrant poussa un petit cri, aigu, presque inaudible. Il en oublia de refermer la bouche.

Une couronne de sang auréolait ce qui remplaçait maintenant la tête du chef ouvreur.

Fantomastic, satisfait, se frotta les mains. Puis il leva la tête. Sa voix puissante de messager se répercuta contre la Falaise.

« Écoutez-moi tous ! À partir de maintenant, je suis votre nouveau chef. Obéissez-moi, servez-moi, et tout ira bien. Dans le cas contraire… » Il désigna le cadavre de Lost Arrow.

Brouillard Givrant, la bouche toujours ouverte, les yeux exorbités, se fit la lointaine réflexion qu'il devait avoir l'air idiot. Alors il s'obligea à fermer la bouche. Mais il ne put empêcher ses yeux de continuer à regarder fixement ce qui restait du chef ouvreur.

Le messager venait d'assassiner le chef ouvreur.

Fantomastic venait de se proclamer chef.

Ce gros lourdaud, cet imbécile de Fantomastic, avec son esprit épais et…

Un sourire émerveillé se forma lentement sur les lèvres du chiffreur.

… manipulable à volonté !

Il s'approcha du messager. Fantomastic lui jeta un regard satisfait, déjà ivre de sa toute-puissance.

« Fantomastic, dit le chiffreur. Je suis soulagé de voir qu'un homme de ton envergure a trouvé le courage de prendre les choses en main… »

Il n'eut pas le temps d'aller plus loin. Fantomastic se jeta sur lui, le saisit de ses grosses mains et le traina jusqu'au bord du précipice. Brouillard Givrant voulut se mettre en colère, mais il n'y parvint pas. La peur prenait absolument toute la place. Fantomastic le souleva et le regarda droit dans les yeux. Brouillard Givrant battit l'air avec ses pieds, cherchant désespérément le sol, mais il ne trouva que le vide. Il sentit sa propre urine couler le long de sa jambe et faillit hurler de terreur.

« Adieu, chiffreur. »

Ce n'est qu'au moment où il comprit que Fantomastic le lâchait qu'il se mit à crier. Un long hurlement qui s'étira tandis qu'il tombait, une chute sans fin durant laquelle il rebondit plusieurs fois contre la Falaise avant de disparaître dans le Néant.

ÉPISODE 4

1

Lorsqu'ils s'arrêtèrent en fin d'après-midi, Salto Angel mit un moment à comprendre qu'il n'était pas recouvert de cette pellicule grasse et collante où se mélangeaient le sable, la poussière et la sueur. Contrairement aux autres jours, El Cap ne l'avait pas calciné sur place. Il commença à croire qu'ils allaient peut-être quitter le désert un de ces jours.

Son visage se fendit d'un large sourire. Le temps était au changement. Pour un peu, le Sommet…

Une autre voix s'éleva en lui et lui ordonna de se calmer. Une voix qui ressemblait à celle de sa mère et qui lui enjoignait de ne pas oublier la gravité de la situation avant de dire, ou de penser des bêtises. Son sourire ne disparut pas pour autant. Sa bonne humeur lui faisait du bien, trop de bien pour qu'il l'abandonne. C'était comme retrouver la vue après avoir été plongé dans l'obscurité pendant si longtemps.

Leur nouveau clan n'irait peut-être pas bien haut, ils ne pourraient peut-être pas se débrouiller sans chiffreur, mais au moins, ils l'avaient fait. Cette idée insensée, suicidaire, qui avait vu le jour au début de tout ce merdier avait pris forme, en fin de compte. Après une longue période de ténèbres où il était tombé plus d'hommes que de gouttes de pluie.

Partir. Rompre l'unité du clan. Une petite partie de lui (celle qui parlait comme Kallistée) s'en offensait encore. Ils étaient allés à l'encontre de la volonté des dieux et risquaient de s'en mordre les doigts. Mais si un type s'y connaissait en dieux, c'était bien Mendeku, et le shaman ne se montrait pas troublé par leur décision. Non. La majorité des gens qu'il avait pu entrevoir au cours de cette journée si particulière d'ascension avaient l'air soulagé. Les visages reflétaient bien une certaine inquiétude, il avait même surpris une dispute au sein d'une cordée quand un des gars avait émis le souhait de revenir. S'en était suivi une explication musclée. Gringo Loco était passé par hasard et avait remis les choses en ordre. La cordée était repartie.

Alors qu'il se remémorait ce moment de cette journée si particulière, une partie de sa bonne humeur se transforma en quelque chose de beaucoup moins agréable. Cette personne, il ne se souvenait même plus de qui il s'agissait, avait voulu partir. Et on l'en avait empêché. Car ils avaient besoin de tout le monde au sein de leur tout nouveau clan.

Pas de frondeurs.

Ses poils se hérissèrent sur ses avant-bras. Un goût étrange rôdait dans sa bouche. Puis il repensa au moment où il avait vaincu son démon personnel en envoyant Lost Arrow mordre la poussière, et son sourire se déploya de nouveau. Il avait des centaines de clous de sourire à rattraper, et il ne comptait pas laisser sa mère ni quiconque lui gâcher son plaisir.

Il mit cependant un point d'honneur à réfléchir de façon responsable. Comme l'avait dit Brouillard Givrant lui-même, il était désormais un homme. Le fait que cet enfoiré ait dit ça pour l'amadouer ne changeait rien à la donne ; Salto Angel savait, au moment où il avait pris la décision de quitter sa vire pour celle de Lost Arrow, qu'il partait affronter son iguane à lui. Les dieux lui avaient imposé une autre épreuve pour son passage dans le monde des adultes. Sortir du rang. Son véritable acte de courage avait été de se décider. Pour le reste, c'était trop facile. Ramasser une pierre, la fracasser sur le crâne de Lost Arrow, encore et encore, pour se libérer, pour vaincre la bête.

« Salto Angel, fit une voix dans son dos.

— Hein ? » Il se retourna. Mendeku se tenait là, visage impassible. Il avait pris le temps de mettre un peu d'ordre dans sa tignasse grise et noué sa barbe en plusieurs tresses reliées entre elles. Il avait rajeuni de cinq saisons en une journée d'ascension.

« Mon ami, dit le vieux shaman, je pense qu'il ne serait pas de trop de faire le point sur la situation, qu'en dis-tu ? »

Mendeku me demande mon avis. À moi…

Le shaman plissa les yeux dans une expression énigmatique.

« Ouais, ben… merde ! s'exclama Salto Angel. Ça fait bizarre qu'on me demande mon avis. »

Il se tut, ne sachant pas quoi ajouter. Mendeku ne dit rien non plus et Salto se rendit compte que l'ancien attendait réellement son analyse. Il se mit à réfléchir à toute vitesse pour prononcer au moins une phrase qui n'ait pas l'air complètement stupide. « Eh bien, je dirais que… putain, ça fait du bien ! »

Sa main se plaqua aussitôt sur sa bouche et ses joues prirent feu. Il haussa ses sourcils dans une expression aussi surprise que désolée. Voilà la seule analyse pertinente qu'il était capable de fournir. L'idée qu'il n'était pas prêt pour le monde des adultes s'empara de lui. Un petit bruit lui parvint, quelque chose qui aurait pu ressembler à un rire ; il regarda Mendeku et comprit avec un temps de retard.

En fait, il ne s'attendait pas à revoir Mendeku rire un jour. Mais le shaman avait bel et bien entrepris de se laisser aller à une franche rigolade. Doucement au début, avec toute la distinction que requérait son âge et son statut, puis de plus en plus fort, le visage se tordant au fur et à mesure que jaillissaient les saccades incontrôlées.

Salto Angel cessa soudain d'être désolé et se joignit à lui. Son ventre se contracta, ses côtes lui arrachèrent une douleur délicieuse. Il vit Mendeku se plier en deux et cette vision improbable décupla son rire. Non loin d'eux, Fleur de Solstice les regardait, silencieuse. Elle ne riait pas à gorge déployée, mais Salto Angel parvint à distinguer, à travers les larmes qui lui brouillaient la vue, l'expression d'amusement qui éclairait son visage. Il pensa à la douleur vécue par ces deux anciens auxquels il était désormais encordé, se demanda comment ils avaient fait pour survivre, pour continuer, encore et encore, alors que leur ascendance avait été décimée, qu'ils avaient été humiliés, malmenés. Son fou rire se calma et un profond respect émergea en lui. Il s'essuya les yeux, laissa encore échapper quelques salves, puis regarda Mendeku. Ce dernier se calmait lui aussi. « Tu as raison, finit-il par dire. Ça fait du bien.

— Il faudrait… qu'on mette un peu d'ordre dans tout ça », fit Salto Angel.

Mendeku acquiesça. « On va devoir s'organiser. Se réunir au plus vite.

— On doit trouver un espace assez grand.

— Nous ferons avec ce que nous aurons, dit l'ancien. L'important, c'est que quelqu'un prévienne les autres. Il nous faut un messager, dès à présent. »

Le regard de Salto Angel s'illumina. « Tu veux dire que… »

Mendeku hocha la tête. « Je vais partir chasser avec Fleur de Solstice. Pendant ce temps, tu feras le tour des cordées avec Chan Thé. Tu informeras les gens et tu écouteras ce qu'ils auront à te dire pendant que Chan Thé soignera les blessés. »

2

Sur les vires, les gens s'étaient rassemblés par petits groupes. On trouvait souvent deux ou trois cordées réunies, mais des cordées qui paraissaient à présent minuscules après les interminables processions de la saison précédente. Des campements réduits à moins de dix individus ; l'espace disponible autour d'eux s'étalait, délicieusement inutile. Les uns faisaient le feu, les autres préparaient le gibier, personne n'osait plaisanter, mais tous les visages, éclairés par les flammes naissantes, rayonnaient d'une excitation mêlée de soulagement, à certains moments assombrie par une inquiétude fugace.

Si personne ne parlait vraiment, les campements n'étaient pas pour autant silencieux. Les plus jeunes, comme s'ils redécouvraient le goût de l'espace et de la liberté, se couraient après, escaladaient les parois et se roulaient au sol, dans un joyeux chahut qui contrastait avec l'attitude tout en retenue de leurs parents.

Lorsqu'il arriva sur la première vire, Salto Angel hésita sur la conduite à suivre. Il se sentit embarrassé de faire irruption chez les gens sans prévenir.

Visiblement, Gringo Loco et Beluga n'étaient pas surpris de le voir. C'était comme si tout le monde l'attendait.

Comme si, après avoir annoncé le départ au reste du clan, il lui revenait maintenant la charge de recueillir les états d'âme de ceux qui avaient répondu à l'appel. Le tanneur l'accueillit avec une tape dans le dos, esquissant un sourire. « Voici notre nouveau messager », dit-il.

Salto Angel ne trouva rien à répondre. Il regarda autour de lui. Deux autres cordées s'étaient jointes à celle de Gringo Loco et tous avaient les yeux rivés sur lui. Ils attendaient une annonce, quelque chose.

Salto Angel n'avait aucune idée de ce qu'il devait dire. Heureusement, Chan Thé prit la parole. « On fait le tour des campements pour prendre des nouvelles et voir s'il y a des blessés.

— Pourquoi voudrais-tu qu'il y ait des blessés ? demanda Gringo Loco. Avec des cordées réduites, rien de plus facile que d'éviter les chutes de pierre.

— On ne sait jamais, répondit Chan Thé. C'est une journée… spéciale. »

Chacun hocha la tête et un court silence s'installa. C'était comme si tous se recueillaient, repensaient un instant au clan tel qu'il était avant, un souvenir de plus menacé d'être englouti par le Néant.

« Non ! » s'exclama soudain Salto. Gringo Loco leva un sourcil, mais Beluga posa un regard plein de douceur sur lui. Elle avait compris. « Non, répéta Salto. Nous devons le garder à l'esprit. Tout ça ne doit pas tomber dans l'oubli.

— Se souvenir, dit Beluga. Se souvenir de ce qu'était le clan au moment où nous l'avons quitté. »

Un léger malaise flotta autour d'eux. Gringo Loco s'éclaircit la gorge, cracha au sol. « Pardon de vous déranger, dit-il, mais le Néant progresse. Au moment où nous parlons, il grignote l'espace, juste sous nos pieds. Et, comment vous dire… les souvenirs doivent rester dessous. Si vous ne voulez pas avoir de la brume plein la tête…

— Je pense que ce serait une erreur, dit Beluga. Une erreur qui nous amènerait à recommencer, de la même manière.

— Mais Lost Arrow et Brouillard Givrant ne sont plus là pour…

— Ce n'est pas une question d'individus. »

Gringo Loco se renfrogna. Les visages de sa femme et de Salto Angel étaient résolus, sereins. Il chercha du soutien du côté de Chan Thé, mais le guérisseur restait impassible. Alors il se tourna vers les autres : « Alors quoi, fit-il, personne ici ne pense que garder le passé avec soi est dangereux ?

— J'penserais plutôt que ce serait l'contraire, dit le vieux Salathé.

— Tu es un ancien, ça ne compte pas », pesta Gringo Loco. Il cracha une nouvelle fois par terre, frustré. Ses yeux parcoururent l'horizon, puis descendirent jusqu'à la croûte brumeuse qui les menaçait, à quelques centaines de clous.

Le tanneur luttait contre des forces invisibles. Salto Angel partageait la même impression. Toute sa vie, on lui avait interdit d'évoquer le passé ; sa mère lui avait défendu d'y penser, prétextant, tout comme Gringo Loco, qu'il aurait de la brume plein la tête. Évoquer le passé revenait à regarder vers le bas, c'était insulter les dieux et renoncer au Sommet. D'ailleurs, les anciens, ceux qui savaient leur ascension sur la fin, ne pouvaient résister aux souvenirs. Sauf que ça arrivait à tout le monde, Salto Angel le savait. Mais personne n'osait l'avouer, car cela allait à l'encontre des règles dictées par l'ascension elle-même. Les gens passaient leur temps à combattre la tentation des souvenirs et certains y parvenaient mieux que d'autres. Pour quel résultat ?

« L'aveuglement », murmura-t-il.

Gringo Loco tourna vers lui un visage tendu.

« L'aveuglement, répéta Salto Angel. Si nous ne faisons pas l'effort de nous souvenir de ce qu'il s'est passé, alors nous répéterons les mêmes erreurs. Nous serons faibles, et les êtres faibles sont manipulables. »

Gringo Loco le regarda sans rien dire. Il se mordillait l'intérieur de la joue, sourcils froncés, comme s'il réfléchissait en même temps. Autour de lui, personne d'autre ne parlait. Tous attendaient.

Salto Angel poursuivit. « Nous avons trouvé la force de partir, mais il nous a fallu pour cela briser la première règle du clan. Cette règle de l'unité, celle que tout le monde s'accorde à trouver primordiale, cette règle pour laquelle nous avons accepté de subir toutes ces atrocités, nous avons fini par la bafouer. Peut-être que nous ne verrons jamais le Sommet, peut-être que tous ceux qui sont partis auront décroché dans les dix prochains jours. Mais nous avons agi, et nous sommes encore vivants. Personnellement, je suis prêt à remettre en cause tout ce qu'il faudra pour continuer mon ascension. Le passé doit nous servir, et je ne compte pas l'abandonner au Néant.

— J'aurais pas mieux dit », fit le vieux Salathé.

Gringo Loco soupira. « Avec toutes vos conneries, ronchonna-t-il, toutes ces idées de changement, on finira par se retrouver avec une femme à la tête du clan. »

Cette possibilité avait paru tellement absurde à Salto Angel qu'il n'avait rien trouvé à répondre. Et, curieusement, quelques jours plus tard, lorsque Chilam Balam fut plébiscitée comme cheffe ouvreuse, il cessa de trouver l'idée choquante. Lui-même, comme beaucoup d'autres, misait sur Mendeku, mais le shaman n'avait même pas attendu que son nom soit cité pour proposer celui de Chilam. À cette annonce, les yeux s'étaient arrondis, quelques bouches s'étaient ouvertes en silence, puis l'évidence était tombée sur l'assemblée.

Chilam Balam. La seule personne à n'avoir jamais baissé les yeux. La seule à ne jamais s'être soumise, celle dont Lost Arrow avait eu peur de bout en bout. La mère de Vol Parfait, qui avait lui-même vaincu le grand Iron Curtain avant de disparaître, laissant la place à un mythe indestructible.

Il y avait bel et bien en Chilam Balam quelque chose de sacré. Personne d'autre qu'elle ne pouvait mener le clan au Sommet. Lorsque Mendeku en avait fait l'annonce, même Gringo Loco avait acquiescé, comme transformé par l'évidence.

3

L'ascension continua. Chacun fit en sorte de trouver sa place, les cordées se stabilisèrent et le quotidien s'appliqua à recouvrir les multiples questions que soulevait la scission. Au bout de quelque temps, ils réalisèrent que la Falaise ne les avait pas rejetés, et leurs doutes s'estompèrent. Les postes essentiels, hormis celui de chiffreur, se trouvaient assurés. Chilam Balam demanda que chaque individu initie deux autres personnes à son savoir. À ce moment de la saison, Salto Angel réalisa que l'ancien modèle était mort. Par la force des choses, les gens se mélangeaient au sein des cordées. La transmission du savoir ne se faisait plus forcément de père en fils. D'ailleurs, nombreux étaient ceux qui, comme lui, avaient été contraints de laisser leur ancienne cordée. Plus surprenant encore, Chilam avait insisté pour que les saisonniers soient formés.

Salto Angel comprit aussitôt ce qu'une telle décision annonçait. La fin du statut de membre. La fin des privilèges. Gringo Loco avait bien tenté de protester, mais il s'était vite retrouvé submergé de reproches et avait abandonné. Salto n'avait jamais connu le Conseil et rêvait d'en faire partie depuis son enfance, mais, après les événements, il n'imaginait plus que le pouvoir puisse être entre les mains d'un petit nombre. Il avait en outre découvert que les saisonniers qui l'accompagnaient n'étaient pas si différents de lui.

Depuis toujours, Kallistée et Tandem pour l'Évidence lui avaient inculqué le mépris de cette partie du clan. Les saisonniers n'avaient aucun talent, ils suivaient les meneurs et ne pouvaient que mendier de quoi s'équiper ou se vêtir en échange des plus basses besognes à l'intersaison. Ils étaient aigris, proches de l'inutilité. Si le clan les conservait jusqu'alors, c'était pour mieux piocher parmi les meilleurs éléments afin d'apporter du sang neuf aux cordées nobles. D'ailleurs, encorder sa fille à un outilleur ou un pitonnier représentait de loin le plus grand espoir de tout saisonnier. Mais il fallait pour cela démontrer des qualités exceptionnelles et une obéissance sans faille.

Restait ensuite pour les rares élues à être désignées par le chef ouvreur, avec l'aval du chiffreur. Les hommes, eux, ne pouvaient prétendre à s'encorder avec une fille d'outilleur ou de pitonnier, car cela aurait signifié leur accession directe au Conseil.

Mais tout cela était sur le point de disparaître. Salto Angel lui-même transmettait son talent d'outilleur à deux saisonniers. La méfiance réciproque avait mis du temps à s'évaporer ; plusieurs fois, il avait réalisé qu'il leur parlait trop durement, comme s'il lui coûtait de partager son précieux savoir. Et puis, au fil des échanges, il s'était détendu et avait commencé à éprouver un sentiment nouveau. Il assimila ça à de la fierté, celle de rompre avec le passé d'un clan devenu déliquescent, d'avoir enfin le courage de transgresser des lois qui lui avaient toujours paru immuables.

4

Allongé sur la vire, Tournebrosse attendait le sommeil. Tout autour de lui, les autres dormaient depuis plusieurs longueurs de temps déjà. Ils avaient quitté le désert et les nuits s'étaient rafraîchies. Tournebrosse perçut le sol dur et froid sous son corps. Il pesta en silence.

L'accession de Fantomastic au pouvoir avait une nouvelle fois bouleversé la vie du clan. Alors que lui, modeste saisonnier, avait commencé à s'élever au sein de la hiérarchie, tout s'était effondré. Les autres avaient retrouvé leurs vieux réflexes. Les hommes tels que lui n'inspiraient plus que le mépris.

Tournebrosse se mit à grelotter. Il voulut s'emmitoufler dans sa peau, mais celle-ci, râpée, trouée, ne lui était pas d'un grand secours. Une peau de saisonnier. Il s'était pourtant juré de tout faire pour conserver une place honorable au sein du clan. Peut-être que le chef ouvreur faisait souvent appel à lui, mais pour le reste, il avait un équipement minable, pas de femme, aucune considération.

Il se redressa sur son coude et regarda autour de lui. Au moins, les autres saisonniers, pour la plupart, étaient en couple. À défaut d'une fourrure efficace, ils pouvaient se tenir chaud. Les membres, eux, détenaient du matériel de première qualité et ne risquaient pas de ressentir le froid. Dans leur sac, ils avaient même une deuxième peau. Une peau qui ne leur servait à rien, tandis que lui se gelait, incapable de dormir.

Cela lui semblait injuste.

Il pensa alors que Fantomastic n'avait aucun sens de la justice ; il avait pris le pouvoir par la force, sans définir aucune autre règle que celle d'un égoïsme violent. Fantomastic avait voulu le pouvoir, et il l'avait pris.

Moi, tout ce que je veux, c'est dormir au chaud.

Soudain, il arrêta de réfléchir et se leva. Il ne voyait pas pourquoi il accepterait cette situation plus longtemps. Rien ne l'obligeait à passer de telles nuits, pétri de froid et de solitude. Il lui fallait une peau. C'est tout ce qu'il demandait.

Tournebrosse inspecta la vire. Le feu brûlait dans un coin. Les corps enchevêtrés, disséminés un peu partout. Les sacs, emplis de trésors, qui s'offraient à lui. Il secoua la tête. Pas ici. Il regarda les autres campements, un peu plus loin.

Es-tu vraiment prêt à t'élancer sur la Falaise, seul en pleine nuit, pour aller voler une peau ?

Oui, il l'était. Car il ne voyait aucune raison de ne pas le faire. Sa situation relevait de l'injustice.

Il se mit en place, essaya de décrypter un itinéraire. Les reliefs se noyaient dans l'obscurité. Lassé, impatient, Tournebrosse abandonna. Il partit.

Ses gestes, maladroits au début, se firent plus sûrs. Finalement, il se rendait compte qu'il n'avait pas si peur de décrocher. À quoi bon continuer son ascension s'il devait vivre sans aucune dignité ?

Au bout de quelques clous, il atteignit le campement voisin. Il posa un pied sur la vire, puis l'autre. Son cœur battait trop fort dans sa poitrine. Quelqu'un allait le repérer, c'était obligé. Que pourrait-il bien leur dire ?

Il s'immobilisa, ombre parmi les ombres. Les corps endormis s'élevaient au rythme des respirations profondes. Un sourire amer vint effleurer son visage lorsqu'il reconnut la même configuration que sur son campement. Les saisonniers, repoussés dans les coins les moins confortables, au bord du vide, contre une racine, tandis que les membres du Conseil s'étalaient, enroulés dans des peaux chaudes et agréables.

Jusqu'à présent, Tournebrosse avait toujours essayé d'œuvrer sincèrement dans l'intérêt du clan. Il avait fait confiance à Iron Curtain, Lost Arrow, Brouillard Givrant. Et s'il avait réussi à s'élever, il ne le devait qu'à sa dévotion. Mais, cette nuit, pour la première fois, il avait décidé de se servir. Faire passer ses intérêts avant. Il le méritait.

À quelques pas de lui, Heure Zéro, Dolce Vita et leur enfant dormaient d'un sommeil profond. Tournebrosse avança vers eux d'un pas résolu. Il s'agenouilla devant son sac, l'ouvrit, la respiration suspendue. Il bloqua les pitons de sa main gauche pour les empêcher de tinter. L'espace d'une seconde, il fut tenté de les prendre – ceux-là étaient si beaux, et les siens tellement usés –, mais s'en abstint. Il voulait dormir. Il voulait une couverture. Son autre main fouilla, doucement, avec retenue, jusqu'à atteindre le fond du sac. La peau se trouvait là. Il la retira avec précaution, arrêta son geste quand il entendit quelqu'un grogner dans son sommeil. Finalement, il referma le sac. Il réalisa qu'il était en nage. Lentement, il approcha la fourrure de son visage. Les poils soyeux lui caressèrent les joues.

Il sourit, avant de s'enfuir dans la nuit.

5

Fantomastic avançait d'un déplacement sûr, à défaut d'être gracieux. Pendant de nombreuses saisons, il avait grimpé dans les pas d'Iron Curtain, puis de Lost Arrow. En fait, il avait toujours été en deuxième position, même lorsqu'il était enfant. Il avait eu le temps d'observer.

La tâche d'ouvreur ne lui paraissait pas insurmontable, d'autant que, messager de formation, il pouvait cumuler les deux fonctions. Qu'un danger se présente, et il en informait aussitôt le reste du clan.

Si l'ascension ne lui posait pas de problème, en revanche, certaines fois, Fantomastic sentait les choses lui échapper avec le clan. Il se disait alors qu'il avait agi de façon trop impulsive lorsqu'il avait éliminé Lost Arrow et Brouillard Givrant. Après tout, le chiffreur lui aurait sans doute été utile. Tous les jours, du moins au début, il s'était trouvé quelqu'un pour le solliciter. À chaque fois, ils avaient débarqué sur la pointe des pieds ; les éloges d'usage, timides et prononcés du bout des lèvres, laissaient vite la place aux questions. On demandait combien de jours il restait avant l'intersaison. On déplorait l'absence de guérisseur. On voulait savoir quand commencerait la période des semences.

Fantomastic avait essayé de répondre. Il s'était vite rendu compte que le fait de chercher des solutions à tous ces problèmes relevait de l'impossible. Et puis, ça le fatiguait. Il avait mal au crâne, tout ça l'énervait.

Pour se calmer, Fantomastic songea qu'il se trouvait à la tête du clan. Au sens propre comme au sens figuré. Il leva les yeux vers le Sommet : aucune cordée ne le précédait. La sensation était grisante. S'ils devaient arriver ce soir, ou le lendemain, il serait le premier à s'adresser aux dieux. Cette perspective le rendit léger et il s'autorisa un jeté fantaisiste. Son corps massif se propulsa et il saisit la roche à pleines mains, comme si la Falaise avait été la plus belle des femmes et qu'il dût la conquérir fougueusement. La paroi, d'une jolie couleur, chauffée par les rayons d'El Cap, était agréable au toucher.

Le reste du clan suivait, désordonné. *Qu'ils se débrouillent*, pensa Fantomastic. *Qu'ils me laissent en tête à tête avec la Falaise.*

Il planta ses grosses mains dans une fissure, et entreprit de faire de même avec les pieds. Lentement, avec régularité, il progressa. Il se dit qu'il aimait bien les fissures. À chaque fois, il y avait cette légère appréhension au moment de plonger ses membres dans cette plaie obscure qui fendait la roche. Allait-il trouver quelque bestiole à l'intérieur, qui ne se priverait pas de le mordre ou de le piquer pour le punir de l'avoir dérangée ? Serait-il capable de s'élever, clou après clou, en suivant le chemin ? La fissure n'avait rien d'un bon gros bac, ni d'une quelconque prise traditionnelle. Il lui fallait tourner les mains, les placer d'une certaine façon, tout en respectant les caprices de sa physionomie. Le reste du temps, lorsqu'il grimpait, il devait changer son corps de position à chaque instant. Là, au contraire, une continuité réconfortante l'accompagnait. Il pouvait se contenter de suivre le chemin. Encore fallait-il en être capable, car la fissure n'était pas de tout repos pour autant. Il y laissait une énergie considérable : il s'agissait d'en tirer le meilleur parti, de la soumettre, avec une certaine fermeté. Il n'en avait jamais parlé à personne, mais à chaque situation semblable, il engageait sa fierté. Délaisser une fissure dès lors que la progression devenait malaisée pour se jeter sur des grosses prises apparues par hasard revenait à céder à la facilité. La paroi se sacrifiait en leur offrant des plaies béantes ; les ignorer, c'était insulter la Falaise, lui manquer de respect. Cette fissure-ci, longue de plusieurs clous, serpentait entre les arbustes épineux telle une estafilade alambiquée. Il la remonta jusqu'au bout, docilement, l'extrémité des doigts en contact avec la terre humide et fraîche qui en tapissait le fond.

Lorsqu'il la quitta, une satisfaction bienvenue caressa son esprit. Malgré les tracas liés à sa nouvelle fonction, il prenait plaisir à son ascension, seul, devant tout le monde. La Falaise lui présentait tous les jours de nouveaux problèmes à résoudre, et, dans le même temps, elle proposait des solutions, disponibles juste sous ses yeux. Il se dit alors qu'il devait voir les choses de la même façon avec le clan.

Comme pour le mettre à l'épreuve, à peine la journée d'ascension terminée, il apprit une nouvelle déplaisante. Il réfléchit un peu, regarda autour de lui.

« Tournebrosse ! » appela-t-il.

Le saisonnier leva la tête. Son visage trahissait un mélange de crainte et de volonté farouche. Depuis la scission, Tournebrosse se montrait bien utile et toujours prêt à aider Fantomastic. Parfois, ce dernier le trouvait trop malin pour un simple saisonnier, alors il essayait de se souvenir qu'il lui faudrait s'en débarrasser le jour venu. Mais ce jour pouvait attendre.

Tournebrosse s'approcha, sans se presser, les sourcils froncés, les épaules légèrement voutées, comme à son habitude. Sous sa tunique, on devinait des muscles puissants, dessinés dans les moindres détails, et pourtant son visage était grossier, dérangeant, avec un menton fuyant, des yeux trop gros et trop mous. Les mêmes traits se retrouvaient chez bon nombre de saisonniers, condamnés à se reproduire entre eux.

« Chef ouvreur », dit le saisonnier en s'inclinant.

Fantomastic le regarda longuement, visiblement ennuyé. Tournebrosse commença à ressentir de l'inquiétude, bien qu'il s'appliquât à la dissimuler.

« On est venu me trouver », dit finalement Fantomastic.

Tournebrosse ne répondit rien. Il s'efforça de garder un air dégagé, mais en son for intérieur, il bouillait.

« Il y a eu un vol, poursuivit Fantomastic.

— Un vol ? »

Tournebrosse trouva sa voix surfaite. Il se dit que Fantomastic savait tout, et qu'il s'amusait à le torturer. Cela ne servait à rien de faire semblant. Il ne lui restait plus qu'à demander pardon et rendre la peau. Peut-être que Fantomastic aurait la bonté de l'épargner.

« Une outre. Une belle outre, toute neuve.

— Oh, fit Tournebrosse. Est-ce que… Que faut-il faire ?

— Aucune idée. Je t'en parle à toi, parce que je sais que tu es malin, et discret. Pour l'instant, j'imagine qu'on ne va rien faire. Mais si ce genre de situation devait se reproduire, j'aimerais que tu m'aides à trouver une solution.

— Je vois, dit le saisonnier, peinant à masquer sa fierté.

— Peut-être qu'on devrait fouiller tous les sacs », reprit Fantomastic.

Le cœur de Tournebrosse fit un bond en avant dans sa poitrine. Il laissa passer un instant pour que sa réponse ne paraisse pas précipitée. « Peut-être, acquiesça-t-il. Mais ça me semble compliqué. Ce sera long. Et comment être sûr ? Rien ne ressemble plus à une outre qu'une deuxième outre.

— Tu as raison.

— Cela pourrait créer des discordes, et on n'a pas besoin de ça, surtout en ce moment », enchaîna Tournebrosse, soulagé. Il s'arrêta soudain et s'obligea à ne pas en dire plus. Il pensa à sa peau, au fond de son sac.

« Bien vu, murmura Fantomastic. Quand je disais que tu étais malin… »

Le soir, Tournebrosse attendit patiemment que les uns et les autres s'endorment. Son esprit cogitait sans cesse. Quelqu'un avait volé une outre. Lui-même s'était servi dans le sac d'Heure Zéro. Il réalisa qu'il ne pouvait en être autrement. Le clan existait toujours, mais son cadre, ses règles, avaient volé en éclat. Fantomastic avait imposé son statut de chef comme un caprice. D'autres vols ne manqueraient pas de se produire. D'ailleurs, avant que l'ancien messager ne s'adresse à lui, il n'avait eu de cesse de penser aux pitons d'Heure Zéro. Il les voulait. Mais il ne pouvait pas se permettre de se faire attraper. Déjà, la peau luxueuse dans laquelle il s'était enroulé représentait un grand danger.

Tournebrosse soupira. Il se redressa, puis s'assit. Autour de lui, tous s'étaient enfin endormis. Alors, avec une expression de dégoût sur le visage, il saisit son poignard, et troua la peau en deux endroits, gratta quelques poils, la râpa un peu. Elle serait toujours aussi chaude et confortable, mais légèrement moins belle. Il maudit le clan de devoir détériorer un tel objet. Mais au moins, lorsque les sacs seraient fouillés, et cela arriverait, il paraîtrait moins suspect. Il réfléchit, hésita, puis sortit son ancienne peau de son sac. Aucun saisonnier ne possédait plus d'une peau. Sans plus attendre, il la jeta dans le vide.

6

Tandem pour l'évidence, muré dans le silence, observait le campement. Lui qui n'avait jamais été très causant aurait pourtant souhaité parler. Mais depuis la scission, cela ne lui avait pas échappé, les paroles devenaient de plus en plus rares.

Les gens se montraient méfiants les uns envers les autres, le clan se réorganisait selon des règles implicites.

Il soupira et laissa son regard errer sur la Falaise. Comme souvent, il se mit à penser à son fils. Salto était parti. Son choix avait révolté sa mère, mais Tandem le comprenait. Il lui arrivait de l'envier.

Un peu plus loin, Kallistée préparait un ventouseux en compagnie des autres femmes.

Les jours suivant le départ de Salto, elle n'avait pas décoléré. « J'ai un fils idiot, et l'autre nous a abandonnés », avait-elle dit. Sa rage s'était petit à petit transformée en autre chose. Comme si elle s'était réellement persuadée que Salto Angel avait décroché. Elle n'en parlait plus. D'ailleurs, depuis peu, elle ne parlait plus du tout. Mais Tandem la savait toujours là.

Quelque part, loin, très loin, il se fit la réflexion qu'il était amoureux de sa femme. Malgré tous ses défauts, il l'aimait. Il avait toujours su le cacher au clan, il avait également essayé de le cacher à Kallistée, en vain. Elle n'avait rien dit, mais s'était servie de sa faiblesse, saison après saison, pour servir ses intérêts.

En cet instant, Tandem pensa qu'il aurait pu fuir le clan avec son fils, s'il n'avait pas été aussi amoureux de sa femme.

Après le repas, Kallistée lui parla. Depuis combien de jours n'avait-il pas entendu sa voix ? Au début, il ne l'écouta pas vraiment, il voyait bien que ce qu'elle disait avait quelque chose de déplaisant, mais il était trop heureux qu'elle lui parle.

« Réveille-toi ! »

Tandem sortit de sa torpeur.

« Quoi…

— Ton comportement ! fit-elle en chuchotant. Ça ne va pas. Les autres te sentent… différent.

— Et alors ? essaya-t-il de se défendre.

— Ça ne leur plaît pas. »

Elle regarda autour d'elle. Personne ne faisait attention à eux.

« Ils t'ont dit quelque chose sur moi ? voulut savoir Tandem.

— Pas besoin. Ça se sent. Les choses changent.

— Qu'est-ce que tu veux dire ?

— Tu n'es pas assez sur tes gardes. Tu ne parles à personne. »

Tandem marqua un temps d'arrêt, surpris. « Tu veux plutôt dire que personne ne me parle…

— Mets-y les nuances que tu veux, s'énerva Kallistée. Regarde Paroxysme… Il est en train de s'approprier la cordée. Tu ne vois donc pas ce qu'il se passe ? Certains veulent se faire bien voir de lui et lui offrent du matériel, ou bien leurs services. Cet homme ! s'exclama-t-elle en chuchotant, tandis qu'elle désignait discrètement un saisonnier. Cet homme lui a offert sa femme.

— Mais c'est abject ! s'indigna Tandem. C'est contraire aux règles du clan. »

Kallistée le dévisagea, entre colère et tendresse. Elle secoua la tête. « Tu dois réagir, dit-elle. Les règles ont changé. Ce sont les plus rusés, et les plus forts qui dirigent. Les cordées vont bientôt se reformer, c'est inéluctable.

— Et ce n'est pas une bonne chose ?

— Je ne sais pas », dit Kallistée.

7

Lorsque, deux jours plus tard, Paroxysme lui avait proposé de faire partie de sa cordée, Tandem était resté bouche bée. Il avait repensé aux paroles de sa femme, impressionné par sa clairvoyance. Que Paroxysme pense à eux pour sa nouvelle cordée lui avait fait plaisir, mais, malgré tout, il n'avait pas pu s'empêcher de se méfier. Car il était évident qu'en acceptant, il se plaçait sous ses ordres. Était-ce pour cette raison que Paroxysme le voulait ? Car il pensait que Tandem constituait un esprit faible et servile ?

Dans un sursaut de fierté, il avait décliné l'offre. Paroxysme avait froncé les sourcils, un éclat mauvais au fond des yeux.

Et, tandis qu'aujourd'hui il se retrouvait seul à grimper avec Kallistée et Tarnagas, il était heureux. Tout était presque redevenu comme avant.

Salto, songea-t-il. *Tu nous manques.*

Il prit tout son temps pour choisir sa prise et, d'un geste délié, se propulsa vers le haut. Sous lui, Kallistée enrageait, il le savait bien. Elle lui avait reproché son inconscience. Maintenant, ils se retrouvaient isolés, pendant que les autres mettaient au point des alliances. Qu'importe. Il n'avait pas été aussi heureux depuis longtemps. Seul, avec sa femme et son fils. Il planta un nouveau piton dans une fissure, puis regarda autour de lui. Rares étaient les cordées aussi ténues que la leur. Comme s'ils n'avaient pas réussi à rompre complètement avec les règles de Brouillard Givrant, les autres avaient conservé des formations d'une douzaine d'individus. Tandem pour l'Évidence avait trouvé cela stupide.

« C'est une question de puissance, dit Kallistée un peu plus tard, tandis qu'ils s'accordaient une pause sur une vire ombragée.

— Ils sont lents, répondit Tandem. Lents, exposés au danger.

— Peut-être, mais ils pourront se défendre. Toi, le jour où l'une de ces brutes va vouloir me faire des choses, qui appelleras-tu pour t'aider ? »

Tandem la regarda, interloqué. Il n'était pas sûr de comprendre. L'idée qu'un autre homme puisse vouloir…

« Personne n'oserait, s'indigna-t-il.

— Que tu es naïf ! Penses-tu vraiment ce que tu dis ? »

Tandis que Tandem pour l'Évidence s'obstinait à garder le silence, Kallistée poussa un long soupir. Elle secoua la tête. « Pauvre Tandem, dit-elle. Tu ne te rends pas compte… Ça fait des jours et des jours que certains d'entre eux me tournent autour. Ce soir, au campement, les bêtes sauvages ne seront pas les plus à redouter. »

8

« Saisonnier ! »

Le mot claqua comme un ordre, plein de mépris. Tournebrosse pesta en silence et leva la tête, comme il savait très bien qu'on s'adressait à lui. Il aperçut Heure Zéro et son sang se figea dans ses veines.

Il sait, pensa-t-il. *Il sait, et il va me dénoncer devant tout le monde. Mais je ne me laisserai pas faire.*

« Que veux-tu ? » demanda-t-il d'un ton brusque.

L'autre sauta sur la vire. Il le toisa un instant, sans un mot. Tournebrosse soutint son regard.

« Que veux-tu ?

— J'ai besoin d'un équipier pour aller chasser. Tu auras ta part. »

La moins bonne, évidemment, pensa Tournebrosse.

« Je m'équipe et je suis à toi », répondit-il.

Il remit son sherpa, lentement, tout en s'efforçant de maîtriser sa respiration. Il n'avait jamais chassé avec Heure Zéro. Le hasard lui sembla douteux.

Ils se mirent en route vers l'ouest, suivant la piste d'un ventouseux. Depuis l'autre jour, comme l'avait imaginé Tournebrosse, les vols s'étaient multipliés. Les gens se méfiaient les uns des autres. Les saisonniers étaient particulièrement soupçonnés. Tournebrosse pensa qu'il avait bien fait de se débarrasser de sa seconde peau et de résister à l'attrait des pitons rutilants.

« Là », s'écria Heure Zéro.

À quelques clous vers l'est, une silhouette pataude se déplaçait d'une démarche maladroite sur la paroi. Un ventouseux. Il n'avait pas encore remarqué leur présence.

« Comment on s'y prend ? demanda Tournebrosse.

— On l'attrape en pendulaire. Tu t'en charges, pendant que je t'assure. Tu as ton filet ? »

Tournebrosse acquiesça. Il eut un moment de doute. S'il partait en vol pendulaire, il devait s'en remettre entièrement à Heure Zéro. Si ce dernier voulait se débarrasser de lui…

« En place », ordonna le pitonnier.

Résigné, Tournebrosse obéit. Que pouvait-il faire d'autre ? Et puis, il commençait à se dire que son équipier ne savait rien du tout, qu'il était juste venu le trouver par hasard. Ou bien peut-être connaissait-il sa réputation d'excellent chasseur.

Tu deviens vaniteux, pensa-t-il.

Heure Zéro calcula les distances. De son côté, le ventouseux poursuivait sa route. À chacun de ses pas, il devait tirer sur ses membres pour les décoller de la roche. Heure Zéro partit se placer à quelques clous au-dessus de lui. Tournebrosse, lui, se posta sur sa gauche. Il prépara son filet et attendit que l'animal soit sur sa trajectoire. Il jeta un coup d'œil à Heure Zéro. Celui-ci semblait en place, ancré à la Falaise.

Pas de blague, pensa le saisonnier. *Ne va pas me faire un sale coup.*

Le ventouseux atteignit la zone propice. Tournebrosse se laissa tomber. Aussitôt, il partit en vol pendulaire vers la droite. Il prit de la vitesse et arriva lancé vers l'animal. Au moment de l'impact, il déplia son filet. Le choc étourdit le ventouseux qui se décrocha de la paroi. Tournebrosse resserra le filet afin de ne pas laisser échapper sa proie. L'élan s'inversa, et il pendula en sens inverse. D'un geste sûr, il sortit son poignard et le plongea dans la gorge de la bête, puis il planta ses pieds contre la paroi pour s'arrêter. « C'est bon », cria-t-il à Heure Zéro.

Il regarda la bête, soulagé. Le ventouseux n'avait pas eu le temps de l'asperger de venin ; quant à Heure Zéro, il ne l'avait pas laissé tomber. Malgré tout, Tournebrosse jugea plus prudent de placer un piton.

Un piton tout rouillé.

Quelques instants plus tard, les deux hommes s'arrêtèrent sur une corniche. Le pitonnier se désaltéra, avant de prendre la parole :

« On ne m'avait pas menti, dit-il.

— À propos de quoi ?

— Tu es bon chasseur. »

Tournebrosse ne répondit rien. La flatterie cachait autre chose, il le savait. Il eut bientôt la confirmation que son équipier du jour ne l'avait pas appelé uniquement pour chasser. Mais il avait eu le temps de s'y préparer. Heure Zéro continua, avec un air satisfait : « Aussi bon chasseur que voleur.

— Une accusation stupide, rétorqua Tournebrosse.

— On m'a pourtant volé une peau…

— Pourquoi moi ? »

Heure Zéro eut un petit rire méprisant. « Je ne vois personne d'autre qu'un saisonnier pour voler une peau.

— Il y en a d'autres, des saisonniers. Tu peux venir inspecter mon sac quand tu veux. Je n'ai qu'une seule peau, et c'est la mienne. »

Il avait mis suffisamment de force et de conviction dans ses mots pour soutenir sans peine le regard du pitonnier. Mais celui-ci ne se laissa pas impressionner. Il s'accorda un instant de réflexion, regarda en direction des campements.

« Ma seconde peau… commença-t-il. Ma seconde peau est bien particulière. C'est pour cela que je l'ai choisie. Oh, comme sur la plupart des peaux, les poils sont noirs, gris et blancs. Mais sur celle-là, il y a beaucoup plus de gris et de noir. Il y a très peu de blanc. En fait, il y a juste quelques poils blancs dans un coin. Une toute petite tache, pas plus grande que la main d'un enfant. Et figure-toi que cette tache ressemble à un oiseau de Yos, qui aurait déplié ses ailes. Bien sûr, il faut un peu d'imagination. Mais une fois que tu l'as vu, ça devient évident. Tu peux le voir de loin. Et même dans la pénombre, à la lueur d'un feu, par exemple. Le blanc ressort dans la nuit. »

Tournebrosse sentit un début de panique le gagner.

« Hier, poursuivit Heure Zéro, j'avais un équipier plutôt médiocre pour la chasse. Rien à voir avec toi. Et cette misérable greute nous a fait courir. On est rentrés tard, très tard. El Cap avait disparu depuis longtemps, et tout le monde s'était déjà préparé pour la nuit. En revenant, je suis passé à quelques clous de ton camp…

— Ça suffit ! » rugit Tournebrosse.

Le saisonnier se pencha en avant. Ses poings s'étaient fermés et ses narines se dilataient pour y faire entrer le plus d'air possible. Il se dit qu'il allait faire décrocher Heure Zéro. Mais une autre pensée, plus confuse, se fraya un chemin dans son esprit.

S'il avait dû te dénoncer, il l'aurait déjà fait.

Il tenta de reprendre le contrôle. Tout en restant sur ses gardes, il murmura : « Qu'est-ce que tu veux ? »

Heure Zéro sourit de toutes ses dents. « Vous, les saisonniers, vous êtes vraiment une sous-race.

— Qu'est-ce que tu veux ? répéta Tournebrosse avec une pointe d'énervement.

— Et toi ? Qu'est-ce que tu es prêt à m'offrir, pour que je ne te dénonce pas ? »

Tournebrosse soupira. Sa mâchoire se contracta tandis qu'il étouffait un juron.

C'était donc ça. Ça ne lui suffisait pas d'avoir des privilèges. Il veut maintenant se servir de moi, me détrousser de ma dignité.

« Je peux chasser pour toi pour le reste de la saison, proposa-t-il.

— Excellent ! s'enthousiasma Heure Zéro. Et tu porteras mon sac, pendant la journée. »

Tournebrosse ne broncha pas. Il jeta un regard noir au pitonnier. Ce dernier lui rendit un sourire carnassier en échange. « Tu vois, dit-il d'une voix basse. On peut s'entendre, même avec un saisonnier. Et tu me rendras cette peau. Ça m'étonnerait que j'en aie un jour besoin, mais je préfère l'avoir. Elle m'appartient. »

Ils rentrèrent. Heure Zéro récupéra sa peau, et, conformément à ce qu'il avait énoncé, laissa une part du ventouseux à Tournebrosse. Les pattes, gorgées de colle, immangeables.

L'humiliation s'abattit sur le saisonnier.

Révolté par l'attitude d'Heure Zéro, transi de froid, il ne ferma pas l'œil de la nuit. Le lendemain, il repartit, tel un fantôme.

9

Fantomastic s'arrêta un instant pour jauger la paroi. La roche semblait capricieuse à cet endroit. Des dévers s'ajoutaient aux dévers, les colonnes s'entrecroisaient, tandis que de la végétation urticante rongeait la roche. La raison aurait dû le pousser à faire un détour, il le savait, mais il trouvait plus excitant de continuer tout droit. Après tout, les autres feraient comme ils l'entendraient. Il se rua à l'assaut de la difficulté.

Ses bras se contractèrent et il tira violemment dessus, négligeant de placer ses jambes correctement. Il lança sa main droite, la referma sur une grosse racine, planta son pied dans un trou, poussa de toutes ses forces. Son pied glissa et il se retrouva attiré par le vide ; mais ses mains, solidement ancrées dans la Falaise, parvinrent sans problème à le maintenir rivé à la paroi. Il laissa échapper un grognement, se repositionna et fit une nouvelle tentative. Cette fois-ci, il tira un peu plus fort sur les bras et passa l'obstacle.

Avant de repartir en dévers, la Falaise offrait un replat. Fantomastic le tâta avec la paume de la main et, satisfait, se hissa. Soudain, une araignée apparut, juste face à lui.

La bête ouvrit une gueule menaçante et fit un pas en avant. Fantomastic laissa son instinct prendre le contrôle. Sa main plongea vers la masse, la saisit, avant de l'abattre sur la tête de la créature. L'instant suivant, il faisait face à un crâne réduit en bouillie. Les membres du cadavre s'agitèrent dans tous les sens, puis se figèrent les uns après les autres. Mais Fantomastic ne la regardait déjà plus. Il avait entrepris de pitonner, pour assurer sa cordée. Une fois la besogne effectuée, il revint vers le cadavre, le découpa, enfourna les meilleurs morceaux dans son sac. En chef magnanime, il laissa les autres parts au reste de la cordée.

Puis il repartit, gorgé d'un sentiment de toute-puissance. Il avait l'impression que rien ne lui résistait. Grâce à lui, le clan avançait bien. Il avait permis, implicitement, que les cordées se reforment. Il n'en était pas à l'origine, mais l'idée l'arrangeait. Il n'avait jamais aimé les cordées surchargées de Brouillard Givrant. Là, même s'ils étaient encore une dizaine, il disposait d'éléments solides, qu'il avait lui-même recrutés, à commencer par Tournebrosse.

Tout en continuant à se féliciter de ses succès, Fantomastic se lança dans le deuxième dévers. Il le maîtrisa également, tout en force.

Le seul problème, songea-t-il, *c'est ces vols qui se généralisent.*

Il pensa qu'il lui faudrait redemander l'avis de Tournebrosse. Le saisonnier constituait décidément un équipier de choix au sein de la cordée. Il avait bien envie d'en faire son conseiller. Fort, obéissant, malin. Après tout, Brouillard Givrant n'avait jamais eu qu'une seule de ces trois qualités.

À la fin du troisième dévers, Fantomastic sentit la fatigue l'assaillir. Ses avant-bras tétanisaient sous la charge des efforts répétés. Il continua un peu, pour ne pas que les autres pensent que la Falaise l'avait épuisé, puis, subitement, il décréta la fin de la journée d'ascension. Il s'était toujours demandé comment les chefs ouvreurs calculaient les cent clous. Par habitude, il connaissait à peu près la distance quotidienne, et savait bien qu'ils ne l'avaient pas atteinte, mais il en avait marre de grimper. Pas une seule voix ne s'éleva pour le contrarier.

Bien, pensa-t-il. *Parfait. Et en plus, je n'aurai pas besoin d'aller chasser.*

Il s'octroya la meilleure place sur la vire, s'installa confortablement. Les autres arrivèrent à leur tour et quittèrent leur équipement. Les femmes et les enfants se mirent à ratisser les environs. Le bois fut entreposé au milieu.

Tandis que Tournebrosse se préparait à repartir chasser en compagnie d'un autre saisonnier, Fantomastic l'appela.

« Viens par ici, faut qu'on parle, lui dit-il.

— Chef ouvreur, s'inclina Tournebrosse.

— Laisse tomber la chasse pour ce soir, ordonna Fantomastic. C'est moi qui régale. »

Le saisonnier lorgna vers le sac ouvert, d'où s'échappaient quelques morceaux appétissants de l'araignée.

« C'est un grand honneur », murmura Tournebrosse. La marque d'attention de son chef le touchait. Sans doute aurait-il quelque chose à lui demander en échange, tout comme Heure Zéro, mais…

Il redressa soudain la tête, comme l'évocation du pitonnier le rappelait à ses obligations.

« Qu'y a-t-il ? demanda Fantomastic. Mon invitation ne te fait pas plaisir ?

— Elle me fait très plaisir, au contraire, chef ouvreur. Mais…

— Alors assieds-toi. J'ai à te causer. »

Le saisonnier n'osa pas désobéir. Il pensa à Heure Zéro. Heureusement, ils s'étaient arrêtés tôt aujourd'hui et, une fois la discussion avec Fantomastic terminée, il pourrait peut-être retourner chasser et ramener son repas au pitonnier. Et puis, il devait aussi lui ramener son sac. Mal à l'aise, il regarda son chef, espérant que ce dernier ne serait pas trop long.

« En fait, commença Fantomastic, quelqu'un est revenu me voir ce matin, pour une histoire de vol. Encore. »

Comme à chaque fois qu'il évoquait le sujet, Tournebrosse ne put empêcher son estomac de se tordre. Il pensa aussitôt qu'Heure Zéro était venu le dénoncer. Mais il n'en était rien.

« Une histoire de sherpa, poursuivit Fantomastic. Ces vols commencent à me fatiguer. » Il s'arrêta, gratta sa barbe clairsemée. Puis il jeta un coup d'œil autour de lui, et se mit à chuchoter : « Tu vois, Tournebrosse, je fais de mon mieux pour mener le clan au Sommet. Vrai ?

— Aucun doute, le flatta le saisonnier. Et tu t'en sors admirablement.

— Merci. Mais il y a quelque chose qui me chiffonne. Ces vols, pour commencer. Et puis, d'autres petits détails, sur lesquels je n'arrive pas à mettre le doigt. »

Tournebrosse garda le silence, attendant que Fantomastic continue. En réalité, il voyait exactement de quoi le chef ouvreur voulait parler. Ces « détails », correspondaient pour lui à la disparition des valeurs morales. Comme il s'aperçut que Fantomastic attendait, il bredouilla :

« Peut-être… Peut-être que certains ont perdu de vue l'intérêt supérieur du clan. Ils s'organisent à leur convenance, pour servir leurs propres intérêts.

— C'est exactement ça, s'exclama Fantomastic. Tu es malin, saisonnier… Tu sais, quand les gens ont refondé les cordées, je ne m'y suis pas opposé. Finalement, l'ancien système était mauvais. Mais, maintenant que j'y pense, je m'aperçois que… comment dire… Ceux qui ont organisé ces cordées se sont surtout arrangés eux, et pas le clan.

C'est bien ce que tu as été le premier à faire, pensa Tournebrosse.

« Il y aura bientôt autant de clans que de cordées, si ça continue, fit remarquer le saisonnier.

— Tout juste. Certains commencent à faire leur loi, à imposer leurs petits trafics. Je ne suis pas dupe. C'est pourquoi je compte sur toi pour me trouver une solution. Trouve-moi une solution qui leur fasse comprendre que je suis le seul qui puisse faire la loi sur la Falaise. Si ta proposition est bonne, je ferai de toi mon conseiller personnel.

— J'aurais peut-être une idée », répondit Tournebrosse avec une fébrilité bien dissimulée.

10

Tandem pour l'Évidence, Kallistée et Tarnagas venaient d'en terminer avec leur journée d'ascension. Ils s'étaient trouvé une vire de taille modeste, amplement suffisante pour leur cordée réduite.

À peine s'étaient-ils installés que le sol trembla. Kallistée sursauta. Tandem leva la tête et regarda les deux hommes qui venaient de sauter sur la vire. Il reconnut Paroxysme et Volubilis. Tandem n'aimait pas ce qu'il voyait sur leur visage.

« Que voulez-vous ? » demanda-t-il.

Paroxysme fit un pas en avant. Il sourit et dit d'une voix basse : « Un marché, à te proposer. J'ai de l'herbe de jha, en quantité.

— L'herbe de jha est réservée aux cérémonies, ou tout du moins aux intersaisons, dit Tandem pour l'Évidence, méfiant. En prendre à un autre moment perturbe l'ascension. »

Paroxysme se contenta d'un haussement d'épaules. Puis il revint à la charge. « T'es sûr, t'en veux pas ?

— Non ! »

Tandem pour l'Évidence sentit son corps se tendre. Les deux hommes le mettaient mal à l'aise. Le deuxième, Volubilis, regardait Kallistée avec insistance. « Que voulez-vous ? répéta l'outilleur. Qu'est-ce que vous êtes venus faire sur notre campement ?

— J'ai du salpêtre rouge, aussi.

— En échange de quoi ? »

Paroxysme sourit, comme il pensait avoir éveillé l'intérêt de Tandem. « Eh bien, je me disais qu'en échange d'une quantité raisonnable de salpêtre, tu accepterais peut-être que je passe la soirée avec ta femme…

— Alors tu aurais dû me le demander directement, cracha Kallistée. Et je t'aurais dit d'aller te faire foutre. » D'un geste vif, elle sortit son poignard et bondit en direction de Paroxysme. « Dégage, dit-elle en brandissant son arme. Dégagez, tous les deux. Ou je serai trop tentée de vous trancher ce qui vous sert d'attributs masculins. »

Les deux hommes battirent en retraite, offusqués. Ils regagnèrent la paroi. Mais, avant de partir, Paroxysme se tourna vers Tandem. « Ce n'est que partie remise, dit-il d'un air menaçant. La prochaine fois, on n'aura pas toutes ces jolies choses à te proposer. On prendra directement ce qui nous intéresse. »

L'instant d'après, ils avaient disparu. Un silence nauséeux s'installa sur la cassure. Au bout d'un moment, ils partirent chasser. Il le fallait bien.

Après leur retour, ils allumèrent le feu, et Tarnagas, ravi, aida Kallistée à préparer l'arapierre.

Ils mangèrent, sans qu'aucun mot ne fût prononcé.

Enfin, tandis que l'obscurité s'installait, Kallistée regarda son mari d'un air décidé.

« Maintenant, prépare l'équipement.
— Pourquoi ? demanda-t-il.
— Fais-le, c'est tout. »

Peu après la nuit, ils arrivèrent au campement de Fantomastic. Tandem pour l'Évidence n'avait aucune idée des intentions de sa femme. Il resta en arrière, circonspect, et la regarda enlever son sherpa. Son corps luisait à la lueur du feu. Il la trouva plus belle que jamais. Lorsque Fantomastic se leva pour aller à sa rencontre, un sentiment désagréable s'empara de lui.

Le chef ouvreur ne le remarqua même pas. Il s'adressa directement à Kallistée.

« Que veux-tu ? fit-il.
— Chef ouvreur. »

Sa voix était chaude. Elle s'inclina avec grâce pour marquer sa dévotion. « Que veux-tu ? répéta Fantomastic, un peu moins fort.
— Je souhaiterais parler avec toi.
— De quoi ?
— De notre avenir. »

Tandem dut se retenir pour ne pas crier lorsqu'il vit les yeux du chef ouvreur se plisser dans une expression lubrique. « Je t'écoute », fit-il.

Kallistée s'approcha un peu de lui jusqu'à le frôler, puis elle se mit sur la pointe des pieds et lui murmura quelque chose à l'oreille. Les poings de Tandem pour l'Évidence se crispèrent. Fantomastic poussa un long soupir de satisfaction et Kallistée fit un pas en arrière. « Tu es un grand chef, Fantomastic, dit-elle. Tu es fort, courageux. Tu sais te faire respecter. Aussi, c'est avec le plus grand respect que je suis venu te faire quelques propositions insignifiantes au vu de ton intelligence sans égale.
— Je comprends rien à ce que tu dis, protesta le chef ouvreur. Trop compliqué.
— Alors viens avec moi. J'ai besoin d'un peu d'intimité pour te parler. Il y a trop de monde ici. »

Tandem se laissa tomber plus qu'il ne s'assit. Il vit sa femme s'encorder au chef ouvreur et disparaître dans l'obscurité. Les pensées se bousculèrent dans sa tête et il revit le visage de Kallistée, son air aguicheur, la courbe de ses seins. Ces images furent balayées par celle de Fantomastic et la rage menaça de le submerger.

Tout autour, personne ne lui prêtait attention.

Et pendant ce temps-là, sa propre femme, qui n'avait jamais laissé les autres l'approcher, se promenait seule avec le chef ouvreur. Sa rage laissa place au désespoir. Il pensa qu'il était lâche. Il aurait voulu partir, mais n'en eut pas la force. Alors il attendit. La nuit se fit plus fraîche. La cordée s'endormit, les fourrures se soulevèrent au rythme des respirations. Lui ne trouva pas le sommeil. Au moins n'avait-il plus à supporter les autres.

Il laissa encore passer une longueur de temps, résigné. Puis, la Falaise lui renvoya un léger bruit. L'instant d'après, Fantomastic sautait sur la vire, visiblement fatigué, mais satisfait. Kallistée arriva peu après. Sans un mot, sans un regard, elle défit le nœud qui la reliait au chef ouvreur et s'encorda à Tandem. Il ne put que la suivre. Mais, alors qu'ils se trouvaient à mi-chemin entre les deux campements, il bondit sur la paroi et vint se poster à sa hauteur. D'un geste plein de nervosité, il lui enserra le bras.

« Peux-tu me dire, maintenant ?

— Rentrons, dit-elle, nullement effrayée par la brutalité inhabituelle de son mari.

— Dis-moi, maintenant ! »

Dans la pénombre, il entendit un petit rire las. Il dut se contrôler pour ne pas la frapper. « Que je te dise quoi ? répliqua-t-elle.

— Qu'est-ce que tu es allée faire, avec lui ?

— À ton avis ? »

Le ton agressif de Kallistée le surprit. Il lâcha son bras. Des frissons le parcoururent. « Quoi ? murmura-t-il.

— Je suis partie avec lui pour qu'il me prenne, voilà ! »

Tandem avala sa salive avec difficulté. Il essaya de calmer sa respiration sans y parvenir tout à fait. « Pourquoi…

— Pour qu'on soit sous sa protection. Parce que je ne tiendrai plus longtemps avec tous ces salauds qui me tournent autour. C'est déjà une chance pour moi d'avoir pu les repousser aujourd'hui. Et ça tient surtout du miracle si toi, gringalet comme tu es, avec ta conscience et tes principes, ils ne t'ont pas balancé dans le vide.

— Tu veux dire que…

— Tu empestes la différence. Ce que j'ai fait, c'était pour nous. Pour toi. Ne crois pas que j'y ai pris du plaisir. Et si je suis partie avec lui, c'était pour ne pas t'imposer en plus ce triste spectacle. Crois-moi, vu les temps qui courent, mieux vaut être du côté des plus forts. »

11

Au petit matin, une cordée, réduite à sa plus simple expression, se déplaçait sur la paroi. Heure Zéro, tout juste réveillé, regarda avec surprise Fantomastic et Tournebrosse rejoindre sa vire. S'il passait fréquemment faire des annonces à l'époque où il était messager, Fantomastic ne s'était jamais déplacé en tant que chef.

Le pitonnier s'assit, les yeux collés de sommeil. Tout autour, ses compagnons de cordée se mirent à saluer Fantomastic.

« Chef ouvreur », dit-il à son tour. Sa voix était rauque. Il bailla, attrapa son outre et but un peu d'eau.

Le chef ouvreur s'adressa à eux. « Voici plusieurs jours qu'on me signale des vols. Certains, au sein du clan, se croient autorisés à fouiller dans les affaires des autres pour prendre ce qui leur plaît. »

En entendant ces mots, Heure Zéro observa Tournebrosse, goguenard. Ce dernier ne le vit pas, le regard perdu dans le vague.

« Je suis venu mettre un peu d'ordre dans ces pratiques, et j'ai décidé de commencer par ce campement », poursuivit le chef. Il parlait en utilisant toute la puissance de sa voix. Autour d'eux, au sein des autres cordées, hommes et femmes avaient arrêté leurs activités pour s'intéresser à la scène. Tout le monde écoutait, pressentant qu'il ne leur était pour l'instant pas permis de faire autre chose.

Comme il savait qu'il avait capturé l'attention, Fantomastic tourna lentement sur lui-même et regarda les campements les uns après les autres. « Ceux qui seront pris à voler ne recommenceront pas. Tout voleur aura les mains tranchées, avant d'être banni. »

Un silence glacial s'installa. Fantomastic parut satisfait de l'effet produit. Il s'efforça de prendre un air grave et sentencieux. « Celui qui vole l'un de ses semblables vole le clan. Autant dire que c'est comme s'il me volait, moi. »

Fantomastic se tut et laissa passer un moment. Il trouva qu'il avait bien parlé.

Sur la vire, personne ne bougeait. Heure Zéro regardait alternativement le chef ouvreur et le saisonnier, mal à l'aise.

« Gecko Assis, hurla soudain Fantomastic. Où es-tu ? »

Un peu plus haut, une quinzaine de clous vers l'est, un homme s'avança. « Je… je suis là, dit-il d'une voix mal assurée.

— Hier, Gecko Assis est venu me voir, pour me dire qu'on lui avait dérobé sa garcette. Quelle longueur, cette garcette ?

— Une demi-longe, un pouce en moins… Mais ça n'a pas beaucoup de valeur… Je ne sais pas si ça mérite qu'on tranche…

— Ce n'est pas à toi d'en décider ! tonna Fantomastic. Écoutez-moi bien, tous, autant que vous êtes ! Avec mon conseiller, on va faire le tour des camps et fouiller toutes les affaires. Essayez seulement de vous débarrasser de quoi que ce soit, et il y aura forcément quelqu'un pour vous dénoncer. Nous trouverons ce qui a été volé. Nous ne repartirons pas avant. »

Le chef ouvreur joignit le geste à la parole et entreprit de fouiller le premier sac qui se présenta sur son chemin. Il contenait bien une cordelette, mais celle-ci était nouée au sherpa, comme toutes étaient censées l'être. Par acquit de conscience, il la déplia. Trois quarts de longe. Il passa au sac suivant.

Pendant toute une longueur de temps, il inspecta les affaires. El Cap se montra et envoya ses rayons à l'assaut de la Falaise. Heure Zéro regarda Fantomastic se rapprocher, d'abord détendu, puis de plus en plus mal à l'aise. Il ne restait plus que son sac. L'ancien messager s'en saisit et le retourna. Un flot de matériel se répandit sur le sol. Fantomastic écarta du pied la deuxième peau, les pitons, la masse. Il prit le sherpa, nota la présence d'une garcette, qu'il déplia aussitôt. Une demi-longe.

Heure Zéro laissa échapper un soupir de soulagement. Il pensa que si sa cordelette avait été plus courte d'un pouce, Fantomastic aurait bien été capable de le désigner coupable. Mais visiblement, le chef n'en avait pas terminé. Du bout du pied, il remua les affaires, déplia la peau avec la petite tache blanche qui représentait l'oiseau de Yos. Quelque chose s'était coincé dans un repli.

Intrigué, Fantomastic s'agenouilla. Il tâta la fourrure. Quand il se leva, l'air satisfait, il tenait une petite boule à la main.

« Une garcette, roulée en boule, cachée au fond de ton sac, s'exclama-t-il. Ce n'est pas le genre d'objet qu'on a en double, dis-moi. Celle qui est accrochée à ton sherpa est suffisamment longue pour que tu puisses la couper à ta guise… Heure Zéro, as-tu une explication à nous donner ? »

Le pitonnier avait l'impression de vivre un mauvais rêve. Fantomastic jouait un numéro grossier, s'adressant à tout le monde et personne en même temps.

« C'est la première fois de toute mon ascension que je vois ça, dit-il.

— Et si on la déplie, je parie qu'il lui manque un pouce pour mesurer une demi-longe », ajouta Fantomastic, avant de faire signe à Tournebrosse.

Aussitôt, le saisonnier mesura la garcette sur sa propre longe. Une clameur stupéfaite se fit entendre aux alentours.

« Une demi-longe, moins un pouce, triompha Fantomastic. Heure Zéro, je t'écoute… »

Horrifié, le pitonnier désigna Tournebrosse du doigt. « C'est lui ! C'est lui qui l'a volée, avant de la mettre dans mon sac.

— Ça me semble un peu difficile, répliqua Fantomastic. Il ne fait même pas partie de ta cordée.

— C'est lui qui porte mon sac, durant la journée ! Il a très bien pu la mettre à ce moment-là. Et c'est un voleur, car il m'avait déjà volé ! C'est à lui qu'il faut trancher les mains ! »

Fantomastic parut douter l'espace d'un instant. Il pensa à quel point Tournebrosse était malin, derrière ses traits épais. Après tout, Heure Zéro disait peut-être la vérité. Mais il avait besoin du saisonnier. Et il avait surtout besoin de faire un exemple.

« Heure Zéro, en plus d'être un voleur, tu es un menteur…

— Non, Fantomastic ! Je te le jure sur les dieux du Sommet.

— N'insulte pas les dieux du Sommet ! Qu'on se saisisse de lui ! »

Sur la vire, personne n'osa bouger. Heure Zéro en profita pour bondir et s'élancer en direction de la paroi. Aussitôt, Tournebrosse se rua sur lui. Il l'empêcha de grimper et lui asséna un coup sur la nuque. Heure Zéro tomba et se débattit. Il envoya son pied dans le visage du saisonnier.

« Emparez-vous de ce voleur ! »

Cette fois-ci, plusieurs hommes s'approchèrent et se jetèrent sur Heure Zéro pour le maîtriser.

« Tenez-le bien ! ordonna Fantomastic en sortant son poignard.

— Ne fais pas ça ! hurla Heure Zéro. Ne fais pas ça, je t'en supplie, ce n'est pas… »

Il ne parvint pas à terminer sa phrase, car la douleur lui arracha un cri inhumain. Tout autour, hommes et femmes détournèrent les yeux. Seuls quelques-uns continuaient de regarder la scène d'un air malsain.

« Voilà ce qu'il en coûte, de voler le clan ! » s'époumona Fantomastic. Il trancha la deuxième main et dut crier de toutes ses forces pour couvrir la voix d'Heure Zéro. « Retenez bien ! Il en sera de même pour tous ceux qui s'abaisseront à de telles pratiques. »

Il se redressa et fit signe aux autres de s'écarter. Heure Zéro, pris de tremblements, essaya de se relever. Il finit par y parvenir, tituba sur quelques pas, regarda ses moignons et poussa un nouveau hurlement de terreur.

Satisfait, Fantomastic s'adressa une nouvelle fois au clan tout entier par l'intermédiaire du pitonnier.

« Heure Zéro, tu as eu la punition que tu méritais. À partir de ce jour, tu es banni. Maintenant, va. »

Désorienté, Heure Zéro marcha vers la paroi. Il essaya tant bien que mal de placer ses pieds, repéra vite le secteur le plus facile, qui partait sur le côté. Soudain, alors qu'il réalisait qu'il avait quitté la vire, il fut pris de vertige et se plaqua contre la Falaise. Ses moignons touchèrent la roche et il cria de douleur. Le clan tout entier retint son souffle.

Heure Zéro tourna la tête et chercha de nouvelles prises pour les pieds. Aucune n'était suffisamment large. Il leva son bras, essaya de se servir de ses membres amputés pour se retenir, coinça une racine dans le creux de son coude, puis il positionna son pied. L'instant d'après, il glissa lamentablement et décrocha.

C'est avec un grand soulagement que ceux qui avaient encore la force de regarder le virent s'éloigner vers le Néant.

« Désormais, vous savez à quoi vous en tenir », clama Fantomastic. Il se tourna vers le saisonnier. « Tu peux prendre ses affaires, si tu le souhaites », ajouta-t-il dans un murmure.

12

Mendeku faisait de son mieux pour tenir le rôle de chiffreur. Aucune objection n'avait fusé lorsqu'il avait déclaré le début, puis la fin des semences. La confiance que lui accordaient les autres lui réchauffait le cœur. Désormais, d'après ses estimations, ils se trouvaient dans la dernière partie de la saison. Le Néant, tout en bas, les laissait entrevoir un repos bien mérité.

Si les dieux le voulaient, l'intersaison accueillerait trois naissances, et la vue des ventres ronds valait mieux que tous les discours pleins de promesses. Le silence convenait très bien au vieux shaman. Il ne se pensait pas capable de sermonner la foule comme le faisait Brouillard Givrant et les autres chiffreurs avant lui. À vrai dire, il ne voulait même plus présider la cérémonie d'intersaison. Souvent, il pensait à l'autre partie du clan, la meute, comme l'avait nommée Chan Thé. Il se demandait si tout était rentré dans l'ordre, si Lost Arrow avait retrouvé la raison. Il ne le croyait pas, mais il le souhaitait.

Non loin de là, Salto Angel se préparait pour la chasse. Mendeku décida de l'accompagner. Les deux hommes partirent sur la Falaise. Mendeku sentit ses articulations grincer ; il ne dit rien et se contenta de suivre. Très vite, Salto Angel s'arrêta. Il montra une petite marche où reposaient trois petites boules noires. Des excréments. « C'est encore frais, chuchota-t-il. Un garain, je dirais.

— Les garains recherchent les rayons d'El Cap, fit remarquer Mendeku. Et ils sont lents, mais dangereux. »

Le shaman regarda vers l'ouest. El Cap déclinait, et l'ombre commençait à gangréner la Falaise. Au loin, dans une zone toujours illuminée, une tache se déplaçait sur la paroi. Ses yeux faiblissaient. La distance était assez importante, mais il se sentait capable d'y parvenir. Il voulait aussi profiter de chaque instant passé sur la Falaise. La tache disparut dans un repli. « Là-bas, fit Mendeku.

— Tu l'as vu ?

— Mes yeux ne sont plus ce qu'ils étaient. Mais j'ai vu quelque chose se déplacer. Au pire, on attrapera un ventouseux.

— Alors on y va », fit Salto Angel.

La cordée se déplaçait à un bon rythme. Le shaman trouvait des appuis avec aisance, reconnaissant à Salto Angel d'avancer, d'enchaîner les pas. Lorsque la douleur commençait à lui mordre les doigts, il changeait de technique pour saisir les prises, se servait de sa longue expérience pour surmonter les faiblesses dues à son âge. Essoufflé, grisé, il marqua une pause à l'endroit qu'il avait repéré. Salto Angel l'imita, se retourna en direction du campement. « C'était vers ici ? »

Mendeku opina de la tête.

« Ça fait un sacré bout de chemin », commenta Salto. Aussitôt, il se mit à chercher des indices. Il tourna un moment, releva quelques éraflures sur la roche, secoua la tête, repartit un peu plus loin. Mendeku suivit, sourcils froncés. Ils continuèrent vers l'ouest, jusqu'à ce que l'ancien tire sur la corde. Salto Angel se retourna, surpris.

« On s'éloigne, fit remarquer Mendeku. El Cap est parti, l'ombre est partout. »

Salto Angel pesta. Il regarda autour de lui, pointa une dernière portion de lumière. « Là ! Il est forcément là !

— Je ne suis pas sûr…

— S'il te plaît, Mendeku… Un bon garain ! On en aura pour au moins deux jours. Ça fait combien de temps qu'on n'a pas dégusté un bon garain ? Tu sais, avec sa chair tendre et croustillante à la fois… Braisé, il sera encore meilleur ! Je connais une préparation qui…

— Bon ça va, ça va, céda Mendeku. Allons voir. »

Le shaman repartit. La gouaille de son compagnon de cordée lui avait arraché un sourire, mais une sensation étrange l'étreignait. Il se concentra, écouta sa voix intérieure. Loin, ils se trouvaient trop loin du camp. Ils avaient parcouru bien plus de chemin qu'un garain ne le pouvait. Ses yeux lui avaient joué des tours et il s'en voulut d'avoir entraîné son compagnon de chasse jusqu'ici.

« Là ! fit Salto Angel. Un trou laissé par une de ses griffes pour se hisser. »

Mendeku observa la marque. Salto Angel le fixait avec intensité, comme pour attendre son verdict. La déception traversa son visage lorsqu'il vit l'ancien faire la moue. « Le garain a trois griffes. Il devrait y avoir trois trous très rapprochés. Deux, peut-être, mais pas un seul.

— Alors qu'est-ce que c'est ? »

Les sourcils de Mendeku se froncèrent encore un peu plus. « Ça ? C'est… »

Il n'eut pas le temps de finir sa phrase. Un bruit sec se fit entendre et les deux hommes se retournèrent. Mendeku y était préparé, mais pour Salto Angel, ce fut un choc.

« C'est… c'est eux », murmura Salto Angel.

Mendeku acquiesça. À quelques clous de là, deux individus les observaient.

« Paroxysme et Volubilis, murmura Mendeku. La meute nous a retrouvés. »

Salto Angel s'efforça de maîtriser son souffle. Son instinct lui ordonnait de prendre une pierre et de la lancer de toutes ses forces sur les autres, de les faire décrocher, pour éliminer la menace qu'ils représentaient. Il lui ordonnait aussi de partir le plus vite possible. Mais à ses côtés, Mendeku restait impassible. Salto Angel l'admira pour cela et tenta de prendre exemple sur lui.

« Toi ! hurla soudain Paroxysme. Je sais qui tu es. » L'autre, Volubilis, fit un pas de côté dans leur direction. Salto Angel arrêta de respirer. Ses poings se crispèrent, sa mâchoire se contracta.

« Traîtres ! fit Volubilis. Vous avez abandonné le clan. »

Salto Angel sursauta. « Mendeku, murmura-t-il. Qu'est-ce qu'on fait…

— Du calme », dit l'ancien. Salto Angel se rendit compte qu'il lui répondait, mais qu'il parlait aussi pour les autres. Il comprit que les deux individus avaient sans doute aussi peur que lui. Leurs habits étaient sales, leurs cheveux hirsutes. Leurs lèvres, brunâtres, trahissaient une consommation excessive d'herbe de jha.

Mendeku se tenait très droit, le sourcil légèrement froncé, menton relevé, dans une posture autoritaire. Il semblait immense, inébranlable.

« Du calme », répéta-t-il, d'une voix un peu plus ferme, un peu plus forte. Volubilis rentra la tête dans les épaules. Mendeku fit un geste brusque en avant, une expression de colère sur le visage. Les deux hommes reculèrent. Paroxysme rata sa prise et trébucha, parvint à se rattraper d'un mouvement hasardeux. Il brandit un poing serré vers Mendeku. Ce dernier ne s'en laissa pas compter et tendit son index dans sa direction. « Partez ! ordonna-t-il. Rentrez retrouver vos semblables, ou nous serons forcés de vous envoyer dans le Néant !

— Vieux, grogna Paroxysme. Tu es vieux. » Il ricana, mais recula néanmoins. « Moi je vais te faire rejoindre le Néant. » Sa main tâtonna, derrière lui, explora une petite cavité, en ressortit armée d'une pierre. Ses traits se durcirent.

Aussitôt, Mendeku avança. Un seul pas, vif et déterminé. Sa main vola le long de la paroi et crocheta une prise solide. Salto Angel le suivit sans hésiter. Le bras de Paroxysme trembla. Sa cage thoracique se souleva rapidement et il chercha Volubilis du regard. L'autre avait encore reculé. Paroxysme pesta et sembla résigné à battre en retraite. Puis, en un éclair, il jeta son projectile en direction de Mendeku. Le shaman fit un bond, évita la pierre et sortit son poignard. Il se mit à gronder et avança, imité par Salto Angel.

Paroxysme se tourna vers son compagnon, évalua la situation. Il regarda vers Mendeku et Salto Angel. Ses doigts fouillèrent la Falaise, mais cette fois-ci il ne trouva rien. Il hurla de frustration, sa paupière s'agita et, au bout de ce qu'il sembla une éternité à Salto, il se tourna et prit la fuite.

Le vieux shaman poussa un cri menaçant et les deux autres accélérèrent la cadence. Salto Angel les fixa, encore et encore, jusqu'à les voir disparaître derrière un repli. Alors seulement il abaissa son bras et poussa un long soupir tremblant. Mendeku fit de même. Salto se rendit compte qu'il avait l'air épuisé. « Ça va ? demanda-t-il.

— Oui », répondit le shaman d'une voix blanche.

Un silence pesant s'installa entre eux. Ils ne bougèrent pas, tétanisés sur la paroi. Finalement, Salto Angel sortit de sa torpeur. Il pensa au long chemin qu'il leur restait à parcourir et s'inquiéta pour son aîné. « Allons-y, dit-il. Ne traînons pas ici. »

13

Lorsqu'ils se hissèrent sur la vire, le visage fermé, Chilam comprit aussitôt. La lumière du jour déclinait. Le feu crépitait déjà et Raja avait entrepris de dépecer un ventouseux. Tout comme sa mère, la jeune femme perçut la gravité de la situation et suspendit son ouvrage.

« Mendeku, dit Chilam. Salto Angel. »

Les deux hommes inclinèrent la tête en retour. Raja saisit la dépouille du ventouseux et se remit au travail, lentement, surveillant les deux visiteurs d'un regard soucieux.

« Nous les avons vus, souffla Mendeku. Les autres.

— La meute, fit Chilam.

— Oui. Sauf qu'ils n'étaient que deux. Probablement partis chasser, comme nous. »

Chilam ne répondit rien. Son regard traversa les flammes et se perdit dans le vague. Elle frissonna et se tourna vers le shaman. « J'y pense depuis longtemps, dit-elle enfin. Je suppose que ça devait arriver.

— Pour les faire fuir, intervint Salto, on a dû…

— Vous avez fait ce qu'il fallait, le coupa Chilam Balam.

— Et que se passera-t-il si on rencontre la meute tout entière ?

— Je suppose qu'ils voudront nous anéantir, dit Mendeku. Ces deux-là n'étaient pas contre l'idée de nous faire décrocher. Leurs propos étaient embrouillés, leurs yeux vitreux trahissaient la consommation régulière d'herbe de jha. »

Chilam Balam secoua la tête, pensive. « Brouillard Givrant ne tolèrerait jamais de telles pratiques, dit-elle. Il a dû se passer quelque chose.

— Nous sommes des traîtres à leurs yeux, murmura Salto. Ils l'ont dit. Et ils ont raison : nous avons trahi le clan…

— Désormais, le clan, c'est nous. »

La remarque de Chilam Balam, énoncée avec un calme implacable, percuta les esprits de plein fouet. La situation leur apparut sous une nouvelle dimension, insupportable de gravité.

Le clan, c'est nous, se répéta Salto Angel. *Seulement nous. Alors que nous sommes si peu nombreux. Que nous sommes fragiles. Nous devons déjà lutter pour notre survie au quotidien, pour notre reconstruction, et c'est sur nous seuls désormais que repose l'accession au Sommet. Je n'y avais pas pensé. À vrai dire, personne n'y avait sans doute pensé. Nous avons échappé à la folie de Lost Arrow, mais tout cela ne suffit pas. Nous, ou nos futurs ascendants, devons rejoindre le Sommet. Parce que ce qui reste du clan ne le fera pas.*

« Alors ils sont perdus, murmura-t-il. Comment a-t-on pu en arriver là ? »

Salto Angel repensa à cette intersaison où on les avait enfermés comme des bêtes dans des enclos, la constitution de cordées interminables et dangereuses, le système de délation…

« Brouillard Givrant… Tout est sa faute !

— Nous avons commencé à suivre la mauvaise voie depuis bien plus longtemps encore, intervint Mendeku.

— Qu'est-ce que tu veux dire ?

— Mon père savait lire, un peu…

— Lire ? Vol Par… J'ai déjà entendu ça, une fois. Je n'ai pas exactement compris en quoi ça consistait.

— Car on n'en a plus eu besoin. Tout comme on n'a plus eu besoin des fabulistes. »

À l'évocation des fabulistes, les yeux de Chilam Balam se mirent à briller. « Mon père était fabuliste, dit-elle. Le *dernier* fabuliste.

— Plutôt que de transporter des livres lourds et encombrants où étaient consignés les registres, on a confié la tâche à un chiffreur.

— Des registres ?

— Pour savoir de quel matériel on disposait, expliqua Mendeku. Et en quelle quantité. Ça se faisait encore lorsque je n'étais qu'un enfant. Un de ces livres renfermait même l'histoire du clan. Et puis, le grand-père d'Iron Curtain,

Big Paw, a interdit les livres. Trop lourds. Inutiles. Il a créé le statut de chiffreur…

— Les gens n'ont plus eu besoin de savoir lire et le chiffreur a pris de l'importance », comprit Salto Angel.

Mendeku hocha la tête. « Trop d'importance. Car peu à peu, les gens n'ont plus eu à savoir compter au-delà des doigts de leurs deux mains. Tout ce qu'il nous suffit de savoir, c'est de combien de pitons nous disposons. Le chiffreur s'occupe de tout le reste.

— Iron Curtain a été un grand chef ouvreur, dit Chilam Balam. Mais il a commis des erreurs. Même s'il a agi en pensant au bien du clan, afin de le mener au Sommet. Il pensait que le clan progresserait mieux si les gens évitaient de réfléchir. C'est lui qui a encore renforcé le pouvoir du chiffreur. Il l'a fait, car il se pensait suffisamment solide pour le contrôler. Et il l'était…

— Mais pas son fils Lost Arrow, fit Salto Angel.

— Exactement. Lost Arrow s'est fait manipuler par son chiffreur. Ajoute à cela son instabilité, et tu comprends aujourd'hui pourquoi nous en sommes là. Mais Mendeku a raison, tout ça a commencé bien avant. Pour ne pas nous encombrer d'inutile. Et dire que Vol Parfait voulait être fabuliste, comme mon père… À l'époque, je n'avais rien compris. »

Une larme roula sur sa joue. Salto Angel détourna le regard, gêné. Sa gorge se noua et il chercha quelque chose à dire, quelque boutade pour alléger l'atmosphère, mais ne trouva rien.

« Nous avons tous commis des erreurs, fit observer Mendeku. Nous avons obéi aveuglément à Iron Curtain, tant sa bienveillance et son charisme nous semblaient évidents. Nous avons accepté de perdre nos souvenirs les uns après les autres, de nous alléger de notre propre histoire, de notre intelligence. Plus nous grimpons, plus nous perdons notre humanité. Comme s'il ne devait plus rien rester de nous une fois au Sommet. Voici peut-être la grande leçon des dieux. »

Raja avait fini de préparer le ventouseux. Salto la vit découper des quartiers de viande et se souvint tout à coup qu'il n'avait rien à manger. Son estomac protesta à cette idée et il eut honte de ressentir la faim dans un tel moment. Il se força à penser à autre chose. Comme plus personne ne parlait, il dit : « Et maintenant, qu'est-ce qu'on fait ?

— On est sur nos gardes, je suppose, répondit Chilam Balam. Si les deux individus que vous avez croisés sont repartis vers l'ouest, c'est que la meute se trouve dans cette direction. Dès demain, nous tâcherons de nous éloigner encore un peu plus d'eux. Il nous faudra prévoir une longue journée d'ascension. Nous tirerons vers l'est autant que possible. »

Soudain, un bruit les fit sursauter. Une silhouette se détacha dans l'obscurité naissante. Chilam se leva aussitôt, Mendeku sortit son poignard, imité par Raja.

ÉPISODE 5

1

Salto Angel plissa les yeux, tendit l'oreille. Sur son visage, la peur laissa place à un torrent de joie. « C'est… mon frère… mon frère ! »

Tarnagas sauta sur la vire et poussa des petits cris de bonheur. Il courut embrasser Salto, puis se rua vers Mendeku qu'il serra contre lui de toutes ses forces. « Tarnagas ! fit le vieux shaman, incrédule. Qu'est-ce que tu fais là ? Oh, et puis peu importe…

— Espèce de fou, fit Salto Angel en riant. Tu nous as rejoints, sans corde, sans rien ! » Il détailla son frère de la tête aux pieds et toucha du bout des doigts la tunique en lambeaux qui le recouvrait tant bien que mal. « Regarde-moi ces haillons… Comment tu savais qu'on serait là ?

— … arlent e ous… »

Mendeku fronça les sourcils. « Ils parlent de nous… Forcément… Qu'a dit Brouillard Givrant ? Et Lost Arrow ? »

Tarnagas secoua la tête, se mit les mains sur les yeux. « Ouilla Chivantort, Lochtarrowort… »

Les autres se tournèrent vers lui, comme pétrifiés. Tous voulurent poser des questions mais pas un n'osa parler.

« … Antomachtic chef », laissa tomber Tarnagas. « Tué Ouilla Chivant et Lochtarrow. »

À l'évocation de ce souvenir, il se roula en boule sur le sol et se mura dans le silence. Mendeku se rassit à côté de lui et lui caressa les cheveux. Tarnagas sourit.

« Brouillard Givrant a bel et bien perdu le contrôle de la situation, finit par dire Raja.

— Fantomastic est une personne malsaine, dit Chilam. Je l'ai côtoyé pendant plusieurs saisons au sein de la cordée de Pichenibule. Lost Arrow était fou, mais Fantomastic obéit à ses instincts primaires. Je me demande si ce n'est pas encore pire.

— Ce qu'il y a de pire, c'est que plus personne ne peut le contrôler, fit Mendeku. Plus de shaman ni de chiffreur, il détient tous les pouvoirs. C'est une catastrophe.

— Pour eux, sans doute. Mais ce n'est plus notre problème. Ils ont choisi ce qui leur arrive. » Le visage de Chilam était fermé, résolu. « Demain, une dure journée nous attend. Nous devons fuir la meute. Rentrez chez vous, les amis. Avec Raja, nous ferons d'ici une longueur de temps le tour des campements pour dire à tout le monde de se tenir prêt. Nous devons nous regrouper. Pas moins de deux cordées par campement. »

Salto Angel la regarda, interloqué. « Tu penses qu'ils peuvent…

— On ne sait jamais. » Soudain, son visage se radoucit. « Salto Angel, tu retrouves ton frère, ce soir. Quant à toi Mendeku, c'est un fils qui vient de t'être rendu. Tu auras une bonne nouvelle à annoncer à ta femme. Je suis heureuse pour vous. »

Mendeku et Salto Angel se levèrent, bientôt imités par Tarnagas. Ils entreprirent de s'équiper, quand Raja les appela. La jeune femme leur tendit quatre paquets de bonne taille, enveloppés dans des feuilles d'arbre à glys.

« Tenez, dit-elle. Pour votre repas. »

2

Dès leur retour, Paroxysme et Volubilis se précipitèrent au campement de Fantomastic. Le chef avait grossi. Il s'était empâté. Il ne chassait plus et laissait les autres lui ramener les meilleurs gibiers, dont il abusait, invariablement attiré par les portions les plus grasses. Sa peau formait des bourrelets irréguliers autour de son cou, ses pectoraux s'affaissaient et pendaient, son ventre semblait enflé. Confortablement installé sur la vire, il regarda Paroxysme et Volubilis avec une lueur d'amusement. Les deux individus se bousculèrent pour se présenter devant lui.

« Ça suffit ! ordonna Fantomastic. Dites-moi ce que vous voulez dire et tirez-vous !

— Les traîtres… » fit Paroxysme.

Le regard de Fantomastic s'assombrit. Derrière lui, Kallistée se redressa, l'œil soudain tranchant. Satisfait de l'effet produit, Paroxysme prit son temps avant d'enchaîner. « On a vu les traîtres… Le vieux… et celui qui parle tout le temps… Saltan…

— Salto Angel, murmura Kallistée.

— Là ! » glissa Volubilis en pointant la direction de l'est.

Il voulut continuer à parler mais s'aperçut qu'il ne savait plus quoi dire. Alors il attendit, satisfait.

« Tirez-vous ! » dit Fantomastic, maussade.

Kallistée ne dit rien. Elle sentait Fantomastic d'humeur massacrante et préférait s'abstenir de lui prodiguer le moindre conseil. Et puis, qu'aurait-elle dit ? La providence les avait fait retrouver les autres sur l'immensité de la Falaise. Fallait-il y voir un signe des dieux ?

Les traîtres… Ceux qui avaient rompu l'unité du clan. Une partie d'elle-même voulait les voir décrocher, tous, les uns après les autres. Y compris sa sœur et celui qui avait été son fils. Leur faire payer l'affront. Eux qui se croyaient tellement supérieurs… Mais elle savait aussi que leur situation devenait précaire. Ils n'avaient plus de guérisseur et les corps malmenés se dégradaient à une vitesse inquiétante. Sans chiffreur, ils en seraient bientôt réduits à errer sur la Falaise.

Kallistée observa Fantomastic du coin de l'œil et comprit qu'elle ne devait pas lui parler pour l'instant. Elle se résolut à attendre un peu. Les pensées tournaient en boucle dans sa tête. Les autres. Ces traîtres qu'elle voulait voir décrocher. Son fils.

Salto Angel…

Jamais elle n'aurait d'autre occasion de le voir. Avait-elle vraiment souhaité le voir décrocher, à l'instant ?

Non, bien sûr que non. Salto, mon fils. Pourquoi es-tu parti ? Tu nous as abandonnés. Tu m'as abandonnée, moi ! J'aimerais tellement… juste te revoir.

Aussitôt, elle s'efforça d'oublier ces pensées vulnérables. Salto Angel était un traître, comme les autres, et il méritait de tomber dans le Néant. S'ils devaient aller à leur rencontre, c'était pour leur reprendre de force des hommes capables de redresser le clan. Et elle ne pouvait pas se permettre d'attendre.

Elle se mordit la lèvre inférieure, avala sa salive et glissa une main sur le torse adipeux du chef. Ce dernier exprima de la satisfaction. Kallistée continua ses caresses, détourna le regard pour ne pas ajouter à son écœurement. Elle remonta le long du cou, sentit Fantomastic frissonner de plaisir, puis plongea sa main délicate dans ses cheveux. Loin, très loin, elle se fit la remarque qu'il en avait de moins en moins. On aurait dit des cheveux de bébé, fins, légers. Sans s'en apercevoir, elle écrasa avec son index un parasite sur son crâne. Un liquide acide lui aspergea les doigts, elle les essuya dans une touffe de cheveux et continua, pensive.

Il nous faut y aller. Nous avons trop besoin… Jamais je n'aurais pensé l'admettre, mais nous avons trop besoin de certains d'entre eux. Un ancien, qui saurait compter suffisamment loin pour tenir le rôle de chiffreur. Et un guérisseur. Au moins ça.

Elle soupira. Fantomastic s'était calmé, mais elle savait qu'il n'écouterait rien. Pas tant qu'il resterait la moindre tension en lui.

3

Pendant longtemps, elle resta assise contre la paroi. La plupart des occupants de la vire l'ignoraient, mais certains la fixaient avec jalousie. Avec crainte aussi. Personne ne semblait comprendre l'origine des larmes qui coulaient en silence sur ses joues, mais pour eux cela n'avait aucune importance.

Kallistée ne les voyait même pas. Pas plus que Fantomastic, à présent endormi, la bouche entrouverte, le ronflement gras et la bave coulant au coin des lèvres. Une fois qu'elle s'était soumise à ses désirs, elle avait demandé à lui parler, mais il l'avait repoussée en grognant. Puis, avec un sourire satisfait, il avait glissé dans le sommeil.

Kallistée avait conscience de toute la saleté qui lui recouvrait le corps, et bien plus encore. Au bout d'un moment, elle sécha ses larmes, regarda autour d'elle, chercha une arme, un outil, quelque chose qui pourrait lui servir à égorger Fantomastic. Elle ne trouva rien.

Tu ne peux t'en prendre qu'à toi-même. Il n'a même pas voulu t'écouter. Rentre. C'est tout ce que tu as à faire.

Résignée, abattue, elle se leva et se dirigea vers la main courante qu'elle avait installée sur la paroi. Elle traversa jusqu'à son propre campement et se sentit encore un peu plus mal quand elle aperçut cet espace de désolation. Au centre de la vire, un feu misérable brûlait.

Quelque chose n'allait pas. Elle fronça les sourcils et une partie de sa tristesse s'évapora. Son cœur repartit, trop vite, trop fort.

« Tarnagas ! Où est-il ? »

Elle se rua sur Tandem pour l'Évidence, entreprit de le secouer.

« Où est mon fils ? »

Tandem se tourna vers elle. Kallistée cligna des yeux plusieurs fois, tant elle avait du mal à comprendre ce qui se trouvait dans son regard. Cela ressemblait à de l'ironie. Elle eut envie de le gifler, mais se retint. « Où est mon fils ? répéta-t-elle.

— Depuis quand est-ce que tu le considères comme ton fils ? »

Depuis que je n'ai plus que lui, pensa-t-elle. Mais elle ne dit rien. Ce fut son mari, qui, au contraire, poursuivit, d'un ton sarcastique. « Il m'avait semblé que tu voulais t'en débarrasser à l'époque, quand il s'est fait mordre par cette araignée. Ah, mais j'oubliais, il ne faut pas parler du passé !

— Ça suffit, parvint-elle à articuler.

— Après ça, tu l'as laissé, puis repris au vieux shaman, uniquement pour lui causer de la peine.

— Qu'as-tu fait de mon fils ? » dit-elle en détachant chaque mot.

Tandem pour l'Évidence eut un rire sans joie. « Paroxysme et Volubilis sont passés juste à côté de la vire. Ils étaient en grande discussion. Et Tarnagas a compris qu'ils parlaient de Mendeku et de Salto. Quand je te disais que ce petit est intell…

— Qu'en as-tu fait ? » cria-t-elle.

Tandem sursauta. Il affronta le regard de sa femme un court instant, puis se détourna, inspira à fond, et dit d'une voix faible : « Je l'ai laissé. Il voulait les rejoindre, et je l'ai laissé faire. Il sera mieux avec eux. »

Kallistée se jeta sur lui. Sans même prendre la peine de l'insulter ni de hurler sa rage, comme il s'y était attendu. Elle le griffa, le frappa, puis, tandis que sa haine gonflait et se modifiait en quelque chose d'incontrôlable, elle se rendit compte qu'elle essayait de le mordre. Elle fouilla son cou avec ses dents, à la recherche de l'artère. Quelque chose la retint, sa tête partit en arrière au moment où une douleur vive éclatait à la racine de ses cheveux. Soudain, elle se retrouva sur le dos, une lame aiguisée sous le menton. Quelqu'un la regardait. Des yeux fous, sur le point d'exploser. Elle eut du mal à reconnaître Tandem. Lui, d'ordinaire si calme, soumis, voilà qu'il menaçait de la tuer, et à l'évidence, elle ne pouvait rien faire. « Comment oses-tu ? dit-elle. Comment as-tu osé laisser partir notre fils ?

— Et toi, répondit-il en appuyant un peu plus sa lame, comment oses-tu te rendre chaque soir auprès de Fantomastic… Je peux sentir son odeur sur toi… je peux sentir sa sueur et sa semence…

— S'il te plaît, enlève ton poignard. »

Tandem pour l'Évidence obéit, mû par une vieille habitude, avant de se ressaisir. « Pourquoi ? Pourquoi est-ce que je ne te trancherais pas la gorge, comme à une vulgaire greute ? »

Kallistée ne trouva rien à répondre. Les larmes revinrent et elle ne chercha pas à les retenir. « Vas-y, murmura-t-elle. Tue-moi. Il ne me reste rien. J'ai perdu mes deux fils, l'un après l'autre. Et maintenant, la dernière personne qui avait de l'estime pour moi, la seule qui ne m'ait jamais aimée, cette personne me déteste. Tue-moi, je n'y arriverai jamais toute seule. »

La pression sur sa gorge diminua. Elle entendit le poignard tomber sur le sol. Tandem la lâcha et se redressa, le regard perdu dans le vide. Kallistée resta étendue sur le sol et laissa le froid l'envahir. « Je suis désolé, finit par bredouiller Tandem. Je ne sais pas ce qui m'a pris. Je… je crois que je n'ai plus rien à perdre. »

Kallistée ouvrit les yeux et contempla les étoiles naissantes. Elle secoua la tête. « Je trouverai un moyen, dit-elle.

— De quoi ?

— De le convaincre. »

Tandem la regarda, perplexe. « De quoi parles-tu ? Tu veux convaincre qui ? »

Mais Kallistée ne lui prêtait plus attention. En un clin d'œil, elle bondit sur ses pieds et quitta le campement.

4

Avant l'aube, Tandem fut tiré de son sommeil. Il sentit qu'on le secouait et refusa tout d'abord d'ouvrir les yeux, englué dans ses rêves. Mais on l'agrippa de plus belle. Il grogna. Finalement, on le frappa et il se réveilla pour de bon. Il reconnut la silhouette de Fantomastic et chercha aussitôt son poignard. Le chef ouvreur s'approcha encore un peu de lui et lui écrasa l'avant-bras avec son genou sans même s'en apercevoir. « Tu viens avec nous, murmura-t-il. C'est un ordre. »

Tandem regarda autour de lui. Derrière Fantomastic, il reconnut les contours familiers de Kallistée. Les autres, il ne pouvait les distinguer, mais il comprit que tout un groupe se trouvait là, sur le départ.

Elle a donc réussi, pensa-t-il, confus. *Elle a réussi à convaincre Fantomastic d'aller chercher Tarnagas. Et, qui sait, peut-être aussi Salto Angel. Mais comment a-t-elle fait ?*

Une main puissante l'empoigna par les cheveux et le força à se relever. Fantomastic le regardait, irrité du temps qu'il perdait à se mettre en action.

« J'arrive », bredouilla Tandem pour l'Évidence. Il passa son sherpa, fouilla l'obscurité pour distinguer les cordées. Des hommes, dans la force de l'âge, féroces. Plus sa femme.

Quatre cordées, de cinq personnes chacune. Il essaya de calculer le nombre d'individus total, mais abandonna vite.

Avant le départ, Fantomastic parla. « Pas de piton, ordonna-t-il. Et pas de bruit. Les chefs de cordée, moi, Kallistée, Tournebrosse, et… (Il réfléchit en regardant le quatrième homme de tête, ne trouva pas son nom et enchaîna)… et lui, on placera des nœuds aux racines et aux troncs d'arbres.

— On va où ? » demanda Paroxysme.

Fantomastic lui jeta un regard assassin, furieux d'être interrompu. « Les traîtres sont tout proches, déclara-t-il. On va aller les voir. Puis on ramènera certains d'eux au clan. Le guérisseur, pour commencer. Chan Thu.

— Chan Thé », corrigea Kallistée dans un murmure.

Fantomastic n'y prêta pas attention et poursuivit : « Le vieux shaman ensuite. Et puis Tarnagas…

— Je vois pas qui c'est celui-là, fit quelqu'un.

— Les chefs de cordée savent. Moi, Tournebrosse, Kallistée, et… et lui. Vous obéissez. Si on vous dit de le prendre, vous le prenez. Et en dernier, vous devez aussi prendre… » Ses yeux se mirent à briller dans la nuit mourante. Kallistée réprima un frisson. « Vous prendrez la fille de la sorcière. La petite vierge. Et le premier qui la touche, je le tue. Elle est pour moi. » Il regarda les autres, le regard féroce, chargé d'excitation.

Voilà tout ce qui a pu le décider, pensa Kallistée. Un sentiment de culpabilité atroce tenta de s'immiscer dans son cœur mais elle le repoussa.

Trop tard. Quel que soit le prix à payer, je récupèrerai Tarnagas. Même s'il est à moitié idiot. C'est mon fils. Tout ce qu'il me reste. Désolée, Raja. Je reprendrai Tarnagas. Au moins lui.

5

Le convoi se mit en route. L'air était humide, la Falaise glissante. Les cordées se déplièrent, l'une derrière l'autre, puis bientôt sur deux rangées. Ils avancèrent, d'abord lentement, à tâtons, peu rassurés par l'obscurité et ses pièges. Kallistée prenait son temps. Une fois ses pieds placés, elle cherchait du bout des doigts, explorait la roche, fouillait jusqu'à trouver une prise satisfaisante. Le poignard pendait contre sa cuisse, lourd, presque chaleureux.

Un bruit râpeux se fit entendre. Un bruissement d'ailes, lourd, maladroit. L'instant d'après, Kallistée avait son arme en main. Elle frappa à l'instinct. La lame fendit l'air. Un cri résonna et une greute fut projetée contre la paroi. Elle s'y écrasa, glissa jusqu'à une petite marche et resta là, se vidant de son sang. Mais Kallistée n'y prêtait déjà plus attention. Elle poursuivait son chemin, un peu plus vite. Derrière, les autres suivaient et sa détermination augmentait de clou en clou. Sa main rencontra une racine solide, elle s'arrêta et fixa une attache, avant d'y faire passer la corde. La manipulation prit un certain temps, la cordée se trouva ralentie, mais peu importait.

El Cap, encore invisible, avait entrepris de chasser la nuit et leur faisait gagner du temps. Bientôt, Fantomastic s'arrêta. Tous les autres l'imitèrent et attendirent. Il se tourna vers Paroxysme et Volubilis. « Vous reconnaissez l'endroit ? »

Les deux autres se regardèrent, perplexes. « Est-ce que vous êtes passés par là quand vous les avez rencontrés ? » murmura-t-il en essayant de contenir son agacement.

Le regard de Paroxysme s'éclaira. « Je crois que oui ! » s'exclama-t-il. Fantomastic secoua la tête. Il plaça un nouveau nœud, avant de repartir.

Soudain, au détour d'un éperon rocheux, ils aperçurent une lueur. Puis une autre. Disséminés sur la Falaise, plusieurs campements. Kallistée sentit son cœur s'emballer. Elle se mit à douter. Pouvaient-ils réussir ? Ils n'étaient pas plus de vingt. Les autres devaient être pas loin de cent. Mais il y avait parmi eux beaucoup de vieillards, de femmes et d'enfants, tous éparpillés. Et ils avaient pour eux l'effet de surprise.

Le campement qu'il faut repérer, le plus important est celui de Mendeku. À tous les coups, Tarnagas se trouve avec lui. Ça fait déjà deux. Avec un peu de chance, ils occuperont la même vire que Chilam et Raja. Une fois ceux-là maîtrisés, les autres n'oseront rien. Il ne nous restera plus qu'à aller chercher le guérisseur. Et Salto…

Elle chassa cette dernière pensée. Le groupe s'était immobilisé. Visiblement, Fantomastic refusait d'aller plus loin, de peur de se faire repérer. Kallistée décida de prendre ses responsabilités. D'une main ferme, elle se désencorda et remonta jusqu'au chef ouvreur. « J'y vais, chuchota-t-elle à son oreille. Je vais repérer les campements. Nous saurons où attaquer. » Fantomastic approuva de la tête.

Kallistée repartit, seule, sans corde. *Je ne me suis jamais sentie aussi nue*, songea-t-elle. La rapidité avec laquelle elle s'approcha la surprit. *Bien sûr, tu n'es pas encordée, tu vas beaucoup plus vite.* Son pied glissa. Un minuscule fragment de roche se détacha et fut happé par le Néant. *Et tu peux décrocher à tout moment.* Qu'importe. Maintenant qu'elle les distinguait, elle ne pouvait plus reculer. Sur une vire, elle aperçut Gringo Loco qui surveillait les alentours. Les flammes jetaient une lueur incertaine sur son visage buriné. À cette distance, Kallistée se savait protégée par ce qu'il restait de pénombre. Elle continua ses recherches, prudente. Son pied faillit glisser de nouveau lorsqu'elle détailla le campement suivant.

Salto !

Son fils montait la garde. En fait, il semblait plutôt assoupi, en position assise, le dos appuyé contre la Falaise. Kallistée ressentit un mélange de sentiments contradictoires. Elle mourait d'envie de se précipiter voir son fils, de le prendre dans ses bras, mais aussi de le rouer de coups, de le pousser dans le Néant. Son souffle se chargea de nervosité et elle s'efforça de se calmer. Aux côtés de Salto Angel, plusieurs silhouettes emmitouflées dans des peaux étaient plongées dans le sommeil. Elle reconnut Mendeku, et Tarnagas. Son cœur fit un nouveau bond dans sa poitrine. Un peu plus loin, Chilam Balam et Raja.

Parfait ! Les dieux sont avec nous, pensa-t-elle, fébrile. Elle scruta la paroi autour d'elle, repéra un renfoncement dans la Falaise qui permettrait à leur groupe de se rapprocher le plus possible à couvert. Satisfaite, elle jeta un dernier regard au campement, avant de rebrousser chemin.

« Plusieurs campements, murmura-t-elle à l'attention des siens. Une dizaine. Dans l'un d'eux se trouvent mes fils, le vieux shaman, la sorcière et sa fille. Nous passerons par en bas, il y a une voie qui nous permet d'avancer sans nous montrer. »

Du coin de l'œil, Kallistée vit Fantomastic s'agiter. Le chef ouvreur n'appréciait visiblement pas que quelqu'un d'autre que lui, une femme en particulier, mène les opérations.

Peu importe que ça te plaise. J'irai jusqu'au bout, avec ou sans ton accord.

« Tournebrosse, tu prends quelqu'un avec toi et tu neutralises Salto Angel. Tu l'assommes, mais tu ne le tues pas. Nous… nous le ramènerons avec nous.

— Tu avais dit seulement Tarnagas ! objecta Fantomastic.

— La vierge t'attend, se contenta-t-elle de répondre. Là, sur la vire. »

Fantomastic sourit et ne protesta pas davantage. Kallistée s'empressa de détourner le regard. « Il faut au moins deux personnes pour maîtriser Chilam Balam. Brisez-lui les deux bras s'il le faut et faites-la basculer dans le Néant aussi vite que possible. »

Paroxysme et Volubilis se portèrent volontaires. Kallistée acquiesça. Les remords l'assaillirent mais, une fois encore, elle les repoussa avec force.

Désolée, ma sœur. Tu as causé suffisamment de soucis au clan.

« Le shaman tentera de se défendre, mais il est vieux. Pour autant, ne l'affrontez pas seul. Nous ne devrons pas être trop nombreux sur la vire, ceux qui resteront sur la paroi surveilleront les autres campements. Une fois qu'on aura maîtrisé ceux-là, ils n'auront d'autre choix que de nous livrer le guérisseur. Tuez le premier qui s'y oppose. »

Elle se tut et regarda les autres. Le doute refit son apparition. Avaient-ils seulement compris son plan ? Étaient-ils capables de tout retenir ? À l'évidence, les chefs de cordée le pouvaient. Tandem aussi. Mais les autres ?

Ils la fixaient, de leur air stupide, le cerveau consumé par l'herbe de jha.

Ils suivront, se dit-elle. *Ils feront ce qu'on leur dit de faire, et c'est très bien comme ça. Les dieux sont avec nous.*

D'un pas décidé, Kallistée se remit en route. Les autres suivirent.

6

Salto Angel ne dormait pas. Pas vraiment. Il sentait le danger planer autour d'eux. S'éloigner, peut-être. D'un œil vitreux, mi-clos, il jaugea le feu. Puis il compta une nouvelle fois dans sa tête le nombre de morceaux de bois disposés en tas, à l'écart du foyer. Des branches de belle taille qu'il avait lui-même saupoudrées de salpêtre rouge.

Une nouvelle fois, le miracle des dieux était à l'œuvre. Après une nuit plongé dans le Néant, El Cap s'en revenait, boule de feu immortelle et indestructible. Déjà, ses rayons transperçaient la brume comme des poignards aiguisés. Salto Angel sourit intérieurement et continua d'inspecter la Falaise. Le jour naissant allait mettre fin à l'attente. Bientôt, les autres ne pourraient plus attaquer. Mais en avaient-ils seulement eu la volonté ? Cette nuit, bien trop longue, l'avait épuisé. Il n'avait tout d'abord pas réussi à trouver le sommeil lorsque Mendeku avait pris son tour de garde, et voilà que maintenant le solide espoir de voir le jour se lever le faisait glisser dans une torpeur tiède et confortable. Ses paupières se fermèrent et il sentit les ondulations de la Falaise plus qu'il ne les vit.

La Falaise bouge.

Déjà, il se trouvait debout et donnait l'alerte. « À moi ! À moi ! Réveillez-vous ! » Autour de lui, les fourrures se mirent à remuer, des cris lui parvinrent depuis les autres campements, qui relayaient l'alerte.

Ses yeux scrutèrent les replis de la roche, et il les vit de nouveau. Ses cris redoublèrent. « Ils sont là ! » Il essaya d'évaluer leur nombre, remercia les dieux de savoir compter au-delà des dix doigts de ses mains. « Ils sont là ! Vingt, peut-être plus, peut… » Sa voix se brisa net au moment où il vit sa mère. Elle pointa un index déterminé dans sa direction. Quelque chose dans la furie de son visage l'effraya. Loin, très loin, il se fit la réflexion qu'elle n'était pas si sale, mais que son humanité avait fondu au profit d'autre chose. Ce n'était pas de la bestialité brute, mais…

Un bâton s'enflamma juste à côté de lui. Il fit un bond et regarda Chilam qui brandissait son arme. « Retirez-vous ! menaça-t-elle en faisant tournoyer la torche. Partez avant que je ne brûle votre corde ! »

La voix de Raja retentit : « Là, il y en a d'autres qui essaient de monter ! » Au ralenti, Salto tourna la tête et vit une main tâter le plat de la vire. Il sortit son poignard, se laissa tomber à genoux et l'abattit de toutes ses forces. Un hurlement terrifiant déchira la Falaise. Salto Angel eut le temps de voir les deux doigts se détacher et voler sous la violence du coup ; il eut envie de se protéger les oreilles pour échapper au cri inhumain, mais il se releva, se jeta du bord de la vire pieds en avant et son talon entra bientôt en contact avec une partie du visage de l'assaillant, qui se transforma aussitôt en une bouillie tiède.

Son adversaire décrocha et l'entraîna dans sa chute. Il se rattrapa d'une seule main à la roche, conscient de ne pas être assuré. L'autre homme tomba un clou plus bas, rebondit contre la paroi et resta là, inerte, suspendu à son dernier point d'assurage. Soudain furieux, Salto chercha son poignard de sa main libre, l'arracha et le plaça entre ses dents avant de descendre vers son adversaire. Au cœur de l'affrontement, grisé par la violence, il se rendit compte qu'il le connaissait vaguement, mais qu'il avait oublié son nom. Peu importait. L'autre ouvrit un œil incertain, le vit plonger dans sa direction et libéra un gémissement misérable, mais ce fut tout, car l'instant d'après, Salto Angel lui trancha la gorge d'un coup net et précis.

Le jeune homme se retourna vers le campement, plus haut. Il en arrivait de partout. Avec son bâton enflammé, Chilam repoussait les assauts, imitée par Mendeku et Raja. Puis le shaman visa et lança son arme. Une portion de corde s'embrasa et un des individus se retrouva isolé du reste de la cordée. Sans pitié, Chilam lança le bâton de feu dans sa direction et l'homme, obéissant à un réflexe ancestral, s'écarta du danger brûlant. Il ne comprit qu'avec un temps de retard que le Néant le rappelait à lui. Mais les autres progressaient. Deux hommes, que Salto Angel reconnut aussitôt, sautèrent sur la vire.

« Attention ! » cria Salto. Trop tard. Déjà, Paroxysme et Volubilis tournaient autour de Chilam.

Il faut que je remonte, pensa Salto Angel. *Je dois les aider.* Il lança sa main vers une prise, arrêta son geste. Quelqu'un lui bloquait le passage. « Salto Angel, fit la voix de Kallistée.

— Laisse-moi passer.

— Hors de question. Je suis venu te chercher, et tu vas faire ce que je te dis.

— J'ai passé l'âge. »

Un petit sourire pointa sur son visage espiègle et l'espace d'un très court instant, il eut presque l'air d'être redevenu un enfant. Le cœur de Kallistée se serra.

Salto Angel prit son élan, courut contre la Falaise et se jeta. Au moment où ses mains touchaient les épaules de sa mère, il se renversa et ses jambes passèrent par-dessus sa tête, puis il se propulsa et crocheta ses pieds à la vire. À moins d'un clou de là, il entendit sa mère enrager. Il aurait pu en rire, si la situation au campement n'avait pas été désespérée.

Tarnagas, affolé, poussait des gémissements incessants, mains sur les oreilles. Paroxysme et Volubilis faisaient reculer Chilam Balam vers le gouffre. Soudain, ils se jetèrent sur elle. L'un d'eux reçut un violent coup dans le ventre qui lui coupa le souffle, mais l'autre parvint à bloquer les bras de l'ouvreuse. Au même instant, du coin de l'œil, il vit deux individus capturer Mendeku dans leur filet. Sa femme, Fleur de Solstice, gisait non loin de là, inconsciente. Et puis, dans une vision cauchemardesque, Fantomastic sauta sur la vire. Il se reçut accroupi et le sol trembla ; il resta ainsi, recroquevillé, et Salto Angel eut l'impression que la Falaise lui présentait là son plus infâme rejeton, bien plus effrayant qu'une greute enragée ou que la dernière des araignées décadentes. Car celui-ci était bien humain. Cet amas de chairs, de muscles fondus et pourtant redoutables, cette expression de férocité ignorante…

Et déjà il se rapprochait de Raja, à petits pas, penché vers l'avant, le visage altéré par la concupiscence.

Au même moment, les bourreaux de Mendeku aperçurent Salto Angel et le montrèrent du doigt. Il se jeta de côté pour leur échapper, plongea vers le tas de bois et saisit un bâton qu'il enflamma aussitôt. Puis, sans réfléchir, il courut et sauta par-dessus le feu. Là, en bout de vire, Paroxysme et Volubilis avaient pris l'avantage sur Chilam Balam. Un des bras de l'ouvreuse pendait, inerte, dans un angle inquiétant. Malgré tout, campée sur ses positions, elle refusait de reculer et affrontait ses adversaires, avec un rictus où se mélangeaient la détermination et la douleur.

Salto Angel abattit sa torche sur la tête de Volubilis. Sa tignasse s'embrasa, crépita, et il se mit à gesticuler en poussant des hurlements sur place. L'air du petit matin s'emplit d'une odeur de garain grillé. Aussitôt, Chilam le saisit de son bras valide et le fit tournoyer, puis l'éjecta de la vire. Ce fut un projectile enflammé et hurlant qui alla crever la croûte brumeuse en contrebas.

Paroxysme se retourna et Salto lui planta la torche en plein visage. La pointe glissa sur la pommette, puis elle atteignit son but, s'enfonça sous l'arcade, faisant fondre les chairs. L'œil de Paroxysme implosa et il libéra un jappement suraigu, plein d'incompréhension, tituba, faillit s'évanouir sous la douleur ; son instinct de survie reprit le dessus et il s'éloigna, courut se réfugier dans un repli de la Falaise, loin du campement.

Salto Angel regarda Chilam, puis le souvenir de Fantomastic vint le percuter et il ouvrit de grands yeux pleins d'effroi. Il saisit son poignard, aperçut le chef ouvreur qui lui tournait le dos et poursuivait sa marche hypnotique vers Raja. Salto visa et lança de toutes ses forces. Au dernier moment, Tournebrosse se jeta sur lui. Le poignard changea de trajectoire et ce fut le manche qui vint percuter la nuque du chef ouvreur. Dans un cri de rage, ce dernier se retourna. Raja profita de la diversion pour passer à l'attaque ; d'un bond féroce, elle se retrouva devant Fantomastic. À peine eut-il le temps de revenir à elle que la jeune femme lui assénait un coup de genou dans les parties. Elle y avait mis toute sa force. Le choc sourd et spongieux fut suivi d'un minuscule gémissement de la part du chef ouvreur, avant qu'il ne s'effondre de toute sa masse.

Salto Angel se relâcha le temps de savourer la scène. Tournebrosse lui porta un coup de poignard, qu'il esquiva mal ; son bras s'ouvrit et laissa jaillir un flot de sang tiède. Salto Angel serra les dents, chercha son arme, avant de se souvenir qu'il venait de la lancer sur Fantomastic. Il se mit à tourner à pas lents, essaya de gagner du temps, scruta son adversaire. L'autre tourna lui aussi, bouche grande ouverte, comme s'il voulait y faire entrer le plus d'air possible. Salto fit mine de porter un coup, mais son adversaire répliqua en avançant son poignard et en montrant les dents.

Tournebrosse. Il se remémora les moments qu'ils avaient passés ensemble, à travailler dans la forêt verticale. Tournebrosse, le premier à avoir dénoncé, trahi, le premier à avoir tiré parti du système mis en place. Sa vue se brouilla. Il eut l'inexplicable sentiment de se trouver face à son double. Il cracha et grogna pour impressionner son adversaire. Ses oreilles captaient les bruits de lutte venant d'autres campements. Il réalisa à quel point il était fatigué. Son bras brûlant et ouvert dévorait toute son énergie.

Tournebrosse bondit sur lui. Salto Angel le vit trop tard et recula, mais l'autre prenait déjà toute la place. Il le renversa, sa tête heurta le sol et quelque chose de sombre se déploya avec paresse dans son champ de vision. Soudain il ne vit plus rien, n'entendit plus rien, sinon un étrange bourdonnement, et il cria de peur. La forme sombre reflua et il put y voir à nouveau. Tournebrosse se trouvait sur lui et il comprit pourquoi il avait du mal à respirer. Son poignard était dressé dans les airs et descendait à toute allure en direction de son cœur.

Salto eut le temps de penser, il s'interrogea sur cette impression désagréable et diffuse qu'il ressentait au creux de l'estomac, il se rendit compte qu'il était sur le point de se faire dessus et que cela n'avait plus tellement d'importance, car il était aussi sur le point de mourir. Et le poignard fusait toujours dans sa direction. Et le temps s'étirait, mais filait en même temps à toute vitesse.

Dans un réflexe désespéré, il releva sa main et, en appui sur le coude, parvint à arrêter le bras de son adversaire. La pointe du poignard lui entailla la peau et il hurla. L'autre poussa un grognement de surprise et força sur le poignard pour le faire descendre. Cette fois, Salto Angel comprit qu'il ne pouvait plus lutter. La lame s'enfonça dans sa chair. Il fit un dernier effort, en vain. Au moment où il fermait les yeux, il crut distinguer, mais peut-être délirait-il, le visage de son frère. Tarnagas sautait sur son agresseur, l'envoyait rouler tout près du feu.

Salto Angel sentit qu'il pouvait respirer normalement. Sauf qu'une douleur insupportable irradiait tout le haut de son corps et l'empêchait de parler. Il se demanda un court instant s'il était mort, se souvint de l'odeur de garain grillé. Volubilis. Ses cheveux avaient pris feu, avant que Chilam Balam ne l'expédie dans le vide. C'était arrivé de nombreuses saisons auparavant.

Ça vient juste d'arriver.

Incapable de se relever, il tourna la tête, incrédule. Tarnagas poussait des cris étranges. Tournebrosse avait perdu son poignard et n'osait pas l'attaquer. Un peu plus loin, Mendeku avait réussi à s'extraire du filet et se précipitait pour aider Chilam, aux prises avec un nouvel adversaire. Gringo Loco les rejoignit, l'adversaire s'enfuit.

Et, soudain, elle fut là. Kallistée. Ses yeux couraient dans toutes les directions pour évaluer l'étendue des dégâts.

Chilam Balam fit un pas en avant. Le tumulte diminua.

« C'est fini, dit-elle. Votre assaut a échoué. Partez. »

La plus grande partie de la meute se trouvait déjà sur la paroi, hors des lieux d'affrontement. Fantomastic tentait de reprendre ses esprits, mais il évita de se lever lorsqu'il vit le poignard menaçant que Raja pointait juste au-dessus de son sexe.

Tournebrosse regarda Salto Angel d'un air méchant, frustré de ne pas l'avoir achevé. Puis il entendit Tarnagas grogner et recula d'un pas. Il baissa la tête.

Le bras valide de Chilam Balam décrivit un arc de cercle. « C'est fini, Kallistée. Il ne reste plus que toi, et Tournebrosse. Fantomastic ne peut rien. Plus personne ne peut rien. Regarde-les ! »

Kallistée tourna la tête vers la paroi. Elle vit ce qui restait des siens. Ils attendaient, tremblants.

« Tu penses qu'ils vont venir t'aider ? gronda Chilam. Personne ne viendra t'aider, ma sœur ! Et il me suffit d'un ordre, d'un mot, pour que tu sois jetée dans le vide. »

Kallistée voulut lui dire de le faire. Qu'elle n'avait plus rien à perdre. Sa dernière tentative aurait été de la supplier pour qu'elle lui rende au moins un fils, mais l'ultime étincelle de fierté qui vivait en elle l'en empêcha. Elle se tourna vers Raja, qui tenait toujours Fantomastic sous la menace de son poignard. Un pic de satisfaction lui arracha un demi-sourire lorsqu'elle aperçut son chef. Elle fixa Raja dans les yeux.

Fais-le, pensa-t-elle. *Déchiquète-lui son affreux braquemart, qu'il n'ait plus jamais l'occasion de s'en servir. Qu'il ne représente plus jamais de menace pour une belle jeune fille comme toi.*

Le temps resta suspendu. Sur la paroi, les autres s'étaient déjà encordés, résignés. Kallistée soupira. Elle avança d'un pas prudent, saisit Fantomastic par les épaules et entreprit de le relever. Raja la laissa faire.

« Laisse-nous au moins un guérisseur, demanda-t-elle à Chilam Balam. Ou nous reviendrons. Toujours plus nombreux.

— Tu n'es pas en mesure de dicter tes conditions, rétorqua Chilam. Je peux très bien décider de tous vous faire tuer. Tout de suite. »

Kallistée confia la charge du chef ouvreur à Tournebrosse. Elle leva un visage grisâtre vers Chilam. « Eh bien ! vas-y. Donne l'ordre. Tu as choisi le bon clan, vois-tu ma sœur. Finalement, tu auras tout réussi au cours de ton ascension.

— J'ai perdu un mari.

— Le mien n'en a jamais été un.

— J'ai aussi perdu deux fils. »

Kallistée éclata de rire. Les autres détournèrent les yeux, gênés. « Regarde-toi ! Tu n'en es que plus forte ! À voir comment tu parles, à voir comment les autres s'adressent à toi, j'ai même l'impression qu'ils t'ont choisie comme cheffe ! »

Devant le ton cinglant de sa sœur, Chilam Balam baissa les yeux.

« Ne complique pas les choses, Kallistée. Pars. Allez-vous-en. Désormais, nous sommes le clan. Et personne du clan ne viendra avec vous.

— Pas même s'il le souhaite ?

— Personne ne souhaite retourner vivre au sein de votre meute. Désolée. »

Fantomastic posa un pied sur la paroi, l'œil éteint. Tournebrosse suivit. Kallistée se tourna une dernière fois vers ses ennemis. Elle se força à ignorer ses fils et ne regarda que sa sœur.

« Je te déteste », dit-elle.

Le groupe, décimé, repartit.

7

La douleur explosait, fragment après fragment. Au moment où elle croyait en avoir terminé, certaine que son corps tout entier achevait de s'effondrer, une effroyable tempête se levait en elle et emportait les derniers vestiges de ses ressources physiques. Elle voulut s'asseoir pour se reposer un peu, mais s'aperçut qu'elle se trouvait déjà allongée. Au-dessus d'elle, Chan Thé achevait son attelle, le visage fermé.

« … repartir », fit Chilam Balam. Chan Thé suspendit son geste, la considéra quelques instants. Il se passa la langue sur les lèvres, soupira, le front plissé. Puis il se remit au travail.

Chilam Balam essaya de parler, mais renonça. Trop d'impressions négatives, d'images violentes, la percutaient en continu et venaient s'ajouter à la douleur. Elle ferma les yeux.

« Ils ne reviendront pas, fit la voix de Mendeku quelque part dans les ténèbres. Pas aujourd'hui, en tous cas. »

Chilam se détendit un peu. Elle rouvrit les yeux et vit le visage familier du vieux shaman penché au-dessus d'elle. « On est toujours là », dit-elle dans un souffle de voix.

Mendeku sourit. « Oui, toujours là. Personne n'a été tué. Les dieux doivent être avec nous. »

Chilam repensa à cet homme qu'elle avait projeté, telle une torche humaine, dans le Néant. D'autres de la meute étaient également tombés. L'ancien dut percevoir ses pensées, car il se reprit : « Je veux dire, personne du clan n'a été tué. Les autres ont perdu plusieurs…

— Je sais. Mendeku… J'ai tué un homme. »

Mendeku ne répondit pas. Il semblait perdu dans ses réflexions, pris au piège dans un débat intérieur inextricable. Ces paroles de réconfort qu'il devait prononcer ne pouvaient franchir ses lèvres, et Chilam lui fut reconnaissante du silence qu'il observa.

« Il s'appelait Volubilis, finit par dire le vieux shaman. Je connaissais bien son père, dans le temps. Et… cela ne te réconfortera pas, mais j'ai moi aussi tué un homme.

— Mendeku, qu'est-ce qu'on est en train de devenir ? »

Il soupira. S'accorda un nouveau temps de réflexion. Comme s'il s'efforçait de mettre du poids et de l'honnêteté dans chacun de ses mots. « Nous devenons… ce que nous sommes. Ce que nous avons toujours été. Ils ne sont pas les mauvais et nous ne sommes pas les bons. »

Chilam Balam parvint à s'asseoir. Elle avala la préparation tendue par Chan Thé. Le guérisseur se retira en silence. Plus loin, Salto Angel reprenait lui aussi des forces. Le feu avait été dispersé, El Cap brillait dans le ciel. Ils auraient déjà dû commencer leur journée d'ascension. La tâche lui parut soudain trop lourde. Rassembler les uns et les autres. Préparer le matériel, s'encorder, repartir. En ce qui la concernait, grimper en utilisant un seul bras. Impensable. Établir un nouveau campement, chasser, faire du feu. Risquer de se faire attaquer de nouveau le soir même, le lendemain…

En cet instant, elle envia les autres. Peut-être parce qu'elle n'avait pas la force de repartir, de supporter les règles et les obligations du clan. Peut-être parce qu'elle ne pouvait pas endurer le fait d'avoir tué un homme, ou bien que sa propre sœur la déteste ; si elle se défaisait de son humanité, elle n'aurait plus à souffrir de tout cela. Mais peut-être aussi, par-dessus tout, parce qu'elle sentait que son ascension, comme celle des autres, était parfaitement inutile.

À quoi bon s'imposer tout ça alors que le sens de notre ascension nous échappe ? D'ailleurs, notre ascension ne peut avoir de sens…

Une ombre passa devant ses paupières mi-closes. Elle leva les yeux et ses membres se contractèrent en même temps qu'une pointe de douleur se propageait dans son corps amoindri.

Ils sont revenus ! À l'aide !

Elle voulut crier mais s'aperçut que tous les regards étaient déjà braqués sur l'individu. Ce dernier leva les bras et parla d'une voix faible, honteuse.

« C'est moi, Tandem… »

Tandem pour l'Évidence !

« Je… je faisais partie de l'expédition qui avait pour but d'enlever plusieurs des vôtres pour… » Il rougit, baissa les bras et se tut.

« Continue, fit Mendeku.

— Je me suis caché dans la Falaise pour ne pas prendre part à tout ça. Je suis… lâche. » Il poussa un profond soupir, gêné. « J'aurais dû vous suivre dès le début, quand vous avez quitté le clan. Je n'ai pas eu le courage, pour tout un tas de mauvaises raisons. Mais je ne veux plus retourner là-bas. S'il vous plaît… »

Sur la vire, personne n'osa le regarder. Le spectacle qu'il donnait à voir dépassait l'acceptable. Jamais homme n'avait paru si misérable. En d'autres temps, on aurait dit de lui qu'il faisait honte au clan, qu'il ne méritait pas d'être chef de cordée.

« Mon père, fit soudain Salto Angel. Je ne crois pas que tu sois lâche. Il en faut du courage pour agir comme tu le fais. » Il se tourna vers Chilam Balam. « Je propose que Tandem pour l'Évidence intègre la cordée de Chilam. Un renfort ne sera pas de trop pour aider à porter les sacs étant donné les circonstances. »

Adossée à la paroi, Chilam donna son assentiment silencieux. Elle pensa aussi que cette fois, Kallistée n'allait pas simplement la détester, mais la maudire de toute son âme. Malgré tout, son questionnement sur l'inutilité de l'ascension venait de prendre un éclairage différent. Un sourire minuscule se fraya un chemin sur ses lèvres. Elle donna l'ordre de se tenir prêt à repartir.

8

Ceux qui étaient restés ignoraient tout des raisons de l'expédition. Les femmes s'occupaient de leurs petits ; les autres, pour la plupart, se prélassaient et profitaient de la douce chaleur du début de journée.

Et puis Fantomastic réapparut. Ils ne remarquèrent pas son œil éteint ni ses déplacements laborieux. Ils se contentèrent de s'activer, comme si l'ordre leur avait été donné de s'équiper. Les femmes brusquèrent les enfants, les hommes se redressèrent, s'employèrent à s'encorder. Bientôt, alors que le chef n'avait pas prononcé la moindre parole, ils se trouvèrent prêts à repartir.

Kallistée observait Fantomastic du coin de l'œil. L'humiliation pesait sur ce dernier autant qu'un iguane mort. Elle aurait voulu profiter de la situation, le rabaisser, se moquer de lui, au moins dans sa tête. Mais quelque chose l'en empêchait. Pire, quelque chose la rapprochait du chef ouvreur. Il avait été vaincu par une simple jeune fille, touché dans son honneur et sa virilité.

Quant à elle… Elle essayait de ne pas trop y penser, mais tandis qu'elle s'activait pour rassembler ses affaires et s'équiper, son esprit forçait le passage et y revenait sans cesse. Elle revoyait sa sœur, sa maudite sœur, à la tête de tous ces traîtres, avec leur air méprisant. Elle repensait à l'impression qu'elle avait ressentie en se tenant face à eux.

Elle repensait à son fils qu'elle n'avait plus vu depuis la scission et son cœur se déchirait. Il était devenu un homme, loin d'elle. Et lui aussi la méprisait. Elle le détesta.

Leur assaut, *son* assaut avait échoué. La honte l'empêchait de regarder les autres dans les yeux. Tout comme Fantomastic, cet immonde garain. Loin, très loin, elle remercia la fille de Chilam pour son coup de genou bien placé. Au moins devrait-il calmer ses ardeurs pendant quelque temps. À cette idée, un début de sourire vint lui réchauffer les lèvres.

Elle chargea son sac, l'endossa, et releva la tête pour la première fois depuis leur retour au camp. Les cordées se mettaient en place. Elle chercha Tandem du regard, mue par l'habitude d'une bonne vingtaine de saisons d'ascension commune. Avant même d'avoir parcouru l'ensemble de la vire, elle comprit. Elle voulut d'abord penser qu'il avait décroché lors de l'assaut : après tout, plusieurs d'entre eux n'y avaient pas survécu. Mais autre chose, une petite voix nichée au creux de son oreille, lui chuchotait la vérité, avec suffisamment d'insistance pour anéantir toute autre pensée. Tandem n'était pas mort. Il les avait rejoints.

Une rage sourde tourbillonna en elle. Une image, celle de sa cordée d'origine, apparut devant ses yeux et parut s'effilocher, jusqu'à ce qu'il n'en reste plus rien. Tandem, Salto Angel, Tarnagas. Ils étaient tous partis.

Tandem pour l'Évidence, le dernier à l'avoir trahie. Lui qui, dans les vestiges de ce qu'avait été le clan, portait le statut de chef de cordée. Voilà que même lui l'avait abandonnée. Un cri rauque s'échappa de sa gorge, si puissant, si mauvais qu'elle se fit vaguement la réflexion que les autres devaient l'entendre. Et *lui* en particulier. Il devait l'entendre, et savoir que ce cri lui était destiné. Il devait savoir qu'elle reviendrait lui arracher le cœur de ses propres mains. Elle lui sectionnerait un lambeau de chair avec les dents, puis elle y plongerait ses griffes acérées, fouillerait jusqu'à trouver l'organe palpitant et gorgé de sang. Alors, elle refermerait ses doigts dessus, tirerait de toutes ses forces, pendant qu'il la regarderait, les yeux écarquillés, la bouche entrouverte. Elle lui fourrerait son cœur dans le gosier. Et puis elle pourrait s'occuper de sa propre sœur.

9

Dès lors, Kallistée oublia tout le reste. Elle oublia son ascension, elle oublia les dieux et choisit de se laisser guider par sa vengeance. Pendant toute la journée, ses sombres pensées l'engloutirent et elle refusa de prêter attention à la Falaise. Les longueurs de temps défilèrent, El Cap chauffa de plus en plus fort, puis se mit à décliner. Elle avala les difficultés sans même les voir.

Il lui faudrait tout d'abord convaincre Fantomastic. Malgré les événements, ce gros lourdaud ne tarderait pas à se remettre d'aplomb, elle le savait. À moins qu'il ne se laisse sombrer. Certains n'hésiteraient pas à prendre sa place. Elle pensait à Tournebrosse, qui s'était démené lors de l'assaut et qui n'avait rien manqué de l'humiliation de son chef. Mais Fantomastic ne se laisserait pas voler sa place aussi vite. Il lui répugnait de l'admettre, mais elle avait besoin de lui. Son tempérament correspondait davantage à ses projets.

Le soir même, elle alla le voir. Pour la première fois depuis longtemps, aucune femme ne se trouvait auprès de lui. Il les chassait les unes après les autres, l'air renfrogné. Il la regarda s'avancer.

« Qu'est-ce que tu veux ? » Kallistée marqua une hésitation. L'image de sa cordée désagrégée lui revint et elle fit un pas en avant.

« Toi ! Qu'est-ce que tu veux ? » fit-elle en aiguisant son regard.

Les narines de Fantomastic se dilatèrent et il fronça les sourcils. Mais il ne dit rien. Il ne se leva pas non plus pour la punir de son insolence. Encouragée, elle poursuivit, sur le même ton : « Tu veux te faire poignarder dans le dos à la première occasion ? Tu veux qu'un autre, plus bête, plus féroce que toi, prenne ta place ? »

Fantomastic ne répondit toujours rien. Un filet d'inquiétude coula dans le cœur de Kallistée. Elle le gifla. « Réagis ! » Il la regarda avec des yeux noirs. Emportée par sa colère, elle leva de nouveau la main. Avant qu'elle n'ait pu comprendre ce qui lui arrivait, elle sentit une vive douleur autour de son poignet. Puis elle vit le bras de Fantomastic, gras et puissant, dressé dans sa direction. Ses doigts qui la retenaient prisonnière. Il la tira d'un geste brusque et lui envoya sa main libre en travers du visage. Un éclair rouge déchira l'esprit de Kallistée. Elle partit à la renverse. Le contact abrupt et douloureux avec le sol. Le martèlement dans son crâne, en écho au coup reçu.

Quelque part dans la brume, la satisfaction vint se mêler à la douleur. Elle ouvrit les yeux et vit la silhouette massive qui se découpait à contrejour. Il se pencha au-dessus d'elle, un rictus de haine accroché au visage.

« Je préfère te voir comme ça, souffla-t-elle.

— Ta gueule.

— Pas avant de t'avoir dit ce que j'ai à dire. »

Kallistée inspira profondément, consciente que l'autre pouvait lui briser la nuque d'un seul geste si l'envie lui prenait.

Je suis déjà morte, songea-t-elle.

« Parle », dit-il d'une voix gutturale.

Elle comprit avec un temps de retard. Comme si elle s'était attendue à ce qu'il s'exprime seulement avec ses poings. Prudente, elle avala sa salive, se glissa hors de l'emprise de Fantomastic, et alla s'asseoir un peu plus loin. « Nous ne pouvons pas les laisser s'en tirer comme ça », murmura-t-elle.

Le chef ouvreur fit la moue, maussade. Kallistée continua. « Ceux qui sont restés là ne savent pas. Mais les autres… ceux qui ont participé à l'assaut. Ils t'ont vu… » Elle s'efforça de ne pas terminer sa phrase. « Si tu ne fais rien, ils prendront ça pour un signe de faiblesse.

— Faire quoi ? Les traîtres sont loin maintenant. »

Kallistée secoua la tête. Une étincelle de curiosité s'alluma dans le regard de Fantomastic. Elle s'en félicita en silence. « Je connais trop bien ma sœur. »

Elle se tut et attendit. Fantomastic ne mit pas longtemps à s'impatienter. « Parle ! ordonna-t-il.

— Eh bien… c'est Chilam Balam qui est à leur tête désormais.

— Une femme… » railla Fantomastic.

Oui, une femme. Une femme qui a mis notre assaut en échec. Et sa fille qui t'a envoyé son genou dans l'entrejambe pour te faire boiter pendant le reste de la journée.

Kallistée mit ses pensées de côté et poursuivit, imperturbable : « Tu peux être sûr que Chilam va chercher à mettre son clan à l'abri. Et ils n'ont qu'une seule solution pour cela. Obliquer le plus possible vers l'est. Ce qu'ils ont fait aujourd'hui, sans l'ombre d'un doute.

— Alors nous ne les rattraperons pas.

— Tu oublies une chose. L'intersaison approche.

— Et alors ?

— Alors ? Les naissances… Leur clan est lourd de plusieurs femmes enceintes. Ils ne pourront jamais effectuer de distance trop grande. Chilam ne fera pas ça. »

Fantomastic se gratta la tête, comme pour mieux montrer qu'il ne saisissait pas toutes les subtilités du raisonnement.

« Nous pourrons les rattraper, fit patiemment Kallistée. Nous pouvons parcourir des distances plus importantes. Nos anciens ont décroché, ou bien ils sont partis. Quant à ceux ou celles qui ne seront pas capables de suivre… »

Fantomastic haussa les épaules. À l'intérieur, Kallistée jubila. Ce gros lourdaud était prêt à sacrifier toutes les femmes enceintes du clan s'il pouvait s'accorder une vengeance. *Tout comme moi*, songea-t-elle.

« Demain, il faut qu'on parte plus tôt. Plein est. On ne mettra pas longtemps à les rattraper.

— Et alors, on leur tombera dessus… »

Kallistée se mordit la langue pour ne pas l'insulter. À croire qu'il avait déjà tout oublié de leur échec cuisant. « Il faudra d'abord qu'on en parle au clan tout entier. En s'y mettant tous, cette fois ils n'auront aucune chance. »

L'ascension du lendemain fut éprouvante. Kallistée eut l'impression de gravir le double de la distance habituelle. Au sein des longues cordées, personne n'osa émettre la moindre protestation. Désormais, ceux qui restaient semblaient prêts à subir n'importe quoi. En dépit de sa propre fatigue, cela convenait parfaitement à Kallistée.

Le soir, ils eurent à peine le temps de chasser. La nuit tomba sur eux et les engloutit presque aussitôt. Le jour suivant fut pire encore. Fantomastic, désormais galvanisé par l'idée de vengeance, imposait un rythme infernal. Pour un clou gravi en direction du Sommet, il en faisait deux vers l'est. Kallistée, le visage froissé par la fatigue, pensa plusieurs fois lui demander de ralentir. Ses articulations la tiraient, son avant-bras gauche, tétanisé, refusait de la hisser. Lorsque, au plus chaud de la journée, elle croyait voir la Falaise onduler, tandis que la sueur dégoulinait de son front et lui piquait les yeux, elle serrait les dents pour ne pas supplier le chef ouvreur. Puis elle pensait à sa sœur, qui lui avait volé son mari et ses deux enfants, et une veine se mettait à pulser sur son front rougi par l'effort.

Elle passa le troisième jour à scruter la Falaise, dans l'espoir de les apercevoir. En fin d'après-midi, elle dut se retenir de ne pas crier. Au loin, une cordée attardée se faufilait entre les pièges de la paroi. Elle obliqua encore un peu et disparut derrière un pan de la Falaise. Kallistée tira sur la corde. Le chef ouvreur s'arrêta et lui jeta un regard.

« Ils sont là, dit-elle.

— Où ça ? Il n'y a personne, objecta Fantomastic.

— Là ! Derrière ! dit-elle en montrant du doigt. Ils viennent de changer de secteur. »

Fantomastic fit mine de repartir. « Attends ! fit-elle. Il ne faut plus qu'on se rapproche. S'ils nous voient, ils vont se méfier.

— Mais si on continue tout droit, ils vont encore s'éloigner, dit Fantomastic.

— Je m'occupe de ça. Je ferai en sorte de ne pas les perdre, fais-moi confiance. »

Fantomastic l'observa avec un vilain regard. « Oh, oui, pour ce genre de choses, je te fais confiance », dit-il.

Alors seulement le chef ouvreur consentit à ralentir. En fin d'après-midi, une fois les campements établis, Kallistée partit chasser. Seule. Personne ne lui fit la réflexion. Elle-même avait conscience du danger. Aucun encordement, le moindre écart pouvait se révéler fatal. Elle avait beau se répéter qu'elle était déjà morte, l'idée de grimper dans le dénuement le plus total laissait en elle un malaise froid et vertigineux. Mais elle savait aussi qu'elle ne voulait de la compagnie de personne. Ce qu'elle avait à faire ne regardait qu'elle.

Un air frais annonçait le déclin d'El Cap. Kallistée quitta la vire sans un seul regard en arrière. Elle gravit quelques clous, de façon à ce que les siens ne puissent plus la voir. Puis elle se dirigea vers l'est. Lentement au départ, le cœur frappant à grands coups dans la poitrine. La brise vint lécher son corps entier baigné de sueur. Elle frissonna, accéléra le mouvement. Ses doigts raides saisissaient les prises les unes après les autres. Elle les sentait à peine. Son regard ne déviait pas de l'objectif qu'elle s'était assigné, un angle rocheux situé à une vingtaine de clous. Plein est, bien sûr.

Elle y parvint en à peine une longueur de temps.

Sans assurage, tout va beaucoup plus vite, se souvint-elle. Derrière le pan de Falaise, un nouveau secteur. Les autres se trouvaient là, quelque part. Elle risqua un regard, fouilla la paroi. Le vent s'épaissit et elle dut s'agripper à la roche. Le vertige s'accentua avec le froid.

Là ! Un feu venait d'être allumé. Un peu plus loin, elle aperçut un autre campement. Son front se plissa tandis qu'elle s'efforçait de réfléchir. Les autres fuiraient sans doute une nouvelle fois vers l'est.

Approcher, les suivre au plus près, sans se faire voir. Et le jour voulu… Un sourire tira ses lèvres et la sensation de froid disparut.

Alors qu'elle revenait vers le campement, une greute fendit l'air juste au-dessus de sa tête. Kallistée se jeta dans le vide, planta sa main droite dans une épaisse racine et saisit la bête de sa main libre. Elle resta là un moment, suspendue au-dessus du Néant, ignorant les protestations de sa proie. Son corps, froid et dur, semblait s'être transformé en pierre.

« Je suis un prolongement de la Falaise, murmura-t-elle. Je deviens comme elle. » Cette idée étrange l'apaisa. Son avant-bras finit par tirer et ses pieds revinrent vers la paroi. Elle s'écarta du surplomb, trouva une position plus confortable. Les yeux dans le vague, elle plongea vers la greute et lui trancha la gorge avec les dents. Un sang chaud et abondant lui aspergea le visage ; elle fronça les sourcils, se lécha les lèvres, puis sourit de plus belle.

Lorsqu'elle revint au campement, Fantomastic conserva un visage impassible, mais ses narines dilatées flairaient l'odeur du sang. L'excitation faisait tressaillir ses membres. Ses yeux se mirent à briller et il ordonna qu'on lui amène du gibier. Il s'empara d'un ventouseux fraichement tué et lui trancha une artère.

El Cap plongea dans le Néant. Dans les ténèbres naissantes, Fantomastic venait de changer de visage. Une couche sombre et inquiétante s'étalait sur sa peau, ne laissant entrevoir que son regard dément. Les autres, fascinés, entreprirent de l'imiter. Bientôt, chacun se trouva dissimulé derrière le même masque sanglant.

10

Le soir suivant, Kallistée partit de nouveau en reconnaissance. Cette fois, elle aperçut Chilam Balam. Tandem pour l'Évidence se tenait auprès d'elle. Kallistée serra les poings et se mordit la langue de toutes ses forces pour ne pas hurler. Elle regarda sa sœur et parvint à transformer sa rage en un sourire effrayant.

Je te tiens, pensa-t-elle. *Ce n'est qu'une question de jours. Bientôt.*

Elle rentra et constata que Fantomastic et ceux de sa cordée avaient renouvelé le rituel sanglant. Leur masque était plus épais, plus profond. Elle eut du mal à les reconnaître. Qu'importe, cela lui allait très bien.

Trois jours plus tard, elle crut perdre leur trace. Mais lorsqu'elle les retrouva, elle sut que le moment était venu. Ils s'étaient installés sur une cassure. Cela lui avait paru tout d'abord étrange, puis un souvenir ancien avait surgi du Néant. Les femmes enceintes allaient accoucher. Les hommes devaient refaire leurs stocks. Le clan se reposait. L'intersaison. Ils s'étaient tous regroupés, comme pour mieux s'offrir à sa vengeance.

Alors, elle s'en alla retrouver Fantomastic et lui fit part de son plan.

11

Chaque jour précédant l'intersaison, Chilam avait puisé au plus profond d'elle-même pour franchir les obstacles, continuer à avancer, se hisser avec un seul bras, ravaler les cris de douleur qui ne demandaient qu'à jaillir. Elle avait béni les dieux de lui avoir envoyé Tandem pour l'Évidence. Ce dernier, rongé par les remords, tourmenté par un démon invisible, s'obstinait à porter les sacs, sans relâche, interdisant à Chilam la moindre charge.

Il n'en restait pas moins que la fatigue s'imposait trop vite à elle, la rattrapant chaque jour plus vite que le Néant, au point de l'envahir dès la mi-journée, lorsque les muscles de son bras valide commençaient à tétaniser. Elle adaptait au mieux ses déplacements, mais son dos finissait invariablement par se raidir, un nœud insupportable s'enracinait au creux de ses reins jusqu'au soir.

Mais le plus délicat, le plus pénible était d'installer les pitons. Chilam avait tout d'abord essayé de s'aider de son bras attelé : de sa main gauche, elle avait fait en sorte de maintenir le piton tant bien que mal, avant de frapper avec la masse. La douleur avait résonné à travers son os cassé et des points lumineux s'étaient mis à danser devant ses yeux. Le temps qu'elle reprenne ses esprits, elle avait échappé le piton. Tandem pour l'Évidence l'avait rejointe pour l'aider mais elle l'avait écarté sans ménagement.

Elle avait pris un nouveau piton et, laissant éclater sa colère, l'avait planté à la main dans la Falaise d'un geste violent. La tige métallique était à peine insérée dans la fissure, mais cela suffisait, et elle avait pu l'enfoncer avec la masse, d'une seule main.

Les jours suivants, elle avait répété la manœuvre des dizaines de fois. Jamais le simple fait de pitonner n'avait produit chez elle cette sensation. Peut-être parce que cette fois-ci, elle ne pitonnait pas vraiment. Elle poignardait la Falaise. Sa vie en dépendait, et elle y mettait tout son cœur. Au moment même où elle trouvait la rage qui lui donnait le surplus de force nécessaire, une pensée triste la traversait. Elle se sentait désolée de La blesser. Les chutes de pierres, les tremblements de Falaise quotidiens n'étaient sans doute qu'une façon pour Elle de se défendre. Mais l'instinct de survie était le plus fort.

Et ils avaient fini par rallier l'intersaison.

Trois femmes devaient accoucher bientôt. Le clan se renouvelait. Il renaissait.

Salto Angel avait demandé à Chilam la permission de s'encorder avec Raja. Malgré le poids des responsabilités, malgré le déchirement que lui causait le départ de sa fille, elle se sentait légère. La première intersaison du nouveau clan avait tout d'une victoire.

Ils avaient réussi. Ce qui leur paraissait impossible avait été réalisé : ils étaient partis et avaient survécu.

Tous les anciens avaient l'intention de continuer pour une nouvelle saison le moment venu. Une bonne chose, car avec trois naissances, le clan compterait plus d'individus quand viendrait le départ. Tout le monde y verrait un signe d'encouragement.

12

Le discours du chef fut bref. Il n'avait jamais été un grand parleur, mais un meneur. Tous ceux qui restaient le savaient. Lorsqu'il leur ordonna de se regrouper autour de son campement, ils obéirent, même s'ils étaient mal installés, entassés dans des filets aux nœuds incertains.

Avant de les faire venir, il avait pris soin de jeter une grande quantité d'herbe de jha dans le feu. Puis, comme pour les préparer, il les fit passer, les uns après les autres, sur sa vire. Tous durent plonger les mains dans le sang. Ils s'en recouvrirent le visage ; certains se tracèrent des formes sur le corps.

Le chef parvint à se faire comprendre sans difficulté.

Ils perdaient leurs forces. Beaucoup étaient tombés, la plupart se retrouvaient rongés par les maladies.

Tout était de la faute des traîtres.

Les traîtres leur avaient volé l'Hayman quand ils s'étaient enfuis.

Les traîtres se portaient bien, ils se reposaient sur une cassure non loin de là.

Tout était de la faute des traîtres.

L'Hayman disparu.

Les maladies.

Le Néant qui les capturait les uns après les autres.

Tout était de la faute des traîtres.

En leur parlant du Sommet, il raviva une flamme dans leurs yeux. Beaucoup avaient perdu l'espoir.

Pour retrouver le chemin des dieux, ils devaient reprendre l'Hayman.

Tout était de la faute des traîtres.

Galvanisés, ils se déployèrent sur la Falaise et se ruèrent à l'assaut en direction de l'est.

13

Ils regardent au loin. Quelque chose semble se propager sur la paroi. Ça vient dans leur direction. L'inquiétude les saisit lorsqu'ils pensent à un troupeau d'araignées, mais ils comprennent vite qu'il s'agit d'autre chose. Quoi, ils ne le savent pas encore. L'inquiétude grandit.

Ceux qui ont perçu le danger se sont regroupés au bord de la cassure, mais la plupart continuent de vaquer à leurs occupations. Salto Angel demande s'il faut prévenir les autres. Chilam Balam est sur le point de lui répondre, mais elle se fige ; depuis la paroi leur parviennent des cris : d'abord lointains, ils prennent de la consistance, se rapprochent.

La masse en mouvement fonce droit sur eux. Ils ressentent son aura maléfique, ils commencent à apercevoir…

Des formes humaines. Des visages peints, dissimulés sous une croûte brune. La meute poursuit sa progression et ils les distinguent de mieux en mieux, même s'ils voudraient détourner le regard pour ne pas assister à ce terrible spectacle.

Les masques se fendent d'horribles sourires édentés. Des hurlements bestiaux. Des yeux qui roulent dans leur orbite, prêts à jaillir, à tuer. Aucune corde. Aucun sac ni sherpa. Ils se ruent vers la cassure. Personne ne ralentit. Les entrailles de Chilam Balam se contractent ; sans y prendre garde, elle porte une main à sa bouche pour contenir sa terreur.

Désormais, d'autres les ont vus. Ils se tiennent tous debout, silencieux, incapables de réagir. Mendeku prend conscience de l'ampleur du drame qui se prépare, mais il est trop tard. Déjà, une forme massive saute sur la cassure. D'autres suivent. Il n'y a aucune phase d'approche : ils déferlent, accélèrent même leur course vers ceux qu'ils sont venus éliminer.

Les membres du clan les regardent, incrédules. La première ligne se fait percuter. Les assaillants se jettent à deux, trois ou dix sur un même individu. Un ancien est mis au sol par tout un groupe. Une femme le mord au visage et lui arrache un morceau de joue dans un cri de satisfaction. Un jeune l'étrangle, et lui tape la tête contre le sol, encore et encore, tandis que d'autres le piétinent.

Tout autour, les mêmes scènes épouvantables. Certains essaient de se défendre, la meute les annihile de la même façon.

Chilam Balam hurle un ordre. Elle réalise que les mots qu'elle prononce n'ont aucun sens, mais cela n'a pas d'importance, car son clan réagit enfin. Ils courent, tentent de fuir.

Au centre de la cassure, rassemblées entre elles, les mères en pleurs prennent leurs petits dans leurs bras. Chilam se demande vaguement si elles essaient de les protéger ou si elles veulent leur épargner ces visions cauchemardesques.

Quelqu'un la poursuit. Elle prend son arme et lui fait décrire un arc de cercle tout en se retournant. L'homme tombe à genoux, la gorge ouverte, le torse déjà rouge. Chilam se désintéresse de lui. La peur se mue en colère. Un autre individu se dresse sur son chemin et elle le poignarde ; au moment où sa lame perfore peau et organes, elle sent son esprit se vider. Puis elle retire le couteau. Elle en veut plus. Elle aperçoit Mendeku en difficulté, charge le groupe qui l'encercle. Son couteau s'abat, encore et encore ; ses ennemis, d'abord surpris, se retournent, ceux qui ne tombent pas esquivent, même blessés ils foncent sur elle. Mendeku, soudain délaissé, en profite pour frapper de toutes ses forces avec son bâton effilé, il assomme, il plante, il crie de rage.

Une femme au visage peint heurte le bras attelé de Chilam. Des larmes de douleur s'envolent et elle tombe à genoux, désorientée, nauséeuse. Trois autres plongent sur elle, sa tête frappe le sol. Leur haleine fétide lui arrache des haut-le-cœur. Des doigts fouillent son corps et déchirent sa tunique, des griffes lui labourent la peau, on la renifle, la bave coule sur son cou, on la mord. Elle se débat pour ne pas mourir, mais elle sait qu'elle ne tiendra pas longtemps. Son bras cassé n'est plus qu'un tourbillon de douleur. À tâtons, presque par hasard, elle retrouve son poignard et parvint à le planter dans le ventre de quelqu'un. Sa victime est aussitôt remplacée par un nouvel assaillant. Elle commence à étouffer.

Soudain, la voix de Mendeku lui parvient. Elle croit entendre qu'il lui dit de tenir bon. Étrangement, elle a envie de rire. Un filet d'air se faufile jusqu'à elle, le poids qui l'écrase s'allège. Un choc sourd. Puis un autre. Mendeku a mis la main sur une masse et défonce les crânes les uns après les autres. De l'air, enfin. Elle crache du sang. Le shaman la fait asseoir. Son regard se porte aux alentours et elle ne peut qu'assister au désastre. Des corps partout. Elle aperçoit Gringo Loco. La nuque brisée. Le visage tordu à jamais dans une expression d'incompréhension.

Plus loin, Salto Angel est aux prises avec Tournebrosse. Comme si, frustrés de leur précédent face à face, ils s'étaient donné rendez-vous. Salto Angel peine à se l'avouer, mais il n'attendait pas autre chose. Il est armé, l'autre non. Peu importe. Il sait qu'il a l'avantage. Tournebrosse ne réfléchit plus. Il lui fonce dessus, encore et encore. Salto le laisse se fatiguer, esquive et le tient en respect avec son poignard. Quelqu'un arrive dans son dos et il se retourne juste à temps. Le coup est porté, l'homme s'effondre. Profitant de la diversion, Tournebrosse se jette sur lui. Salto Angel n'a pas le temps de reculer. Il tombe, mais cette fois, c'est lui qui a le poignard. Il le maintient dressé et Tournebrosse s'empale dessus. Salto Angel, dégoûté de lui-même, savoure la mort de son adversaire.

Aussitôt, des bruits lui parviennent. D'autres l'ont repéré. Il se défait du cadavre qui l'encombre et se relève, prêt au combat. Puis il pense à Raja. Sans se préoccuper de ses nouveaux assaillants, il se met à courir, parcourt la cassure tout entière. En voyant ce qu'ils sont tous devenus, il ne peut s'empêcher de crier. Les corps s'accumulent. Des enfants de son propre clan donnent libre cours à leurs instincts les plus violents et n'hésitent pas à participer à la tuerie : ils frappent, mordent et griffent comme les adultes ; insaisissables, ils se faufilent et assassinent ceux de l'autre clan en les frappant par surprise.

Un gamin transperce la gorge d'un vieillard ; Salto Angel hurle, le supplie d'arrêter. Interloqué, le petit lève la tête et suspend son geste. Aussitôt, une pierre le heurte à la tempe. Il tombe et ne peut se relever, piétiné par un groupe de personnes trop occupées à s'entretuer pour faire attention à lui.

Salto Angel se précipite, frappe ceux qu'il pense être ses ennemis. Il prend des coups, se défend avec son couteau, les autres battent en retraite, il aide le gamin à se relever mais celui-ci montre les dents et cherche à le poignarder.

Alors il s'enfuit, car il sait que s'il reste là un instant de plus, il tuera le premier qui se dressera face à lui. Petit comme vieillard, ami comme ennemi.

Il court vers la paroi. C'est là qu'il l'aperçoit. Raja se déplace à la verticale, poursuivie par deux autres femmes. Son visage ne traduit aucune peur. Essoufflée mais déterminée, elle enchaîne les pas, croise ses appuis, jette son corps dans une voltige improbable. Les autres ont du mal à suivre. L'une d'elles décroche et s'écrase deux clous plus bas. En voyant sa jambe pliée dans un angle impossible, elle ouvre de grands yeux pleins d'incompréhension. Elle n'a pas le temps de crier, car Salto Angel l'achève aussitôt, avant de s'élancer sur la paroi.

En un clin d'œil, il rattrape la poursuivante de Raja. L'autre ne l'a pas entendu arriver. Il lui saisit le pied et tire dessus tant qu'il peut. La femme se tourne vers lui, rate sa prise et tombe. Salto continue de monter, rejoint Raja. Elle le reconnaît à peine. Il se demande un instant si elle ne va pas l'attaquer. Mais un autre groupe arrive déjà, par le haut. Ils sont forcés de redescendre. La voie ne reste pas libre longtemps. Les assaillants se font plus rares, mais il en reste suffisamment pour les apercevoir et s'approcher d'eux.

Chilam Balam tente de reprendre ses esprits. Mendeku veille sur elle. Il fait tournoyer sa masse et éloigne ceux qui s'approchent un peu trop. Calme, méthodique, il n'hésite pas et brise les mâchoires les unes après les autres. Pourtant, Chilam sait qu'il fatigue. Ses gestes se font plus lents, moins précis. Une pierre heurte sa main. Sa masse tombe à terre. Il n'a pas le temps de se retourner qu'une ombre fonce sur lui et le plaque contre un rocher. Chilam s'élance pour lui porter secours, mais s'immobilise aussitôt. Face à elle se dressent deux êtres qu'elle peine à reconnaître. Pourtant, elle sait. Fantomastic et Kallistée.

Du coin de l'œil, elle voit Mendeku. Il ne peut rien faire. Deux hommes le maintiennent contre le rocher. Kallistée fait un pas dans sa direction. Elle sourit, et pourtant elle a l'air triste.

Fantomastic regarde Chilam Balam dans les yeux et lui crache au visage, la traitant de sorcière. Il s'élance vers elle et la frappe de toutes ses forces dans le ventre. Chilam Balam s'effondre à quatre pattes, le souffle coupé. Un long filet de salive mêlée de sang s'échappe de sa bouche. Elle sait que c'est terminé. Kallistée lui empoigne les cheveux et la force à relever la tête. Le monde tout entier vacille, elle peine à respirer. Elle n'entend pas vraiment ce que lui dit sa sœur.

Quelque chose bouge dans son champ de vision. Tandem pour l'Évidence. Il vient défier Fantomastic. Surprise, Kallistée laisse un répit à sa sœur. Elle ne la lâche pas pour autant, mais Chilam n'a plus la force pour se défaire de son emprise.

Tandem pour l'Évidence n'est plus le même. Malgré la peur qui le tiraille, son regard dégage une volonté infinie. Il pointe un doigt tremblant sur Fantomastic avant de l'attaquer. Le chef de la meute fait un pas de côté, lui assène un coup violent sur la nuque au passage. Tandem pour l'Évidence se retrouve face contre terre mais il se relève, le front ensanglanté. Fantomastic jubile. Son sourcil se fronce lorsqu'il voit Tandem repartir à l'attaque.

Chilam regarde sa sœur ; la perplexité la gagne et son visage redevient un peu plus humain. Tandem frappe le chef ; celui-ci encaisse, riposte avec un coup bien plus puissant qui envoie rouler son adversaire. Cette fois-ci, Tandem reste à terre. Fantomastic s'approche de lui à pas lents. Il rit, tout doucement. Kallistée est sur le point de lui demander de laisser vivre son mari, mais un éclair de cruauté barre son front et son visage se referme. Elle raffermit sa prise sur Chilam Balam.

Fantomastic envoie son pied dans le ventre de Tandem pour l'Évidence. Ce dernier pousse un cri étouffé. Il tousse et reste à terre. Fantomastic s'avance encore un peu, et soudain Tandem s'assied, avant de brandir le poignard qu'il a ramassé au sol. Sans un bruit, déterminé, il plonge la lame dans le genou de Fantomastic. Le chef hurle et s'effondre. Tandem pour l'Évidence lui saute dessus, sous les encouragements de Kallistée.

Alors que Fantomastic ne cesse de crier, Tandem pour l'Évidence lui plonge le poignard dans la bouche ; la pointe transperce le fond de la gorge avant de s'enfoncer dans le sol. Le corps de Fantomastic est agité de soubresauts, ses membres tremblent violemment sans jamais vouloir s'arrêter.

Tandem roule sur le côté, deux jeunes de la meute s'élancent vers lui et l'immobilisent au sol, entreprennent de l'étrangler.

Kallistée se désintéresse de lui. Elle traine sa sœur par les cheveux pour ne pas avoir à la lâcher, et elle saisit le poignard toujours planté dans la gorge de Fantomastic. Si Chilam Balam avait cru voir un semblant d'humanité sur le visage de Kallistée, c'est maintenant terminé. Tout est terminé.

Elle se demande comment ils ont pu en arriver là. Kallistée la regarde, poignard à la main. Elle lui tire les cheveux pour mieux dégager sa gorge.

Le monde se fige. Chilam Balam se rend compte que la Falaise tout entière est devenue silencieuse. Les combats ont cessé. Inexplicablement, Kallistée laisse tomber son arme, relâche son emprise.

Chilam Balam se dégage, hébétée. Puis elle regarde les gens. Tous sont tournés dans la même direction. Tous regardent la même personne, au centre de la cassure. Chilam Balam pense d'abord être morte. Puis elle lutte contre elle-même pour se convaincre que ce qu'elle voit est bien réel.

Vol Parfait.

« Le Sommet », dit-il.

ÉPISODE 6

1

Lentement, très lentement, Chilam Balam se releva. Elle avança vers son fils. Personne ne parlait. Certains pleuraient en silence, comme s'ils réalisaient, une fois sortis de leur transe meurtrière, l'étendue du massacre.

Chilam Balam tendit une main fébrile, pressée de toucher l'apparition, dans l'espoir de confirmer ce que ses yeux voulaient lui faire croire. Ses pieds refusèrent de la porter plus loin, et Vol Parfait dut faire un pas en avant pour la rattraper lorsqu'elle s'effondra.

« Alors c'est réel », murmura-t-elle.

Il hocha la tête. Chilam Balam le trouva plus fort. Sa silhouette s'était épaissie, toute en muscles. Ses cheveux bruns lui tombaient sur les épaules ; les poils de sa barbe étaient courts et bien plus abondants qu'auparavant. Ses yeux, sombres, placides, observaient Chilam en silence. Puis il sourit, à peine, mais cela suffit à éclairer son visage.

Chilam ne résista pas davantage et fondit en larmes.

Salto Angel se planta face à lui, l'air hagard, le visage tuméfié. Il se mit à danser d'un pied sur l'autre. Ses lèvres s'agitaient dans tous les sens, comme s'il ne savait pas s'il devait rire ou pleurer. Il fit un pas en avant, recula, avança de nouveau. Puis il donna une tape sur l'épaule de Vol Parfait, et pour finir le serra dans ses bras aussi fort qu'il le put.

« Merde, cousin ! Je t'attendais plus… » Il se dégagea, soudain gêné par sa démonstration d'affection.

Vol Parfait prit conscience des dizaines de regards posés sur lui. Il décela dans nombre d'entre eux de la crainte, de l'espoir et autre chose qu'il assimilait à un respect d'ordre religieux qui lui semblait étrange et déplacé. Il choisit de ne pas s'en préoccuper et chercha le visage de ses proches. Son sourire s'étira un peu plus lorsqu'il vit Raja glisser sa main dans celle de Salto Angel. Mendeku approcha lui aussi. Tous lui donnèrent l'accolade en silence.

Et puis, vidés de leurs forces, les membres survivants des deux clans se laissèrent tomber sur le sol les uns après les autres. Beaucoup se prirent la tête entre les mains.

La cassure, baignée de sang, comptait plus de morts que de vivants. L'omniprésence des cadavres devint soudain étouffante.

« Je suis désolée, murmura Chilam Balam. Vois l'accueil que nous te faisons. »

Vol Parfait ne répondit rien. Il venait d'apercevoir le corps sans vie de Gringo Loco. Puis celui du vieux Salathé. Et celui de Fleur de Solstice. Cela semblait ne jamais devoir s'arrêter. Son regard se porta sur les hommes et les femmes aux corps peints ; il les reconnut à peine, mais comprit aussitôt l'histoire du clan.

« Nous avons poursuivi notre ascension, dit Mendeku, et pourtant, nous sommes tombés si bas.

— Qu'est-ce qu'on fait, maintenant ? demanda Salto Angel.

— Rien, répondit Chilam Balam. On dit adieu à nos morts. Les dieux puissent nous pardonner nos agissements. »

Cette dernière évocation ralluma son regard et elle se tourna vers Vol Parfait. « Est-ce que tu as bien parlé du… Sommet ?

— Plus tard », répondit-il dans un souffle.

2

Ils consacrèrent toute la fin de matinée aux morts. Un par un, tous les corps furent déplacés au bord de la cassure. Chaque clan s'occupa des siens. La venue de Vol Parfait avait mis un terme à la tuerie ; pour autant, les anciens ennemis évitaient de se parler ou même de se croiser. La honte, qui remplaçait désormais la haine, les obligeait à baisser les yeux.

À la fin, les corps disposés en bord de cassure formaient un gigantesque et macabre alignement. Alors Mendeku passa et eut un mot pour chacun d'eux. Salto Angel et Chan Thé suivirent le vieux shaman et, une fois son rituel terminé, firent basculer les morts dans le Néant.

Mendeku s'efforça de rester digne. Il ne put cependant empêcher sa voix de trembler au moment de déclarer la fin de l'ascension de sa propre femme. D'un geste las, il écarta Salto Angel et Chan Thé pour saisir lui-même le corps de Fleur de Solstice, qu'il envoya rejoindre le Néant.

Après la funeste cérémonie, les clans se regroupèrent. Ils ne se mélangèrent pas et s'installèrent chacun à une extrémité de la cassure. Seul Vol Parfait resta à l'écart. Au milieu des deux groupes, il s'adossa à la paroi, ferma les yeux et attendit.

« Nous sommes indignes du Sommet, finit par dire Chilam Balam.

— Ils nous ont attaqués, protesta quelqu'un. Nous nous sommes défendus. »

Chilam Balam eut un sourire triste. « Crois-tu vraiment que nous n'avons fait que nous défendre ?

— On n'allait pas se laisser égorger, rétorqua l'homme. Ceux qui n'ont pas réagi à temps ont terminé leur ascension.

— J'ai tué, intervint Salto Angel d'une voix blanche. J'ignore combien d'hommes et de femmes, mais… je ne voulais plus m'arrêter. » Il baissa la tête et serra les poings.

« Pareil pour moi, dit Chilam. Et je défie quiconque de dire autre chose. »

Cette fois-ci, tout le monde regarda ses pieds. Salto Angel se demanda ce que les hommes et femmes au visage peint pouvaient bien se dire. Il tendit l'oreille. Rien. Et pourtant, eux aussi avaient ressenti le besoin de se rassembler. Même s'il en restait moins de cent, ils étaient toujours les plus nombreux. Allaient-ils recommencer ? Il ne le pensait pas. Quelque chose dans leur élan s'était brisé. Ils venaient de prendre conscience d'eux-mêmes.

Tout comme nous autres réalisons ce que nous sommes.

Il chercha sa mère parmi eux, mais ne la trouva pas. Kallistée avait disparu. L'effroi s'empara de lui lorsqu'il pensa qu'elle avait sans doute sauté dans le vide, rongée par les remords.

La voix de Mendeku le tira de ses pensées.

« Nous devons repartir, dit le shaman. La vie nous a accrochés à cette Falaise ; l'Hayman qui nous habite encore doit nous porter vers le Sommet. Renoncer serait pire que tout.

— Je l'ai vu, fit une voix derrière eux. J'ai vu le Sommet. »

Le groupe ne réalisa pas immédiatement. Seule Chilam se redressa et tourna la tête vers Vol Parfait. Un sentiment étrange se faufila au milieu de l'amoncellement d'émotions négatives qui menaçaient de la submerger. Elle parla, sans reconnaître sa voix rauque : « Le Sommet… Tu as vu… »

Sa phrase resta en suspens. Autour d'elle, les autres commencèrent à s'agiter. Ces deux mots revinrent, encore et encore, se plantèrent sur toutes les lèvres dans un murmure continu.

« Le Sommet…

— Il l'a vu… le Sommet…

— Tu y es… allé ? »

Chilam ferma les yeux. La présence de son fils ici avait quelque chose d'irréel. Il avait disparu depuis si longtemps… Comment avait-il pu survivre ? Et voilà que maintenant il revenait, et qu'il disait avoir vu le Sommet. Avait-il perdu la raison ?

Cette idée la contraria, mais elle s'efforça de la considérer malgré tout. Vol Parfait semblait sain de corps et d'esprit, mais tout ce temps passé loin des siens, en proie à l'hostilité de la Falaise, avait forcément laissé des traces. Et puis elle réalisa qu'elle avait peur de le croire.

« Après mon départ du clan, j'ai continué, dit Vol Parfait. J'ai grimpé. Sans corde. J'ai grimpé. Vite. »

Sa voix était calme, mais on y décelait une fêlure, une cicatrice que son ascension effrénée s'était efforcée de combler.

« Aussi stupide que cela puisse paraître, je me suis juré de ne jamais m'arrêter avant d'atteindre le Sommet. » Il eut un petit rire sans joie. « De toute façon, je n'avais plus aucune raison de m'arrêter. Quand on n'a pas de clan, l'intersaison ne sert à rien.

— Tu… tu as atteint le Sommet ? fit Salto.

— Non. Je n'ai pas pu tenir ma promesse. Je l'ai pourtant vu. Au début, je n'y croyais pas. C'était comme si… »

Il s'arrêta, cherchant les mots justes, et tous les autres se penchèrent en avant, comme pour ne rien rater de ses propos. Leurs visages étaient tendus devant l'imminence d'une révélation qu'ils n'avaient jamais imaginé entendre de leur vivant.

« C'était comme si le monde s'arrêtait. En un sens, c'est exactement ça. La fin du monde. Plus de Falaise. »

Au cours de leur ascension, tous avaient déjà imaginé le Sommet. Certains en rêvaient même la nuit. Mais l'annonce de Vol Parfait avait quelque chose de si réel qu'ils eurent soudain peur. Le Sommet était là, quelque part au-dessus d'eux, et non plus dans leur tête ou dans les légendes. La fin du monde.

« Je n'ai pas pu, reprit Vol Parfait. Je n'avais plus d'air. Je ne pouvais plus respirer. Alors je suis redescendu de quelques centaines de clous, et j'ai attendu. J'ai attendu longtemps. J'y suis retourné plusieurs fois, mais à chacune de mes tentatives, ma tête s'est mise à tourner. Une douleur profonde et lancinante s'est emparée de moi. Je perdais toute notion, je ne savais plus ce que je faisais. »

Le désarroi saisit les survivants. Salto Angel sentit une rage sourde galoper en lui.

Cela ne peut pas se finir ainsi. Si proches du Sommet, et ne pas pouvoir l'atteindre…

« Ces maudits dieux, dit-il. Ils nous tiennent à distance. Comment avons-nous pu être assez bêtes pour croire qu'ils allaient nous accueillir ? Nous sommes condamnés à errer en ce monde. Jusqu'au jour où le Néant viendra nous dévorer. D'ailleurs, n'est-ce pas Hima elle-même qui a créé le Néant ? Les dieux ne sont pas avec nous, ils ne l'ont jamais été.

— Les dieux n'ont rien à voir là-dedans », fit Chan Thé.

Les regards se tournèrent vers le guérisseur. Il se frotta le menton, pensif, hésita à poursuivre. Devant l'insistance muette des autres, il céda. « L'altitude, dit-il.

— La quoi ? fit Salto.

— L'altitude. Je vais essayer de vous expliquer le peu que je sais. Il s'agit là du savoir des guérisseurs que m'a transmis mon père. »

À l'évocation de Chaxi, une pensée émue traversa le groupe. L'ancien guérisseur était un des membres les plus appréciés du clan.

« L'air n'est pas réparti de la même façon sur la Falaise, dit Chan Thé. Plus on se dirige vers le Sommet, et plus il se fait rare. Tout en haut, il n'y en a plus. Rien de surprenant à cela : comme l'a mentionné Vol Parfait, il s'agit de la fin du monde.

— Mais c'est horrible, murmura Raja. Et nous ne le savions même pas…

— Les connaissances des guérisseurs doivent rester secrètes, répondit Chan Thé. Jusqu'à aujourd'hui, nous grimpions tous, hantés par l'idée du Sommet, sans jamais penser l'atteindre réellement un jour.

— Et nous ne l'atteindrons jamais, fit Raja.

— Je n'ai pas terminé. Si l'air devient plus rare vers le Sommet, jusqu'à disparaître complètement, il en est de même au cœur du Néant. Le Néant ne contient aucun air. Il ne contient rien. Seulement, en se propageant, le Néant chasse l'air. Il le pousse en direction du Sommet.

— Comment le sais-tu ? » demanda Chilam Balam.

Chan Thé fit la moue. Il semblait hésiter à tout dire, puis décida finalement que cela n'avait plus d'importance.

« Autrefois, ne me demandez pas quand, un petit groupe d'hommes a essayé de grimper plus que de raison. Alors que le clan arrivait à l'intersaison, eux ont poursuivi leur ascension pendant plusieurs dizaines de jours. Ils étaient persuadés d'atteindre le Sommet. Bien évidemment, ils n'y sont jamais arrivés. Ils ne l'ont même pas aperçu. Tout comme Vol Parfait, ils ont été privés d'air. Certains sont devenus fous et ont décroché.

» Un seul est revenu vivant. Il se trouvait dans un état critique, et le guérisseur de l'époque, je crois qu'il s'agissait de mon grand-père, l'a examiné. L'homme lui a tout raconté et le guérisseur a aussitôt prévenu le chef ouvreur. Ensemble, ils ont décidé de dissimuler la vérité au clan pour ne pas l'affoler. Même les membres du Conseil ne savaient rien.

» Le jour venu, le chef ouvreur a donné le signal du départ, la peur au ventre. Il redoutait que cela soit la dernière saison d'ascension. Mais contre toute attente, le clan a pu continuer, nullement gêné. Hésitant entre le soulagement et la colère, le chef ouvreur a pensé à un mensonge. Le guérisseur, lui, a réfléchi. Il s'est servi de ses connaissances avant de parvenir aux conclusions que je viens de vous énoncer.

— Si je comprends bien, il nous suffit d'attendre pour que l'air se propage jusqu'au Sommet ? demanda Chilam.

— Le rythme de notre ascension n'a pas été fixé par hasard. Cent clous par jour, pendant trois cents jours, avant de laisser revenir le Néant pendant l'intersaison. Il y a une raison à tout cela. Le Néant nous permet de vivre, ne l'oubliez pas.

— Alors nous pourrons atteindre le Sommet ? demanda Raja.

— Si nous parvenons à ne pas nous entretuer d'ici là, il n'y a pas de raison qu'on n'y arrive pas. »

Pendant un long moment, plus personne ne parla. Chacun plongea dans ses pensées, tournant et retournant dans sa tête ce qui avait été dit. Le Sommet. Ils essayaient de l'imaginer, chacun à leur façon. Ils pensaient aux dieux, qu'ils devaient trouver là-haut. Mais ils ne parvenaient pas à se représenter la suite des événements. Quelque chose devait se passer et ils ignoraient de quoi il s'agissait.

Cette nouvelle perspective qui s'offrait à eux les mit mal à l'aise. Ils se rendirent compte que la concrétisation de l'ascension, l'accession au Sommet les effrayait. Tous leurs repères menaçaient de s'écrouler. Finalement, Mendeku reprit la parole.

« Mes amis, nous ne devons pas avoir peur. Tâchons d'avoir confiance en la vie. » Il se tourna vers Vol Parfait. « À combien de temps estimes-tu l'arrivée au Sommet ?

— Je pense qu'il faudra au clan une bonne saison.

— Bien. Nous aurons tout ce temps pour nous faire à l'idée. Pour commencer, je pense qu'il s'agit de respecter l'intersaison. Si ce que nous a dit Chan Thé est exact, et je ne vois aucune raison de ne pas lui faire confiance, alors rien ne sert de se précipiter. »

Chilam Balam se leva et regarda chacun des membres du clan. « Mendeku a raison… » Sa voix mourut dans sa gorge. Elle secoua la tête et ajouta : « Pour ma part, je suis fatiguée. Avec mon bras, je ne suis pas vraiment d'attaque. »

Un soupir fébrile parcourut le groupe. Chacun pressentait ce qui allait suivre.

« Je pense que Vol Parfait devrait prendre la tête du clan. Mendeku l'avait suggéré à la mort d'Iron Curtain, il y a de ça une éternité. Maintenant qu'il est de nouveau parmi nous, je ne vois pas qui pourrait faire un meilleur chef ouvreur. »

Personne ne répondit, mais tout le monde approuvait. Il s'agissait là d'une évidence. Vol Parfait vit tous les visages tournés vers lui.

« Je ne dirigerai personne d'autre que moi-même, dit-il. Je regrette. »

3

Pendant toute l'intersaison, Mendeku œuvra à la réconciliation des deux clans. Désormais, tous les meneurs de la meute avaient disparu et il ne restait plus qu'un ramassis d'hommes et de femmes désorientés, dans un état pitoyable, sans but précis.

Plusieurs fois, le vieux shaman leur parla. Il s'efforça de les toucher dans leur humanité, de leur rappeler ce qu'avait été leur destinée. Sa voix grave et profonde les captiva.

Chan Thé passa régulièrement leur donner des soins. Il ne put que constater leur dégradation physique et malgré tous ses remèdes, il n'eut d'autre possibilité que d'accompagner certains d'entre eux jusqu'à la fin de leur ascension.

Si chacun avait accepté l'idée de cohabiter sur la même cassure, plusieurs personnes ne voyaient pas la paix d'un bon œil. La nuit, on dormait d'un sommeil encore plus léger qu'à l'accoutumée, persuadé que ceux de l'autre clan viendraient égorger, violer, piller. Il n'en fut rien.

À la fin de l'intersaison, Chilam Balam demanda qu'on fournisse à tout le monde habits et équipements.

Enfin, le jour du départ arriva, pour ce qui devait être la dernière saison d'ascension du clan.

4

Vol Parfait avait installé son campement sur une petite vire, à l'écart des autres. Une fois le feu allumé, il commença à préparer son repas. La soirée était douce. Néanmoins, il sortit une peau en prévision de la nuit. L'espace d'un instant, son regard s'attarda sur le reste de ses affaires à l'abri dans son sac, et en particulier sur la forme de l'objet dissimulé dans la doublure. Comme souvent, son esprit ne cessait d'y revenir et il fut tenté de le prendre. Mais il était encore trop tôt. Quelqu'un pouvait venir à tout moment. Il s'efforça d'attendre encore un peu et songea à manger.

En fin d'après-midi, il avait attrapé un garain de belle taille et en avait donné la moitié à sa mère. Il avait embroché l'autre moitié et l'avait disposée au-dessus du feu. De temps à autre, il tendait le bras et retournait la chair qui achevait de prendre une teinte appétissante. Un fumet délicieux se diffusait sur la vire et le plongeait dans une agréable impatience.

El Cap s'apprêtait à disparaître. Le regard fixé sur le Néant aux teintes rougeoyantes, Vol Parfait laissa son esprit dériver. Il pensa à la saison écoulée, à la proximité du Sommet. Lorsque le clan avait repris son ascension, il était reparti avec eux. Sans équipement. Personne ne lui avait rien dit. Désormais, il se sentait incapable d'enfiler un sherpa et d'y fixer la moindre attache. Les premières journées d'ascension avaient été longues. Il s'était efforcé d'attendre les autres, avec le plus de patience possible, avait multiplié les allers-retours pour déterminer l'itinéraire le moins risqué. En un sens, il ouvrait la voie.

Ce soir, pour la première fois, il avait perçu la proximité du Sommet. Impossible de se tromper : il reconnaissait les particularités de la Falaise, ses cavités, ses surplombs, sa végétation. Au cours de son exil, il avait eu tout le temps de l'arpenter. Et maintenant, tout cela était sur le point de se terminer. Quelque chose d'autre commencerait lorsqu'ils rejoindraient le Sommet. Comme tous ses compagnons, il se demandait ce qu'il allait y trouver. La réponse avait sans doute un rapport avec ce qu'il cachait dans son sac, mais il ne pouvait se résoudre à…

Un bruit. Quelqu'un approchait de la vire. À l'oreille, il reconnut une personne seule, non équipée. Une sensation étrange, désagréable remonta le long de sa colonne vertébrale. Il ferma les yeux un bref instant et se tint sur ses gardes. Puis il se leva d'un bond et se retourna, la main posée sur son poignard.

Il vit une créature, courbée, à la chair plissée et aux doigts crochus. Un rire crissant jaillissait par saccades de sa bouche sans dents.

« Hé hé, te voilà... Vol Parfait, oiseau de malheur… »

Vol Parfait ne manifesta aucune émotion, mais une partie de son appétit se désagrégea.

« Kallistée », dit-il.

Le petit rire repartit de plus belle, bientôt remplacé par une toux interminable. « Eh oui, Kallistée, finit-elle par articuler d'une voix éraillée.

— Qu'est-ce que tu veux ?

— Ce que je veux ? » Elle se gratta la tête. Une touffe de cheveux resta dans ses doigts. Elle la regarda d'un air ennuyé avant de laisser le vent l'emporter. « Ce que je veux ? répéta-t-elle. Je n'en ai aucune idée. Je crois que je ne veux plus rien. J'ai renié les dieux.

— Le Sommet est pourtant tout proche. Nous l'apercevrons dans quelques jours. »

Kallistée leva ses épaules voutées comme pour montrer que cela n'avait aucune importance. « Je n'irai pas. J'ai choisi le Néant. Vois comme je suis seule…

— Qu'est-ce que tu veux ? demanda une nouvelle fois Vol Parfait.

— Peut-être bien que je veux parler, tout compte fait. Peut-être bien que je veux un peu de compagnie, juste le temps d'une soirée. »

Vol Parfait réprima un frisson. Il se rassit et l'invita d'un geste de la main. Puis il tourna la viande sur le feu et attendit. Kallistée s'assit à son tour, scruta le demi-garain avec une avidité non dissimulée. « J'en mangerais bien un bout, dit-elle. Mais ça me fait mal au ventre. Je n'ai plus de dent pour mâcher ça. Alors j'avale tout rond. »

Vol Parfait fouilla dans son sac et en sortit un glys. Il le lança à Kallistée. Elle le rattrapa, ouvrit la bouche tant qu'elle put et pressa le fruit. Sa chair molle dégoulina entre ses doigts, coula dans sa bouche et sur son menton. Un rictus de satisfaction redonna un peu de vie à son visage.

« Je n'irai pas voir les dieux, reprit-elle. De toute façon, ils ne me pardonneront jamais ce que j'ai fait. » Elle se tut et attendit que Vol Parfait l'incite à continuer. Mais il n'en fit rien et se contenta de décrocher la viande. Avec son poignard, il en découpa plusieurs morceaux.

« Finalement, j'en veux bien un peu, dit Kallistée. Tant pis si je dois avoir mal au ventre après. Ça sent trop bon. »

Vol Parfait lui fit passer plusieurs tranches. Elle se jeta dessus et les avala goulûment. « Tu veux savoir ce que j'ai fait ? » demanda-t-elle tandis qu'elle enfournait un nouveau morceau dans sa bouche.

Vol Parfait n'eut pas à répondre, car elle avait déjà commencé. Elle parla pendant plus d'une longueur de temps, tandis que la lumière du jour s'éteignait peu à peu. Elle raconta tout : la mort de Lost Arrow et Brouillard Givrant, son rapprochement avec Fantomastic. Le départ de Salto, celui de Tarnagas, et pour finir celui de Tandem pour l'Évidence. Sa tristesse. Sa vengeance. Elle n'épargna aucun détail, aucune pensée intime, n'hésitant pas à donner une piètre image d'elle-même. À aucun moment Vol Parfait ne l'interrompit.

Lorsqu'elle eût terminé, elle s'étira et fit craquer ses articulations. Vol Parfait se demanda si quelques-uns de ses os ne s'étaient pas brisés au passage.

« Ça faisait longtemps que je n'avais parlé à personne, dit-elle. J'ai passé tant de temps toute seule. Tu connais ça, toi. »

Vol Parfait hocha la tête. La chose qui se tenait face à lui semblait avoir été déchue de son humanité par les dieux. Une ascension frappée du sceau de l'inutile. Elle ne pouvait qu'inspirer la pitié.

« J'ai fait le mal, insista-t-elle, comme si elle lisait dans ses pensées. Et tant qu'à faire, autant que je te le dise, je t'ai détesté, toi aussi. Surtout toi. Oiseau de malheur. Sans père. Si tu n'avais pas été fourrer ton braquemart entre les cuisses de cette salope, rien de tout ceci ne serait arrivé. C'est que j'ai eu tout le temps d'y penser, vois-tu ? Je ne suis pas comme tous ces misérables qui se sont mis à perdre la tête après ça, et à ne plus se souvenir de rien, tu m'entends ? Moi je sais, je me souviens. Tout ce temps passé toute seule m'a aidée à me souvenir. Et je me souviens que tout allait très bien, dans le clan. Mais il a fallu que tu déshonores la fille d'Iron Curtain… et qu'en plus de ça, tu fasses décrocher notre chef… Laisse-moi te dire quelque chose : le clan ne s'en est jamais remis ! » Elle soupira et sembla se calmer. « Oh, et puis, quelle importance ? » lâcha-t-elle dans un souffle.

Elle se releva, planta ses mains au creux des reins et se contorsionna en grimaçant. « On ne se reverra plus, oiseau de malheur. Tu pourras le dire aux autres, ou pas. Je ne vous embêterai plus. J'ai causé ma part de souffrance. »

Elle s'approcha du bord de la vire d'une démarche incertaine. Vol Parfait crut un instant qu'elle allait sauter, mais elle s'accrocha à la paroi et leva un pied, tâtonna à la recherche d'une prise. Elle finit par la trouver et se tourna une dernière fois vers Vol Parfait. « Encore une chose, dit-elle. Ce jour où tu as fait le malin en venant à notre secours, alors qu'on était pris en chasse par les araignées… Ce jour où mon Tarnagas s'est fait mordre… Je ne te l'ai jamais vraiment dit, mais… » Elle secoua la tête et un tremblement imperceptible agita ses membres reliés à la Falaise. Lorsqu'elle reprit, sa voix n'était plus tout à fait la même.

« Merci de me les avoir sauvés. Tâche de me les mener au Sommet, et qu'il ne leur arrive rien. »

Kallistée tourna la tête pour cacher les larmes qui menaçaient de déborder. « C'est surtout ça que j'étais venu te dire. »

Puis elle s'éloigna lentement et disparut dans l'obscurité.

5

Ils l'aperçurent au détour d'un surplomb. Une fois l'obstacle franchi, il se détacha dans le ciel, bloc rocheux limpide et implacable. Le Sommet.

Au loin, la Falaise s'élevait encore un peu à la verticale, la végétation se raréfiait, puis la pente se faisait plus douce, une énorme bosse qui s'arrondissait jusqu'il n'y ait plus rien du tout. Plus de Falaise. La fin du monde.

Salto Angel plia son index et le plongea dans sa bouche, mordant de toutes ses forces. La douleur le ramena à lui. « Ça alors, dit-il. Ça ressemble à ça, le Sommet ? » Personne ne lui répondit. Peu à peu, les autres cordées arrivèrent à sa hauteur. Tous s'arrêtèrent et fixèrent l'anomalie qui les dominait. C'était comme si toute la Falaise s'était ramassée en un seul point. Il leur faudrait poursuivre leur route vers l'est sur plusieurs centaines de clous, grimper encore un peu et puis…

« Est-ce que c'est réel ? reprit Salto.

— Je crois que ça l'est, chuchota Raja.

— Mince alors… c'est carrément flippant. Vol Parfait ! appela-t-il.

— Je suis là, répondit une voix au-dessous de lui.

— Dis, cousin… C'est ça le Sommet ? On va pouvoir y aller ? Je veux dire… Le manque d'air, tout ça…

— Il y a plus d'air que la dernière fois, répondit Vol Parfait. Je pense que Chan Thé avait raison. »

Le silence retomba. Personne n'arrivait à détacher son regard de l'extrémité de la Falaise. Ils essayaient d'imaginer ce qu'ils ne pouvaient voir d'ici, cherchaient une manifestation divine, maudissaient leur impatience. Toute une vie à grimper, chercher des prises, planter des pitons, hisser des sacs, veiller sur la cordée. Les innombrables pièges, les tremblements de Falaise, les bêtes, et le pire de tous les dangers : eux-mêmes… tout cela allait prendre fin avec l'accession au Sommet. Déjà, certains se passaient la main dans les cheveux et arrangeaient leur tenue pour se rendre présentables aux dieux.

La journée, bien avancée, les dissuada de repartir. Ils établirent les campements et durent se faire violence pour aller chasser tant la vision du Sommet leur avait coupé les jambes.

Ce soir-là, on mangea, le visage levé, les yeux fouillant l'obscurité pour le voir. Désormais, même dans les ténèbres, chacun sentait sa présence. Le sommeil sembla ne jamais vouloir venir. Les corps, allongés sur la roche, emmitouflés dans les peaux, ne parvenaient pas à dompter les éclairs qui les parcouraient de toutes parts et les maintenaient éveillés. Parfois, lorsque la fatigue prenait le dessus et ankylosait les esprits jusqu'à les faire glisser vers l'inconscience, une étincelle d'excitation ravivait la flamme qui dévorait les imaginations. Il fallut plusieurs longueurs de temps pour que l'épuisement fasse son effet.

Le lendemain, à l'aube, ils se levèrent d'un bond. Le Sommet était toujours là. Ce furent les plus anciens qui insistèrent pour repartir au plus vite. Comme si, après tant de saisons passées sur la Falaise, ils savaient leur temps compté. Comme s'ils craignaient de décrocher avant de l'avoir atteint.

Alors le clan suivit l'impulsion des anciens et repartit. Ils poursuivirent leur ascension, les yeux rivés sur le Sommet, avec l'impression de ne pas avancer, de ne jamais voir leur but se rapprocher. Pendant six jours, ils obliquèrent toujours plus vers l'est, accueillant chaque tremblement de Falaise avec une boule au ventre. Dès qu'ils le pouvaient, ils cherchaient à se rassurer auprès de Vol Parfait. Lui qui avait disparu pendant si longtemps, qui avait survécu et aperçu le Sommet. Lui qui grimpait seul, sans corde. Dans l'inconscient collectif, il apparaissait comme le messager des dieux, celui qui était revenu les chercher pour les guider jusqu'à leur but ultime.

Vol Parfait sentait ce regard sur lui et en éprouvait de la gêne. Alors il continuait à se tenir à l'écart et surtout, il ne leur parlait pas de cette chose qu'il avait en sa possession. L'étrange objet que lui avait donné Pure Imagination lors de son exil. Tous les soirs, il plongeait sa main dans le sac, fouillait jusqu'à trouver la doublure, laissait courir ses doigts sur la bosse qui la déformait. Puis il sortait l'objet.

Souvent, à cet instant-là, il se rapprochait du feu pour mieux le voir. Puis son regard errait et se perdait dans le vide. Il se retrouvait plongé plus d'une saison en arrière, alors que son cœur saignait et que son ascension n'avait plus aucun sens.

6

La Falaise l'appelait à lui, seule forme de vie capable de le consoler. Car elle était vivante, il le savait. Son rayonnement, ses soubresauts n'indiquaient pas autre chose qu'une extraordinaire vitalité. Les images ne voulaient pas quitter son esprit. Lost Arrow, Petit Chat, Iron Curtain… Sans arrêt, il revivait ces instants cruels, des souvenirs qui le tourmentaient jour et nuit. Il n'avait pu se résoudre à rester à proximité du clan. Seule la distance pouvait atténuer la douleur. L'enchaînement de journées à gravir la Falaise, à se confronter aux pires difficultés, au risque de décrocher pour de bon. Et, tandis qu'il grimpait, qu'il s'éloignait du clan, il sentait la roche sous ses doigts, contre son corps tout entier. La Falaise rayonnait et lui transmettait sa force.

Vol Parfait était convaincu que c'était la Falaise qui l'avait mené jusqu'à Pure Imagination. La fille illégitime du clan, l'unique survivante de la cordée bannie. Ce jour-là, lorsqu'il l'avait aperçue au loin, Vol Parfait avait compris.

Mentalement, il retraça chacune de ses rencontres avec elle. La première, alors qu'il n'était qu'un gosse. Elle non plus n'était pas bien vieille, mais déjà différente, sauvage et sans peur.

La deuxième fois, bien des saisons plus tard, alors qu'il s'apprêtait à devenir un homme. Elle les avait tirés du pétrin avec Salto. Ce jour-là, il l'avait à peine entrevue.

Et puis, le jour où Jungle Boogie avait sauté dans le vide. À peine une saison auparavant. Lost Arrow l'avait abandonné aux supplices de la Falaise, ligoté. Elle était venue, une fois encore. Vol Parfait réalisa tout ce qu'il lui devait.

Pure Imagination le repéra et le laissa venir, confortablement installée sur une marche. Lorsqu'il arriva à sa hauteur, il hocha la tête pour la saluer. Depuis la dernière fois, elle n'avait guère changé. Il eut l'impression d'être transpercé par ses grands yeux, d'un bleu très clair, froids comme la roche au cœur de la nuit. Il se sentit intimidé, mais ne détourna pas le regard pour autant. Sur sa pommette, il reconnut la marque qu'il avait déjà repérée. Une longue cicatrice horizontale, qui lui avait déchiqueté la peau. Ses cheveux bouclés s'emmêlaient en des lianes inextricables. Elle était grande, fine, et dégageait l'impression d'une incroyable aisance sur la paroi. Le Néant paraissait n'avoir aucune prise sur elle.

« Ainsi te revoilà, dit Pure Imagination. Je ne pensais pas te revoir de sitôt… »

Vol Parfait ne répondit rien et s'assit à ses côtés. Devant son silence obstiné, ce fut elle, pourtant peu encline à parler, qui reprit la parole.

« À te voir ici, seul et sans attaches, j'en déduis que les dieux ne t'ont pas été favorables. »

Vol Parfait secoua la tête. « Ils veulent me réduire au silence. Me faire décrocher.

— Alors tu t'es enfui.

— Oui. »

Ils restèrent là, sans dire un mot, chacun laissant libre cours à son tempérament taciturne. Le silence ne les gênait pas. Au bout d'un moment, ils repartirent, chacun de leur côté, sans pour autant se perdre de vue.

Des jours durant, ils avaient grimpé côte à côte. Vol Parfait avait trouvé chez cette femme étrange un aspect qui lui ressemblait, une aura qui l'aidait à poursuivre son ascension. Pure Imagination ne paraissait pas irritée par sa compagnie. Parfois, elle ne lui prêtait pas attention, et cela durait des longueurs de temps entières.

Ils avalaient les clous d'ascension, évitaient les chutes de pierre, changeaient d'itinéraire lorsque la Falaise s'ébrouait. Ils faisaient corps avec leur monde. Vol Parfait en avait oublié l'absence de corde. Quelque part, il savait que le moindre faux pas pouvait lui être fatal, et pourtant, dans son malheur, il se sentait libre et vivant. Pure Imagination et lui étaient les âmes damnées de la Falaise. Lorsqu'il pensait au clan, à sa folie et toutes ses interdictions, il se réjouissait de sa situation, aussi macabre fût-elle.

Le soir, parfois, Pure Imagination lui rendait visite. Elle prononçait quelques mots, plus rarement quelques phrases, puis repartait. Vol Parfait voulait tout savoir des fabulistes, mais sa nouvelle amie n'avait que peu de renseignements à donner. Il se demandait si elle était aussi impressionnée que lui. Peut-être se posait-elle des dizaines de questions sur le clan, peut-être n'osait-elle pas… Puis il se trouvait ridicule. Pure Imagination se fichait du clan. Si elle se trouvait là, à ses côtés, sans parler, c'est qu'elle n'avait rien à dire. Et cela lui suffisait. Sa présence apaisait les plaies ouvertes qui labouraient son âme.

Et puis, ils découvrirent le Sommet. Les yeux de Pure Imagination, déjà immenses, s'agrandirent encore pour lui manger le visage. Vol Parfait fronça les sourcils, décontenancé. Ce ne fut que lorsqu'elle lui dit qu'il réalisa. Le Sommet. Il la regarda. Elle riait. Jamais il ne l'avait vue ainsi. Et tout à coup, elle se jeta sur lui et le serra dans ses bras. Vol Parfait décrocha sous l'effet de la surprise, mais elle le tenait si bien, avec tant de force, qu'il ne se rendit même pas compte qu'il ne se retenait plus à la Falaise. En fait, il ne se rendait plus compte de rien. Même le Sommet avait disparu. Seule restait la chaleur que lui offrait Pure Imagination.

7

La déception fut à la hauteur de l'espoir suscité par l'apparition du Sommet. Ils s'échinaient à grimper, privés d'air, obligés de redescendre un peu, puis repartaient, le cœur vaillant, mais invariablement essoufflés, épuisés. La tête se mettait à leur tourner et, plusieurs fois, Vol Parfait crut devenir fou. Il se mit à maudire les dieux.

Un jour, il hurla qu'il allait rejoindre le Sommet en volant. Il se retourna sur la paroi et agita les bras dans les airs. Pure Imagination bondit et attrapa sa main au dernier moment. Vol Parfait trébucha, glissa et revint à lui. Il regarda Pure Imagination, mortifié. Sans rien dire, elle lui fit signe de redescendre. Il obéit et, quelques dizaines de clous plus bas, il se sentit mieux. Il s'affala sur une vire.

Là, ils tentèrent de reprendre des forces, emmitouflés dans des peaux, luttant contre le froid glacial qui semblait vouloir les achever. Vol Parfait ruminait ses sombres pensées. Les journées s'écoulaient, et aucun d'eux n'était en mesure de faire une nouvelle tentative.

« S'il nous fallait une preuve supplémentaire de la cruauté des dieux, la voici, bougonna-t-il.

— Connais-tu l'histoire du clan ? » demanda subitement Pure Imagination.

Malgré le gel qui s'acharnait à lui couvrir le visage, Vol Parfait sentit des gouttes de sueur brûlante lui couler dans le dos. Il ne parvint pas à articuler la moindre réponse, si bien que Pure Imagination enchaîna avec une deuxième phrase. « Ton grand-père était fabuliste, non ?

— O… Oui.

— Et qu'est-ce qu'il t'a dit ? »

Vol Parfait fouilla ses souvenirs. Des images lui revinrent, érodées par le temps. « Il m'a dit… de suivre ma voie. C'était ses dernières paroles. Il s'appelait Ombre du Néant.

— Et il ne connaissait pas l'histoire du clan ?

— Personne ne la connaît, répliqua Vol Parfait. L'histoire du clan est enfouie dans le Néant. Tu la connais, toi ? »

Pure Imagination secoua la tête, perplexe. « Quelque chose me dit que l'histoire du clan nous aiderait à atteindre le Sommet », dit-elle.

S'ensuivit un long silence, ponctué par les bourrasques de vent. Vol Parfait gardait les yeux rivés au Sommet. Il laissait sa mauvaise humeur le plaquer contre la vire glacée. Et puis, alors que ses pensées tourbillonnaient dans son esprit engourdi, un souvenir émergea. Il s'y accrocha, et finit par parler : « Tu m'avais dit cette fois-là… Tu m'avais dit que tu savais lire. »

Pure Imagination le regarda, le visage plus dur que la roche. Puis le coin de sa bouche se releva dans ce qui ressemblait à un sourire. « Tu as mis le temps », répondit-elle.

Vol Parfait haussa les sourcils, leva les paumes de ses mains vers le ciel dans un signe d'incompréhension.

« Voilà longtemps que j'attendais ce moment, reprit Pure Imagination. Si les dieux t'ont éloigné de ton clan, c'était peut-être pour cette raison.

— Je ne comprends rien à ce que tu racontes.

— Je vais t'apprendre ce que je sais. Lorsque tu sauras lire, tu pourras peut-être réussir là où j'ai échoué.

— Échoué ? »

Pure Imagination le fit taire d'un geste et fouilla son sac de son autre main. Elle en sortit un objet. Vol Parfait n'avait jamais rien vu de tel. « Le livre, dit Pure Imagination. Celui qui contient l'histoire du clan. Le livre des fabulistes. »

Vol Parfait ouvrit de grands yeux. Il ne ressentit plus le froid. Sa main attrapa le livre, en éprouva la texture, puis il le retourna et l'inspecta sous tous les angles, avant de l'ouvrir. Des signes incompréhensibles s'étalaient sur une matière fine et souple. « Ça a l'air fragile, murmura-t-il.

— Ce livre contient les réponses, dit Pure Imagination.

— Tu veux dire qu'il nous permettra d'accéder au Sommet ?

— Bien plus que ça. »

Vol Parfait n'en revenait pas. Tout le monde, dans le clan, pensait qu'on s'était depuis longtemps débarrassé des livres. De tous les livres. Et voilà que Pure Imagination, la dernière de sa cordée, elle qui survivait en dehors du clan depuis sa naissance, avait conservé ce livre légendaire.

« Un miracle », murmura Vol Parfait. Il tourna les pages, sentant l'excitation le gagner. Il pensa à Ombre du Néant et à la promesse qu'il avait faite. « Tu ne l'as pas lu ? demanda-t-il à Pure Imagination.

— Non.

— Pourquoi ?

— Parce que… cela fait longtemps, très longtemps que je suis seule sur cette Falaise. Il m'a souvent fallu trouver des raisons de continuer. Garder l'envie du Sommet.

— Pourquoi ne pas lire le livre, justement ?

— Et si ce qui s'y trouve ne me plait pas ? Si ce livre m'enlevait tout espoir ? »

Pour la première fois, Pure Imagination avait l'air furieuse. « Ce livre est un fardeau, dit-elle.

— Je ne comprends pas.

— Plus jeune, j'ai vu mon père le lire. Le jour où il l'a terminé, il a décroché. Il n'a pas pu supporter de savoir. Il a décroché volontairement. Il a sauté, tu comprends ? »

Vol Parfait, stupéfait, n'osa rien dire. Il la laissa continuer, surpris de la voir parler autant, choqué, mais malgré tout impatient d'entendre la suite.

« Ma mère ne s'en est jamais remise. Peu de temps après, elle est tombée malade. Je n'étais qu'une enfant à l'époque. Elle m'a ordonné de continuer sans elle.

— Et tu l'as fait ? »

Pure Imagination hocha la tête en silence.

« Cela faisait peut-être vingt ou trente jours qu'on était sur cette vire. Elle passait tout son temps couchée, brûlante de fièvre. Alors j'allais chasser, je m'approvisionnais en eau comme je pouvais. Mais elle mangeait très peu et s'affaiblissait.

» Le Néant a fini par nous rattraper. La brume est d'abord venue me lécher les chevilles. Ma mère, allongée, était déjà recouverte. Je lui avais glissé son sac sous la tête et on ne voyait plus que son visage. L'odeur de mort du Néant menaçait de l'étouffer. Alors elle me l'a dit. Elle m'a dit de partir.

» J'ai d'abord refusé. Mais lorsque je me suis réveillée en pleine nuit, le Néant était sur moi. Je ne pouvais plus respirer. Mes tripes voulaient remonter dans ma gorge ; j'ai toussé autant que je pouvais, prise de panique. J'ai attrapé mon sac et je me suis enfuie, sans penser à rien. Je crois que ma mère était déjà morte, dévorée par le Néant.

» Tout ça à cause de ce livre. Voilà pourquoi je ne l'ai jamais lu. La réponse te convient ? »

Vol Parfait ne répondit pas. Il pensa au destin de cette femme, à la douleur et à la peur qu'elle avait dû éprouver alors qu'elle n'était pas encore armée pour affronter la Falaise. Naître en dehors du clan, perdre ses deux parents et se retrouver seule. Seule pour grimper. Seule pour chasser. Seule au cœur des nuits les plus noires.

« Et maintenant, murmura-t-il, pourquoi veux-tu le lire, ce livre ?

— On n'a plus que ça à faire, non ? Regarde… le Sommet est là, et on n'est même pas fichus de le rejoindre. Je suis convaincue que ce livre contient les réponses.

— Et s'il nous enlève tout espoir ?

— Qu'est-ce qu'on a à perdre ? On est bloqués ici et le Néant finira par nous reprendre. Dans une saison, ou dans un jour, quelle différence ? Et puis il y a autre chose… Maintenant que je ne suis plus seule, je me sens de taille à affronter le livre et ce qu'il renferme. »

8

Pure Imagination apprit les rudiments de la lecture à Vol Parfait.

Et puis un jour, au retour de la chasse, Vol Parfait ne vit que le livre sur la vire. Ouvert à la dernière page, retourné sur le sol. Il réalisa dans un sentiment d'horreur grandissant que Pure Imagination avait trouvé le courage de le lire. Et qu'elle n'était plus là.

Vol Parfait prit le livre à l'endroit où il était ouvert, à la dernière page, sentant un désespoir sans fin l'envahir. Une phrase avait été rajoutée, dans une écriture différente. Il reconnut le nom de Pure Imagination en bas à droite, mais ne parvint pas à décrypter le message. Malheureux, il laissa échapper une longue plainte qui monta peu à peu pour s'envoler vers le Sommet. Dans sa main crispée, le livre se tordait dans tous les sens, mais il s'en fichait. Il n'avait qu'une envie, c'était de le lancer dans le vide. Après quoi lui-même n'aurait plus qu'à sauter.

Il voulut se raccrocher au mince espoir que Pure Imagination avait trouvé la solution et essayait en ce moment de rallier le Sommet, mais il savait que ça ne pouvait être le cas. Et surtout, il repensait à ce qu'elle lui avait raconté au sujet de son père.

Le jour où il l'a terminé, il a sauté. Il n'a pas pu supporter de savoir.

Pendant quelques jours, Vol Parfait attendit le retour de Pure Imagination. Il se dit qu'elle avait une bonne raison pour être partie et qu'elle allait revenir. Peut-être traquait-elle un gros gibier… Mais sans cesse, la vision du livre ouvert à la dernière page, retourné sur le sol, revint le hanter. Cette vision qui lui disait que Pure Imagination ne reviendrait pas, et qu'il était à nouveau seul.

Alors il prit la seule décision qui s'offrait à lui. La seule qui lui restait avant de décrocher à son tour. Il décida de rentrer. Il tuerait Lost Arrow s'il le fallait, il leur parlerait du Sommet, il reverrait sa mère et sa sœur, Salto Angel… Cette perspective le réconforta et il commença à redescendre le jour même.

Et finalement, lorsqu'il les avait retrouvés, c'est Chan Thé qui avait répondu à ses interrogations. Pure Imagination avait eu raison, la solution se trouvait bien dans l'histoire du clan. Mais s'il suffisait d'attendre pour rallier le Sommet, alors Pure Imagination le lui aurait dit, et ils auraient attendu ensemble. Alors pourquoi avait-elle sauté ? Qu'avait-elle appris d'autre ?

9

Jusqu'ici, les lettres se mélangeaient dans son esprit et il ne comprenait pas un traître mot. Mais il progressait. Parfois, il répétait ce qu'il lisait à voix basse, rapprochait les sons, et une image apparaissait dans sa tête. Alors, il réalisait qu'il venait de lire, et ses yeux s'ouvraient comme ceux d'un enfant devant son premier sherpa.

Puis une terreur sourde s'immisçait en lui et il refermait le livre.

10

Le Sommet était là, tout proche. À cette distance, le clan pouvait l'observer à loisir. Ils étaient tous là, réunis sur un seul et même campement, une minuscule cassure qui annonçait la fin, le repos avant l'ultime jour de leur ascension. Comme si les dieux leur faisaient un signe et avaient voulu les voir rassemblés pour ce moment si important.

Hier ennemis, ils se trouvaient aujourd'hui réunis, mélangés, entassés, serrés les uns contre les autres dans un étrange sentiment de communion. Pendant plusieurs longueurs de temps après leur arrivée sur la cassure, ils gardèrent le visage rivé sur le Sommet, le cœur battant. Une nervosité palpable figeait les lieux. Les mâchoires se contractaient, personne n'osait parler.

Ils n'avaient jamais douté de l'existence du Sommet. Pourtant, ils ne pouvaient réellement accepter ce qu'ils voyaient. Et lorsqu'ils s'imaginaient que le lendemain, ils le gravaraient… Cela leur paraissait complètement impossible. Même si aucune difficulté apparente ne se dressait sur le trajet qu'il leur restait à parcourir.

Le Sommet se découpait dans le ciel, à contre-jour, mélange de terre et de roche, dépourvu de toute végétation. Plat, étendu sur des centaines de clous, une surface horizontale inédite jusqu'alors.

À quelques dizaines de clous du Sommet, la végétation se raréfiait. Les arbustes, tout rabougris, se transformaient en buissons chétifs, les lianes se desséchaient, la verdure s'effilochait jusqu'à disparaître. Alors, la roche affirmait sa domination sans partage, comme si la Falaise tenait à manifester son caractère impitoyable jusqu'au bout.

L'image d'un Sommet désert, sans aucune trace de vie, sans gibier, sans eau, renforça leur anxiété. Ils se gardèrent bien de partager leurs inquiétudes et se rassurèrent en pensant aux dieux. Hima et Yos pourvoiraient à tous leurs besoins.

Chilam Balam, comme tous les autres, peut-être même davantage, s'efforçait de cacher ses pensées. Elle chercha Vol Parfait du regard et s'aperçut avec soulagement qu'il avait daigné partager leur campement. Il regardait le Néant, en contrebas, adossé à la Falaise. Le seul à ne pas regarder le Sommet. Chilam Balam s'approcha de lui.

« Fils », commença-t-elle. Vol Parfait hocha la tête. Elle se rendit compte qu'elle ne savait pas quoi dire. Alors elle s'assit à ses côtés. Une nouvelle fois, l'émerveillement la gagna alors qu'elle réalisait qu'il était là, tout près. Elle ressentit un certain malaise aussi. La même sensation qui ne la quittait plus depuis qu'elle l'avait revu. Car il avait survécu, loin du clan. Il ne s'était pas mué en animal, mais il était devenu différent. Sans rien dire, il rejetait le clan. Son comportement rejetait le clan. Il ne s'encordait pas, ne parlait pas beaucoup… Il avait même refusé le commandement. Impensable.

Revoir son fils lui procurait une joie qui dépassait tout ce qu'elle avait connu jusque-là, et pourtant, elle le trouvait changé.

Comment aurait-il pu en être autrement ?

Bien sûr, le déchirement du clan ne faisait que donner du poids à son détachement. Comment continuer à croire à une telle entité lorsque le pouvoir gangrène l'esprit des chefs, lorsque les libertés sont bridées, les croyances et les objectifs imposés ?

Et pourtant, le Sommet se trouve à portée de piton. Signe que le clan était dans le vrai.

Cette réponse aurait dû satisfaire Chilam, mais…

« À quoi penses-tu, mère ? voulut savoir Vol Parfait.

— Au Sommet… et toi ?

— Au Néant. »

Une pointe d'agacement la gagna. Elle fit au mieux pour la masquer, mais ne put s'empêcher de demander : « Tout le monde pense au Sommet, et toi, tu penses au Néant ?

— J'ai déjà beaucoup pensé au Sommet, dit-il d'une voix fermée.

— Tu en as pensé quoi ? » demanda-t-elle. En posant la question, elle sentit son cœur accélérer brutalement dans sa poitrine. Comme si ce que dirait son fils allait déterminer la fin de l'ascension. Il la regarda dans les yeux et répondit : « Et toi, qu'en penses-tu ? »

À cet instant, Chilam Balam comprit qu'elle craignait cette réponse au-delà de tout. Car elle la plaçait face à ses propres doutes, qu'elle s'efforçait d'ignorer jusqu'à présent.

« Pourquoi n'y es-tu pas allé ? demanda-t-elle brusquement. Toi qui grimpes si vite, sans corde, tu n'as pas été tenté de t'y rendre aujourd'hui, plutôt que de nous attendre ?

— Je suppose que j'ai peur, répondit Vol Parfait sans détour.

— Peur ?

— Oui.

— Mais de quoi ?

— Tu le sais très bien. Peur que la réponse ne me plaise pas. »

Chilam Balam se mordit la lèvre. Son énervement s'évapora.

Bien sûr que je sais très bien, songea-t-elle. *J'ai peur moi aussi. Et j'aurais voulu, nous aurions tous voulu, que tu ailles trouver les dieux et que tu nous rapportes de bonnes nouvelles. Mais cela aurait été trop facile.*

« Nous devons achever cette ascension ensemble, dit-elle à voix basse. Et accepter le verdict des dieux. »

11

Le lendemain, le ventre tordu par l'émotion, ils entamèrent leur dernier jour d'ascension. En tête, Chilam avançait lentement. Les autres cordées suivaient, appliquées, le regard encore et toujours fixé sur le Sommet. Désormais, il prenait toute la place.

Le clan progressa le long d'une cascade et chacun en profita pour remplir son outre. Depuis un bon moment déjà, les arbres se mouraient, la végétation se raréfiait. À la mi-journée, ils passèrent la dernière touffe d'herbe. Alors Vol Parfait vint se placer aux côtés de sa mère. Ils poursuivirent sans un mot, sur la même ligne. Puis Salto Angel et Raja les rejoignirent, suivis de Mendeku et Chan Thé.

La fin toute proche rendait leurs mouvements difficiles. Des gestes qu'ils avaient répétés toute leur vie, et qui devenaient soudain lourds, hasardeux. Ils s'engagèrent dans un dévers, perdirent le Sommet de vue. Ce fut comme un soulagement, étrange, que de voir le bout du monde s'évanouir. Ils eurent alors l'impression d'être retournés dans leur quotidien rassurant, lorsqu'ils savaient tous de quoi le lendemain était fait. La Falaise. La roche, l'ascension.

Et puis, le dévers prit fin. La pente s'inversa. Ils n'eurent bientôt plus besoin de pitonner. Hébétés, ils s'engagèrent dans la montée, le souffle court, le cœur tambourinant dans la gorge. La terre, tantôt brune, tantôt claire, presque aussi dure que la pierre. Les fragments de roche crissaient sous leurs pas. De petits éboulis s'échappaient et glissaient le long de la pente. Ils continuèrent. Leur esprit flottait à l'intérieur de leur corps. Ils ne se déplaçaient plus. La fin venait vers eux, se rapprochait. La Falaise s'adoucissait et leur livrait le Sommet, vaincue par l'empilement de milliers d'existences dédiées à l'ascension.

Soudain, ils s'arrêtèrent. Il n'y avait plus rien à gravir.

Ils dominaient tout. Absolument tout. Désormais, tout ce qu'ils apercevaient de la Falaise se trouvait sous eux. Le Néant les entourait de toutes parts. Plus de paroi.

Le Sommet. Une vaste étendue, un plateau désert.

Vide.

Salto Angel sentit les larmes lui monter aux yeux. « Où sont les dieux ? » murmura-t-il. Personne ne trouva le courage de lui répondre.

Les cordées arrivèrent les unes après les autres et s'arrêtèrent dans un silence de mort. Désemparés, ils cherchèrent tous des yeux quelque chose à gravir. L'inquiétude les gagna. Ils attendirent l'arrivée des dieux.

Rien ne se passa.

Hommes et Femmes tournèrent la tête dans tous les sens, sourcils froncés. Un murmure parcourut le clan rassemblé. Un rire nerveux s'échappa. Des paroles rassurantes s'élevèrent. Les dieux allaient venir. Il fallait être patient. D'autres hypothèses suivirent. Les dieux étaient peut-être invisibles. Les dieux n'avaient peut-être pas forme humaine.

Et le clan attendit encore.

Rien ne se passa.

Le froid mordit les corps et l'instinct leur commanda de se réchauffer. Alors l'espace d'un instant, ils cessèrent de penser aux dieux pour chercher du bois. Aucun arbre ne vivait ici. Ils réalisèrent qu'il n'y avait pas davantage de gibier.

En fait, il n'y avait qu'eux.

« Nous sommes seuls », murmura un vieillard, avant de s'effondrer.

Un sentiment de panique enfla. Plusieurs individus se tournèrent vers Chilam Balam. Celle-ci ne put s'empêcher de faire un pas en arrière en voyant les visages contrariés où cherchait à poindre la colère.

« Explique-toi ! fit une voix.

— Que je vous explique quoi ? répondit-elle. Si je savais moi-même, je… » Elle ne parvint pas à finir sa phrase, vaincue par l'émotion.

« Il n'y a rien ! hurla une femme. Pas de dieux ! Plus de Falaise ! Et le Néant qui continue à tout dévorer… Il viendra, sans que nous puissions nous enfuir ! »

En entendant la femme, Chilam elle-même se sentit prise au piège. Ils avaient atteint la fin du monde, et plus rien ne leur permettrait d'échapper au Néant. Elle cherchait encore les explications à ce désastre, se demandait comment ils avaient pu passer toute leur vie à grimper, à croire, pour… ça ? Soudain, elle prit conscience de la foule qui l'entourait. Les visages, anxieux, voulaient trouver un coupable.

Elle tourna sur elle-même, pensant qu'il y avait peut-être un autre Sommet, et qu'il n'était pas trop tard pour le rejoindre. Mais ils dominaient tout. Il n'y avait aucun doute possible. Son regard revint sur les visages, et ce qu'elle vit ne lui plut pas du tout. La bestialité, l'horrible sauvagerie qui s'était endormie le temps d'une ultime saison pleine de promesses semblait sur le point de se réveiller.

Un homme grogna et fit un pas en avant. Chilam oublia de respirer et serra les poings. Elle le reconnut. Ce n'était pourtant pas un ancien membre de la meute. « Tu nous as menés jusqu'ici, gronda-t-il. Alors explique-toi ! » D'un geste sec, il sortit son poignard.

La masse se resserra autour de Chilam Balam. Désorientée, abattue, elle sentit ses ultimes forces la quitter. Elle ouvrit la bouche pour essayer de parler, mais aucun son ne sortit. Elle se rendit compte qu'elle ne savait absolument pas quoi dire.

Soudain, une forme surgit de la foule. L'homme au poignard protesta et se retrouva désarmé en un clin d'œil. Il grimaça, dut s'agenouiller, le poignet tordu par Vol Parfait. Aussitôt, la foule recula d'un pas. Tous attendirent et observèrent Vol Parfait dans un mélange de crainte et d'animosité. Ils le virent lever un étrange objet et firent un nouveau pas en arrière, la tête rentrée dans les épaules.

« Vous voulez des explications ? dit-il haut et fort. Reculez d'abord. Encore ! » La foule obéit et il lâcha l'homme agenouillé devant lui. Ce dernier ne prit pas le temps de se redresser et se traina vers la masse humaine qui le recouvrit aussitôt.

« Ceci, dit Vol Parfait en désignant l'objet, ceci contient les réponses. Il s'agit du livre du clan. »

Du coin de l'œil, il vit Chilam Balam tourner la tête vers lui. L'expression de son visage lui donna presque envie de rire. Et pourtant, le moment était mal choisi. Il inspira à fond avant de continuer : « Vous connaîtrez son contenu en temps voulu.

— Pourquoi pas tout de suite ? fit une voix furieuse.

— Patience. Aucune explication ne suffira à vous nourrir. Il nous faut nous organiser pour ne pas mourir de faim et de froid ici. Redescendre chercher du bois. Chasser. »

D'un geste rapide, il fit disparaître le livre dans son sac et sortit son poignard. Les autres reculèrent encore, impressionnés. « En attendant, celui qui aurait l'idée de mal se comporter aura affaire à moi. Je veillerai personnellement à ce que son ascension soit frappée du sceau de l'inutile. »

Les regards se détournèrent, gênés. Puis la foule se dispersa. Les cordées s'organisèrent. Les femmes entreprirent d'établir les campements, tandis que les hommes s'encordèrent ensemble pour aller chasser et chercher du bois.

Chilam Balam poussa un soupir de soulagement. Elle se retourna vers Vol Parfait. Mendeku et Salto Angel bousculaient les derniers badauds pour se frayer un chemin vers eux. Le shaman rayonnait.

En le voyant, Chilam Balam secoua la tête. « Toi, dit-elle. Toi, le shaman, tu souris… Comment peux-tu ? Les dieux…

— Cela fait longtemps que je ne crois plus aux dieux, répondit Mendeku.

— Tu veux dire que tu savais que le Sommet serait… désert ? »

Elle prononça le dernier mot à mi-voix, comme si elle craignait des représailles.

« Je n'en suis pas étonné, avoua-t-il. Par contre, voir Vol Parfait en possession de ce livre me remplit d'espoir.

— Tu es bien le seul, maugréa Vol Parfait. Ce livre m'a tout l'air d'être maudit.

— Pourquoi ? demanda Chilam. Que contient-il ?

— Je n'en sais rien. J'essayais juste de gagner du temps et d'éloigner ces fous furieux. »

Vol Parfait regarda ses proches. Seul Mendeku affichait un air serein. Il fut le premier à prendre la parole. « Vol Parfait, dit-il, tu nous dois quelques explications. Que s'est-il passé ? Comment as-tu eu ce livre ? »

Vol Parfait se résolut à leur raconter son exil. Sa rencontre. Le livre. La lecture. La disparition de Pure Imagination.

« Tu sais lire ! s'étrangla Salto Angel. Ma parole, te voilà rendu fabuliste…

— Je sais lire, confirma Vol Parfait. Et je suis en possession du livre du clan. Et pourtant, je n'ai rien tiré de tout ça. Les deux dernières personnes à l'avoir fait, Pure Imagination et son père, ont rejoint le Néant. » Il regarda Mendeku. Le vieux shaman lui sourit.

« Je sais, reprit Vol Parfait. Je sais ce qu'il me reste à faire. Donnez-moi quelques jours. »

12

Le clan attendait, silencieux. Vol Parfait s'avança. Il prit conscience des regards fixés sur lui. Des regards pleins de détresse, de rancœur et d'espoir. Il trouva un rocher et s'assit dessus. Puis il sortit le livre. L'image d'Ombre du Néant apparut dans son esprit et il repensa à la promesse qu'il avait faite lorsqu'il commençait tout juste à grimper.

Ça y est, Granpa. Je suis fabuliste. Ce sera peut-être ma seule occasion. Il se peut très bien qu'ils veuillent me tuer pour ce que je vais lire.

Vol Parfait ouvrit le livre et commença.

13

« *15 avril 2132*

Je m'appelle Adam Charma. Si quelqu'un lit ceci un jour, alors cela voudra dire que tout espoir n'a pas disparu. Mais je suis assez pessimiste à ce sujet.

Notre monde est sur le point d'imploser. L'Apocalypse arrive, et il n'est pas un seul jour sans que les médias le rappellent. Les tremblements de terre, les tsunamis, les éruptions ont déjà fait plusieurs dizaines de millions de victimes. Mais ce ne sont là que des prémisses. Quelque chose de bien pire se prépare.

Devant l'ampleur des phénomènes, la théorie scientifique de la Chaîne des Êtres, autrefois raillée, a ressurgi avec force. Les partisans de cette thèse sont de plus en plus sollicités par les médias. À présent, tout le monde les écoute, tout le monde les croit. Y compris moi.

Ces scientifiques pensent que le monde minéral est vivant. Il semblerait aujourd'hui que notre planète soit sur le point de se réveiller et tienne à prendre sa revanche. Et la première chose qu'elle fera sera de se débarrasser des parasites que nous sommes. Tout ça a déjà commencé. Nous attendons, jour après jour, terrifiés à l'idée de voir de nouvelles catastrophes surgir.

18 avril 2132

Toute la région centre européenne est annihilée. Suite à un gigantesque effondrement, les mégalopoles de Varsovie et Prague ne sont plus qu'un amas de gravats. Les médias n'ont de cesse de diffuser les images de ces malheureux qui tentent de fuir et se font écraser, ensevelir, broyer. Maintenant que le calme s'est imposé, les particules en suspension rendent impossible toute visibilité, mais il semblerait qu'un immense cratère se soit formé à cet endroit de la carte.

Aux informations, les scientifiques traditionnels tentent d'expliquer ces phénomènes en utilisant des termes auxquels ils ne croient plus eux-mêmes. D'ailleurs, plus personne ne les écoute.

En revanche, l'analyse des biogéologues ne laisse personne insensible. Le plus connu d'entre eux, le professeur Nakamura, prédit une succession d'événements d'ordre exceptionnel.

Comme tout le monde, je pensais que ce que nous vivions était déjà d'ordre exceptionnel.

21 avril 2132

Je retranscris ici l'intervention du professeur Nakamura, lors de l'émission mondiale hebdomadaire diffusée par le média central.

« Oubliez tous ce que vous croyez savoir. Pendant des siècles, les hommes ont cherché dans le noir, par leurs propres moyens, des raisons à toute chose. Ils ont validé leurs théories à l'aide de systèmes qu'ils ont eux-mêmes mis en place. Mais peut-on les blâmer ? Qui d'autre que les hommes aurait pu valider le questionnement des hommes ?

Et plus les siècles avançaient, plus on réalisait que l'on avait besoin de rectifier, de refonder nos théories. Rendez-vous compte qu'en d'autres temps, l'homme s'est imaginé que la Terre était plate ! Que le Soleil tournait autour de la Terre !

Aujourd'hui, non contents de n'avoir rien retenu des leçons du passé, nous voudrions nous persuader que nous détenons la vérité. Nous prétendons savoir comment fonctionne notre planète, nous prétendons savoir ce qui se trouve au centre de la Terre. Nous classons, catégoriques, le vivant et le non-vivant. Pour la plupart des scientifiques, les minéraux, pourtant constitués d'atomes, ne sont pas vivants.

Et si tout notre système était à revoir ? L'élément minéral ne serait pas vivant, au prétexte qu'il ne se reproduit pas ?

Je vous pose alors la question : ne parle-t-on pas de la naissance d'une île, d'un volcan, d'une montagne ?

D'autres savants, sûrs de leur fait, avancent que le minéral est non-vivant pour la raison suivante : s'il s'accroit, c'est de manière accidentelle et sans bornes. Ainsi, et on pense alors avoir fait le tour d'une démonstration implacable, les minéraux ne vivent pas car ils ne meurent pas. Dans ce cas, comment interpréter l'extinction d'un volcan ? Le phénomène de l'érosion ? Le règne minéral n'a-t-il pas une autre façon, bien à lui, de mourir, et donc de vivre ?

Je n'ai rien inventé. Bien avant moi, des dizaines de scientifiques, de penseurs, ont défendu cette thèse. Pline l'ancien, déjà, avait noté que les mines de plomb devenaient plus productives une fois abandonnées.

Je pourrais aussi vous parler de ce chercheur, Stéphane Leduc qui, en faisant diffuser des solutions concentrées de produits chimiques dans des gels, obtenait des structures qui ressemblaient de façon frappante à des formes d'organismes vivants.

Que l'on croie ou non à cette théorie, on est bien forcé de reconnaître qu'avant que les premiers êtres vivants apparaissent, il y avait des minéraux.

J'irais même plus loin : nous devons l'apparition de l'homme au règne minéral. Un scientifique du vingtième siècle a montré que les molécules d'acides aminés de la soupe prébiotique pouvaient être adsorbées et concentrées à la surface des fines particules d'argile. Ces minéraux sont d'excellents catalyseurs qui peuvent favoriser la polymérisation des molécules. Il apparaît aujourd'hui évident que les propriétés essentielles de la vie sont d'abord apparues chez les argiles.

Tout cela, ramené à une plus grande échelle, nous incite à penser que le minéral est un élément doté de vie. Notre *planète* est vivante. La majeure partie des hommes a toujours considéré la Terre comme une sphère, une simple surface colonisée par toutes sortes d'espèces, elle-même dépourvue de vie et d'intention. À la lumière des événements dont nous sommes témoins, il semblerait que nous devions réviser notre jugement. »

J'ai grandi au sein d'une famille cartésienne. Jamais de telles élucubrations n'auraient trouvé grâce aux yeux de mes parents. Moi-même, durant de nombreuses années, je n'y ai pas prêté attention.

Sauf qu'aujourd'hui, je suis bien obligé de constater que notre planète déploie des forces insoupçonnées. Je ne pense plus qu'il puisse s'agir de phénomènes isolés. Notre monde est bien vivant, et il est en colère.

28 avril 2132

J'ai renoncé à aller travailler. Mon aérocar est resté sur la terrasse toute la semaine. Depuis le cent-deuxième étage de mon appartement, il ne me reste plus qu'à contempler le champ de ruines qu'est devenue ma ville. Je ne dois ma survie qu'à la construction récente de l'immeuble dans lequel j'habite. Le tremblement de terre l'a épargné. Mais le prochain en fera-t-il autant ?

Je crois que je suis seul. Tous les autres habitants, ceux qui ont survécu, ont suivi les conseils du média central et sont allés se réfugier dans une immense réserve au centre du pays. Mais je ne vois pas pourquoi nous serions plus en sécurité là-bas qu'ici. Bien sûr, je suis largement approvisionné en capsules alimentaires.

Je me demande combien de temps je vais pouvoir tenir. Chaque jour, je reste là, attendant la prochaine secousse. La zone sud-européenne n'existe plus. Je n'ai plus aucune nouvelle de ma famille, mais je ne fais guère d'illusions. Je ne peux qu'espérer qu'ils ont eu le temps de fuir.

Je suis maintenant persuadé que le professeur Nakamura dit vrai. Je pense même qu'il ne va pas assez loin, restreint par son analyse toute scientifique. Pour moi, comme pour la plupart des gens, il est évident que la Terre est vivante et qu'elle cherche à se débarrasser de nous. Certains essaient d'entrer en communication avec elle. Ils veulent la comprendre, savoir la raison de tout ça. Mais faut-il aller chercher bien loin ?

5 mai 2132

Je peux la voir de chez moi ! C'est inimaginable. Nakamura avait raison. Il s'est produit quelque chose qui dépasse l'entendement. Une montagne. Ou plutôt une falaise, immense ! Elle a surgi des profondeurs de la Terre. La croûte terrestre s'est rétractée, puis redressée dans un seul monticule aux proportions hallucinantes. Les scientifiques parlent d'une altitude voisine des trente mille mètres. Les secousses se sont propagées jusqu'ici. Plus de quatre milliards d'êtres humains ont subitement disparu de la surface de la Terre.

D'après Nakamura, ce n'est que le début. La croûte terrestre tout entière va se retirer pour former une seule et même entité verticale. Notre civilisation, pliée, concassée, va totalement disparaître.

6 mai 2132

Le média central n'émet plus. Les tremblements de terre se sont succédé toute la nuit. Aucune zone n'y a échappé. Partout, c'est la désolation. Tout semble mort. Les réserves ont toutes été anéanties.

Je vis peut-être mes dernières heures. Sûrement. Mais il n'est pas dit que je ne tenterai rien. Mon aérocar est suffisamment chargé pour l'atteindre.

La Falaise est le dernier refuge possible.

7 mai 2132

Je l'ai fait. J'ai réussi. Tandis que je volais jusqu'à la Falaise, de nouveaux cataclysmes ont déferlé. J'ai vu de mes yeux la croûte terrestre se retirer. La lave apparaître, bouillonner. Les villes ensevelies les unes après les autres. Et puis tout a disparu. Des émanations toxiques ont été libérées. Une épaisse chape de fumée s'est répandue à la surface de la Terre. Le monde tel que je l'ai connu n'est plus qu'un souvenir. Plus rien n'est visible, sauf la Falaise. Et elle a encore grandi. Une croissance sans aucune commune mesure. Son altitude se chiffre sans doute en milliers de kilomètres.

L'impensable s'est produit : notre monde a tout simplement changé de forme. Quelque part sous le brouillard subsiste peut-être quelque chose de notre ancienne Terre, mais l'essentiel est là, dans cette interminable colonne rocheuse qui semble vouloir atteindre les étoiles.

Je me suis posé tant bien que mal sur la Falaise. L'altimètre de mon véhicule indiquait 1022 mètres. Le brouillard toxique se trouve en contrebas, à quelques centaines de mètres. Je suis seul et j'ai peur. Terriblement peur.

8 mai 2132

J'ai passé la nuit dans mon aérocar. Toutes les dix minutes, je me suis réveillé, certain qu'une secousse allait m'envoyer rejoindre la Terre en fusion sous la nappe de brouillard. Finalement, à l'aube, je me suis endormi pour de bon.

C'est un bruit de réacteur qui m'a tiré du sommeil. Un véhicule me faisait face, en vol stationnaire. Je ne puis dire si j'ai été soulagé de voir d'autres hommes, ou bien plus terrifié encore. Après tout, peut-être venaient-ils me dépouiller de mon stock de capsules alimentaires ? Qu'aurait trouvé à redire le mondio-tribunal ? Ici, le règne minéral a pris le pouvoir. Les autres formes de vie qu'il tolère sont livrées à elles-mêmes. Pour le meilleur et pour le pire.

Toutes ces pensées, et bien d'autres encore, ont tourbillonné dans ma tête à la vue de ce véhicule. Puis le pare-brise s'est rétracté, et deux hommes sont apparus. Ils sont aussitôt entrés en radio-contact. La voix qui sortait de l'interphone n'était pas mal intentionnée. L'impression visuelle me le confirmait : ces deux individus ne me voulaient pas de mal.

En fait, ils effectuaient le tour de la Falaise et cherchaient des survivants pour les rassembler. Ils m'ont donné les coordonnées d'un endroit, une sorte de cassure dans la Falaise, où je pouvais me rendre. Plusieurs centaines d'autres personnes s'y trouvaient déjà.

Plusieurs centaines de personnes ! En entendant cette information, je crois que des larmes de gratitude ont coulé sur mes joues. Je vais peut-être mourir ce soir, ou cette nuit, mais je ne mourrai pas dans cette horrible solitude.

J'ai rejoint la cassure. La vue de tous ces êtres gesticulant et s'activant pour leur survie m'a réchauffé le cœur. Un homme m'a fait parquer mon aérocar non loin de là.

J'ai failli le supplier de me laisser garer mon véhicule sur la cassure, mais au vu du nombre de personnes qui s'y entassaient déjà, je savais que c'était cause perdue. Alors j'ai pris sur moi. Il m'a escorté et m'a tendu une corde pour m'aider à retourner sur la cassure. J'ai passé la corde autour de la taille, comme l'homme me l'indiquait. Lui s'est attaché également. Il ne semblait pas aussi impressionné que moi.

Je me suis obligé à ne pas regarder en bas. Heureusement, l'homme a décelé un trajet le long de la paroi, une sorte de parapet suffisamment large pour nous permettre de nous y déplacer. Mais le vide ! Quelle sensation terrifiante, que se sentir aspiré, détroussé de tout son courage et ses muscles, pareil à un enfant face à une peur indomptable !

En arrivant sur la cassure, je me suis effondré. L'autre homme est retourné à mon aérocar, chercher des capsules alimentaires pour le groupe. Je l'ai laissé faire.

9 mai 2132

Ma première nuit ici. Heureusement, le kit de sécurité de mon aérocar comprend une couverture de survie. Je crois que sans elle ma nuit aurait été beaucoup moins agréable. Non pas que j'aie bien dormi : je n'ai eu de cesse de me réveiller, incrédule, pour constater que cette surface dure sous mon corps fourbu était bien réelle. À chaque fois, dans la pénombre, je voyais cette masse sombre interminable à quelques mètres de moi. Aux alentours, plus bas, les champs de brume éclairaient la nuit. J'avais l'impression de me trouver sur une île fantasmagorique, cernée par une mer de brouillard.

Les choses s'organisent petit à petit. L'homme qui m'a rapatrié sur la cassure s'appelle Alvin Mallow. Il semble avoir pris les choses en mains. Son aisance à se déplacer sur la paroi rocheuse n'y est pas étrangère. Le commun des mortels dont je fais partie le considère avec une sorte de fascination. Nous autres ne pouvons faire autre chose que trembler face au vide.

Des gens ont signalé la présence d'animaux sur la Falaise. Ils ont parlé d'espèces inconnues, étranges. Toutes sortes d'hypothèses ont fusé. Certains pensent qu'il s'agit d'animaux sortis tout droit du ventre de la Terre.

En ce qui me concerne, j'ai plutôt l'impression qu'il s'agit de mutations. Le premier grand tremblement de terre, qui remonte à une dizaine d'années, a enseveli le réacteur nucléaire de la zone nord-asiatique. Cette région a été désertée par l'homme, mais il semblerait que plusieurs espèces animales aient survécu, au prix de modifications génétiques incessantes. Il ne serait pas anormal de les voir trouver refuge ici. Et je ne serais pas surpris de les voir s'adapter mieux que nous à leur nouvel environnement.

Les premières heures de la journée ont été très difficiles. Beaucoup de pleurs, de crises de panique. Des disputes aussi. Curieusement, je m'attendais à pire. C'est comme si nous étions au-delà de tout ça. Comme si nous ne réalisions pas. Qu'il nous reste un jour, un an ou cinquante ans à vivre, il faudra le faire ici. Cela soulève de nombreuses questions, auxquelles je n'ai pas le courage de répondre pour le moment.

En attendant, la nourriture a été distribuée. Alvin nous a rassemblés, il a fait un petit discours. Un peu solennel à mon goût, mais il le fallait sans doute. Passé l'aspect métaphysique de notre situation, il en est venu aux questions pratiques. Certains ont fait des suggestions, il les a écoutés. Ce qu'il me reste de pudeur m'empêche de raconter dans le détail comment je dois m'y prendre pour satisfaire mes besoins naturels, mais c'est là toute une aventure. Heureusement, certains d'entre nous se sont munis de cordes.

Je me sens sale. Le stock de nettoyant est limité et je préfère attendre avant d'utiliser ma portion. Je frémis à l'idée que dans quelques jours, il faudra faire sans.

Dans le groupe, chacun essaie de se rendre utile à sa façon. J'ai le vertige, je ne sais pas faire de feu, je ne suis pas doué pour abattre un oiseau d'un jet de pierre. J'ai quand même proposé mes services. Certains ont ri de me voir écrire avec un antique stylo à gel. Ils ont malgré tout dit que ça pouvait être utile. Alors je continue. J'ai trouvé ma place : je suis l'historien officiel des survivants. Cela me convient parfaitement.

12 mai 2132

Alvin nous a de nouveau rassemblés aujourd'hui. La situation a l'air stabilisée. Les patrouilles ne ramènent plus personne depuis deux jours. Je ne me sens pas fier d'écrire ceci, mais j'en suis soulagé. Notre plateforme est saturée.

D'après Alvin, nous serions plus de huit-cents. Très peu de personnes âgées. Une petite soixantaine d'enfants. Le reste réparti entre hommes et femmes, avec une légère prépondérance masculine. Pour soulager la cassure, un autre groupe s'est reporté un peu plus bas. L'endroit n'est pas aussi plat, mais ils sont moins serrés. De notre base, nous pouvons les voir. C'est un sentiment étrange : j'ai l'impression que nous avons commencé à coloniser la Falaise.

Il y a un mois, la Terre comptait douze milliards d'êtres humains. J'ai peine à croire qu'il n'en reste plus que huit-cents. À tout moment de la journée, des histoires circulent, plus horribles les unes que les autres. Personne n'y prête vraiment attention. Tout le monde ici a perdu des êtres chers. C'est même idiot de le dire, tellement c'est évident.

Nous sommes tous dans le même cauchemar. Notre monde s'est métamorphosé pour se débarrasser de l'espèce humaine, et nous ne trouvons rien de mieux à faire que de nous accrocher, comme de vulgaires arapèdes. Je ne peux m'empêcher de me questionner sur l'intérêt d'une telle vie.

Je ne suis pas d'humeur très joyeuse, je pense que je ferais mieux de m'en tenir là pour aujourd'hui.

15 mai 2132

J'apprends à connaître mes compagnons d'infortune. Oh, je ne connais pas tous les noms, bien sûr, mais je m'habitue aux visages. J'ai mon petit coin sur la cassure. Inévitablement, certains ont installé leurs affaires non loin de moi.

Intriguée par mon carnet, une femme, que j'avais déjà remarquée depuis deux ou trois jours, est venue me parler.

Sa proximité m'a troublé. Je me suis senti bête et sale. Mais ce moment passé avec elle m'a fait du bien. Elle s'appelle Éva.

17 mai 2132

Une nuit horrible ! Il a plu sans discontinuer. Malgré la couverture de survie, je suis trempé, glacé ! Le pire dans tout ça, c'est que j'ai l'impression d'avoir réussi à dormir par moments. Que pouvais-je faire d'autre ? L'eau tombait du ciel, encore et encore, sans jamais donner aucun signe de faiblesse. L'espace clos et accueillant de mon aérocar m'est apparu tout au long de la nuit comme un impossible mirage. J'aurais pu m'y rendre, à condition de ne pas avoir le vertige. J'aurais pourtant été bien bête de risquer ma vie, dans le noir, pour quelques heures passées au sec. Mais sur le moment, ces quelques heures m'ont semblé autant d'éternités.

Au petit matin, lorsque la pluie a cessé, laissant la cassure détrempée, j'avais mal à la tête, je grelotais. Mon moral était au plus bas. Et puis je me suis aperçu qu'il y avait bien plus à plaindre que moi.

J'ai au moins la chance d'avoir une couverture de survie, ce qui n'est pas le cas de tout le monde.

Jusqu'à présent, nous avions eu un temps plutôt clément. Mais c'est une donnée qu'il va falloir prendre en compte.

Dans notre malheur, les précipitations ont eu au moins un avantage. Un peu partout, sur la Falaise, on peut maintenant voir de longues cascades. Elles semblent jaillir de nulle part et s'écoulent, une chute sans fin, jusqu'à se dissoudre dans les airs. Un spectacle saisissant. Et d'autant plus utile que le stock de capsules hydriques est au plus bas.

Ironie du sort : voilà plusieurs décennies que plus personne ne boit d'eau liquide, abondamment polluée et impropre à la consommation. Pourtant, à voir celle-ci, je ne doute pas qu'elle soit pure.

Après le départ des volontaires pour l'approvisionnement en eau, Alvin est venu me voir. Il m'a demandé de consigner par écrit les quantités dont nous disposions, ainsi que les besoins du groupe. J'ai maintenant accès à toutes les données de notre survie, que je note dans mon deuxième carnet. Je ne sais pas si je dois être fier ou prendre peur.

Nous n'allons pas devoir attendre davantage pour nous mettre à chasser. Il nous faudra aussi fabriquer des outres, pour garder l'eau, et des couvertures avec les peaux de bêtes. J'ai l'impression d'être revenu aux temps préhistoriques.

18 mai 2132

J'ai passé une grande partie de l'après-midi avec Éva.

Elle m'a raconté son histoire. Son immeuble, comme tant d'autres, a sombré dans une crevasse lors de l'ultime tremblement de terre. Elle a juste eu le temps de sauter dans son aérocar. Son réflexe a été de foncer vers l'école de ses enfants pour les récupérer. C'est à ce moment que la croûte terrestre s'est retirée pour de bon. La route, du moins ce qui en tenait lieu autrefois, a fondu. Les arbres ont éclaté. Le sol s'est plissé. En arrivant au-dessus de l'école de ses enfants, Éva a réalisé qu'il n'en restait plus rien. Les bâtiments étaient pliés, ramassés sur eux-mêmes. Tout tenait sur quelques mètres. Le temps qu'elle se mette à pleurer, le sol avait de nouveau grondé et les derniers vestiges s'étaient volatilisés. Le magma avait tout remplacé.

De mon côté, j'avais si peu à raconter. Pas de femme ni d'enfants. Alors j'ai préféré écouter. Son récit, d'une triste banalité, m'a touché, plus que tout ce que j'ai entendu jusqu'à présent sur la Falaise.

20 mai 2132

Voilà près de deux semaines que je suis ici, et j'ai déjà bien des repères. Je pense que c'est la même chose pour tout le monde. Sur la cassure, des petits groupes se forment. Ceux qui se sont installés dans la même zone que moi sont plutôt sympathiques. Ils m'aident souvent dans mes corvées, et j'en fais de même. C'est plus agréable. Il n'est pas rare qu'on passe nos heures de temps libre à discuter. Un des gars a même emporté un harmonica. Quand il joue, il met tout le monde de bonne humeur.

Et puis il y a Éva. Sa présence me réchauffe.

Malgré les moments difficiles, je réalise que nous réussissons à survivre, et même à y trouver du plaisir. Voilà bien quelque chose d'incroyable : le monde peut se transformer en un immense champ de magma, ce qui reste de l'humanité trouvera quand même des raisons de s'accrocher à la vie. Même si les survivants ont tout perdu.

Voilà de quoi faire renaître l'espoir.

21 mai 2132

Il a de nouveau plu cette nuit. Certains se sont réveillés brûlants de fièvre.

Nous disposons d'un stock de médicaments, il y a même plusieurs médecins parmi nous, mais je me rends compte avec horreur de notre vulnérabilité. Comment curer une infection grave ? Comment soigner correctement, comment opérer ? Aucun centre de soin ne se cache sur la Falaise.

Pendant un temps, ma naïveté m'a poussé à l'optimisme, tandis que nous nous démenions pour nous organiser, plutôt bien du reste. J'ai cru que nous allions pouvoir survivre !

Mais nous devons nous rendre à l'évidence : une simple pluie suffit à mettre en péril le groupe. Qu'en sera-t-il si une épidémie se déclenche ?

23 mai 2132

Notre communauté est en émoi. Cette nuit, un vieil homme est mort, apparemment d'une pneumonie. Plus que jamais, nous ne pouvons que constater notre fragilité. Nous ne sommes pas assez robustes pour survivre, c'est une évidence.

Ce matin, je me suis rendu auprès de la dépouille du vieil homme. Je ne sais pas pourquoi j'ai fait ça. Par devoir, sans doute, en tant qu'historien du groupe. Bien sûr, Alvin et les autres responsables étaient là. Tous semblaient embêtés. Comme s'ils savaient ce qu'ils devaient faire du corps, mais qu'ils hésitaient. Autour, les gens qui avaient eu le temps de sympathiser avec le défunt regardaient la scène d'un œil triste. Ils n'étaient pas traumatisés pour autant.

Soudain, un homme s'est présenté. Il n'a pas parlé, mais, inexplicablement, sa présence a soulagé tout le monde. Il s'est agenouillé devant le corps. Puis il a prié pour lui. Il a demandé de l'aide pour le transporter jusqu'au bord de la cassure. Une fois arrivé, l'homme a redressé le cadavre et s'est adressé à lui une dernière fois. « Va, a-t-il dit. Retourne en paix dans le Néant. »

Et il l'a basculé dans le vide.

Personne n'a trouvé ça choquant. L'espace d'un instant, tout le monde a mis ses inquiétudes de côté et s'est recueilli.

Je n'ai jamais été très croyant. D'ailleurs, je ne sais pas en quoi nous pourrions croire. Mais cet homme, qu'il soit prêtre, pasteur ou rabbin, a fait du bien à la communauté, c'est certain.

28 mai 2132

Les organismes sont affaiblis. Le vieil homme n'était que le premier d'une longue série. Plusieurs autres personnes sont mortes.

La même cérémonie a été observée à chaque fois.

À la demande d'Alvin, je note le nombre de décès. Je trouve cela macabre, mais il a sans doute raison. Si nous voulons avoir une chance de survivre, nous devons être pragmatiques.

Ils ont abattu plusieurs animaux. Des couvertures ont été fabriquées avec les peaux. C'est une bonne chose, même si je doute que cela suffise à sauver ceux qui sont sur le point de lâcher prise. Car je commence à comprendre. Ceux qui tombent malades sont avant tout les hommes et les femmes désespérés. Ceux-là ne voient plus de motifs d'espérer. Trop d'efforts à fournir pour une vie qui a perdu tout intérêt. Ils commencent par mourir à l'intérieur.

En ce qui me concerne, je me raccroche à la vie comme je peux. Il y a Éva, heureusement. Sans elle, je serais peut-être déjà tombé malade.

30 mai 2132

La Falaise a tremblé. On aurait presque tendance à l'oublier, mais elle est vivante. Le spectre de l'Apocalypse a refait surface. L'angoisse est palpable sur la cassure. Nous sommes plus que jamais en sursis.

La Falaise ne va-t-elle pas s'effondrer ? Notre planète ne s'est-elle pas aperçue qu'il subsistait une poignée de ces misérables humains ?

Plusieurs personnes n'ont pas supporté l'incertitude et ont préféré se jeter dans le vide.

31 mai 2132

Les choses vont de mal en pis. Une partie de la cassure s'est effondrée en pleine nuit. Les cris m'ont réveillé. Le chaos n'a pas mis longtemps à s'installer : partout, hommes et femmes criaient, couraient dans tous les sens, essayaient de trouver un refuge. Pendant d'interminables minutes, j'ai pensé que j'allais mourir. Pétrifié, j'attendais de voir la roche se dérober sous mes pieds. Je ne sais pas pourquoi la Falaise a pris toutes ces vies et a décidé de m'épargner. Cela restera un mystère à jamais. En réalité, cette question me hante depuis que j'ai vu notre civilisation sombrer dans le magma, tandis que je parvenais à sauver ma peau.

Notre communauté déplore de nombreuses victimes. Ce matin, le dernier compte indiquait six-cent-soixante-trois individus.

Lorsque le soleil s'est levé, nous avons pu observer un phénomène étrange. Le brouillard semble s'être rapproché. Est-ce à dire que les fumées toxiques qui recouvrent la surface viennent dans notre direction ? En fait, je crois que c'est plutôt la Falaise qui s'enfonce. J'en ai parlé à Alvin ; il en est arrivé aux mêmes conclusions.

Il a déjà discuté avec quelques hommes des conséquences d'un éventuel enfoncement de la Falaise. Le fait qu'il me mette dans la confidence a flatté mon égo. Il m'a aussi demandé de rester discret sur le sujet, afin de ne pas affoler la communauté tout entière. Mais lorsqu'il m'a dit de quoi il retournait, j'ai aussitôt regretté de savoir.

Si la Falaise devait continuer à s'enfoncer, Alvin projette tout simplement de faire déplacer le groupe vers le haut, pour le tenir à l'écart des nappes de brume toxique.

Je n'ose même pas imaginer l'organisation que nécessite le déplacement de six-cents personnes sur un plan vertical. J'ai peur de ne pas être capable de grimper le long de cette paroi.

Depuis qu'il m'a fait ses confidences, je passe tout mon temps à scruter la brume.

Je ne sais pas s'il s'agit de mon imagination, mais j'ai l'impression qu'elle approche.

22 juin 2132

Cette fois, impossible de le nier. La brume approche. Depuis le tremblement de Falaise de l'autre nuit, nous nous enfonçons. Ceux qui ne savent pas n'ont rien remarqué. L'affaissement est continu, silencieux.

J'ai bien peur qu'Alvin ait raison. Notre seule alternative, si nous ne voulons pas mourir étouffés, est de nous reporter plus haut sur la Falaise. Je commence à envisager cette éventualité, la peur au ventre.

Ce soir, Alvin veut réunir les personnes qui sont dans le secret. Nous déciderons ce qu'il faut faire, ce qu'il faut dire aux autres.

23 juin 2132

Le Conseil a tranché. Nous devons parler au reste de la communauté. Le départ est inévitable. Cette perspective me remplit d'effroi, mais l'idée d'être plongé dans ce brouillard mortel m'apparaît bien pire encore.

L'idée d'utiliser les aérocars disséminés sur la Falaise m'a effleuré, avant de réaliser qu'ils n'avaient pas été branchés depuis plus d'un mois. Ironie du sort, nos engins, achetés plusieurs centaines de milliers de crédits, flambants neufs pour certains, sont désormais inutilisables.

Nous laissons peu à peu tout ce qui nous rattache à notre ancien monde. Certains le voient comme une épreuve que nous impose la Falaise. Ils ont peut-être raison. La Falaise a certainement sa volonté propre. À moins que ce ne soit la volonté des dieux, quels qu'ils soient. Plus le temps passe, et plus je me demande si je ne vais pas devenir croyant.

24 juin 2132

Dans l'ensemble, la nouvelle a été bien accueillie. J'ai réalisé à quel point les gens faisaient confiance à Alvin et s'en remettaient à lui.

Pendant toute la journée, il nous a montré à tous comment nous encorder. Je n'imaginais pas qu'il avait pris autant de matériel. Cordes, pitons, coinceurs, baudriers… Des termes que la plupart d'entre nous ne connaissions pas, et que nous avons assimilés au cours de notre formation accélérée.

Je ne sais pas ce qu'il m'a pris, mais je me suis porté volontaire pour être en tête de cordée. Je crois que la présence d'Éva à mes côtés n'y est pas pour rien. L'atmosphère sur la cassure est un mélange d'angoisse et d'excitation.

2 juillet 2132

J'ai peur. Peur de ne pas y arriver. Peur de rester bloqué sur la Falaise. Peur de précipiter ma cordée dans le vide. J'ai peur, j'ai peur, j'ai peur et je n'arrive pas à dormir.

3 juillet 2132

Nous l'avons fait ! Je n'aurai pas la force d'écrire bien longtemps, tant mes muscles sont tétanisés.

Alvin a ouvert la voie, cherchant l'itinéraire le plus facile. Malgré cela, nous avons mis une éternité à progresser. Certains, pris de vertiges, ont bloqué les cordées. D'autres, peu habitués à l'effort physique, ont vécu un véritable calvaire. Je ne sais même pas si toutes les cordées sont arrivées à notre hauteur.

La satisfaction d'avoir relevé le défi avec succès anesthésie la douleur et les peurs liées aux nouvelles interrogations. Car les questions sont beaucoup plus nombreuses qu'avant notre départ. Pour commencer, nous n'avons pas pu nous réunir. Aucune cassure dans la Falaise n'est assez vaste pour tous nous accueillir. Nous avons tout juste trouvé une vire suffisamment grande pour notre cordée. La communauté est maintenant disséminée sur la Falaise. Je ne sais pas comment nous allons faire, et pour ce soir, je m'en fiche. Autre chose : la Falaise continue de s'enfoncer. Le brouillard, ou plutôt le Néant comme l'appellent certains, se rapproche toujours.

Demain est un autre jour.

4 juillet 2132

Des messagers ont fait le tour des campements pour nous l'annoncer : nous allons devoir repartir.

Nous ne pourrons de toute façon pas rester très longtemps sur cette vire, autant continuer notre ascension et trouver une cassure.

5 juillet 2132

Toujours pas de cassure.

Les messagers ont fait la même annonce qu'hier.

La Falaise continue de s'enfoncer. Le Néant nous rattrape.

Je commence à réaliser ce que va devenir notre vie à tous. Je ne peux pas l'accepter. Nous ne pouvons pas grimper, chaque jour, pour remonter le long de la Falaise, tandis que celle-ci s'enfonce sans cesse ! Elle va s'arrêter de nous précipiter vers le Néant, et nous allons trouver une cassure pour nous retrouver tous et… et quoi, continuer à survivre, comme nous le faisions ?

Tout ceci est absurde. La *vie* est absurde.

31 décembre 2132

Dernier jour de l'année. Nous grimpons toujours. Des dizaines de personnes ont décroché. Il faut croire que la Falaise ne garde que les plus résistants.

Je n'ai pas beaucoup écrit ces derniers temps, trop occupé à survivre. Nous ne disposons plus d'aucune capsule alimentaire. Il nous faut chasser après nos longues journées d'ascension. Surveiller nos provisions en eau. Faire du feu, la nuit, car les animaux rôdent.

J'ai vu Alvin une seule fois, depuis notre départ il y a plusieurs mois. L'ascension est bien moins épuisante physiquement pour lui que pour nous, mais sa fatigue est toute autre. Il semble porter le clan à lui tout seul. Car c'est bien ce que nous sommes devenus : un clan.

L'intention d'Alvin est de remonter suffisamment pour distancer le Néant. Alors nous pourrons nous installer sur une cassure et nous reposer quelques mois.

Et après, que ferons-nous ? Nous repartirons, encore et toujours ?

J'ai l'espoir qu'un jour la Falaise arrête de s'enfoncer. Que le brouillard se dissipe. Que nous puissions retrouver notre ancien monde, un monde horizontal sur lequel on peut se déplacer librement sans risquer à tout moment de décrocher…

Cette ancienne vie est tellement loin que nous évitons d'y penser. Notre monde a changé, nous ne sommes plus les mêmes. Autant laisser tout ça sous le Néant. Y repenser est trop douloureux.

24 avril 2132

Nous en avons terminé, pour le moment. Trois cent quinze personnes. Voilà tout ce qu'il reste du clan.

Personne n'a la force de pleurer les disparus.

Mes cheveux ont poussé, ma barbe aussi. Si l'un d'entre nous avait un miroir, je ne serais pas sûr de me reconnaître. Éva trouve que ça me va plutôt bien. Elle est gentille. Avec le quotidien de l'ascension et la promiscuité, nos sentiments n'ont pas vraiment eu de place pour s'épanouir. Mais sa présence me réconforte.

Le repos. Nous y voilà. Ceux qui sont encore là n'ont eu que cette promesse pour tenir.

Demain, nous ne repartirons pas. J'ai du mal à le croire.

Depuis ce matin, les gens se croisent et se parlent de nouveau. Nous sommes tous un peu euphoriques. Une cérémonie se prépare, au cours de laquelle les responsables interviendront.

En tant qu'historien du clan, j'ai mis au point un petit récit. Rien à voir avec notre pénible saison d'ascension. Je compte bien distraire les gens, pas les déprimer.

25 avril 2132

Alvin a réuni les responsables avant la cérémonie. Durant le Conseil, il a présenté les statuts de chacun. Chef ouvreur, messager, shaman, guérisseur, outilleur, tisseur, tanneur, pitonnier, fabuliste.

Certains vont profiter du temps de halte pour reconstituer du stock. Les cordes sont usées, bon nombre de coinceurs sont tombés, et les baudriers, ou plutôt les sherpas comme ils ont été rebaptisés, sont en quantité très insuffisante.

Nous devons apprendre à fabriquer tout ça. Les responsables s'y attèlent même depuis des mois.

Car, il ne faut pas se bercer d'illusions, nous repartirons.

2 juin 2132

L'espèce humaine va-t-elle finalement se perpétuer ?

Une femme a accouché ce matin. La première naissance du clan. C'était un moment très particulier.

Le guérisseur a mis au monde l'enfant, le shaman lui a donné un nom. Il l'a appelé Sans Peine et Sans Fatigue. Un joli nom. Espérons qu'il lui portera chance.

Cette naissance pose un nouveau problème. L'enfant est arrivé à l'intersaison, mais que se passera-t-il si une femme doit accoucher en pleine ascension ? La survie du nouveau-né sera déjà un défi de taille sur la cassure. Je n'ose même pas imaginer ce qu'il en sera une fois sur la paroi.

À ma connaissance, aucune autre femme n'est enceinte. Il faut dire que ces derniers temps, les corps ont été mobilisés dans des buts bien différents.

24 juillet 2132

Ça y est. Le Néant est sur le point de nous rattraper. Voilà plusieurs jours que nous nous préparons à repartir.

Les cordées ont été réorganisées. Désormais, je grimperai seul avec Éva. Personne ne l'a officialisé, mais je crois que cela signifie qu'elle est maintenant ma femme.

Si la Falaise continue à s'enfoncer régulièrement, alors nous sommes repartis pour une saison de trois cents jours d'ascension. Le temps de pouvoir distancer le Néant.

2ème saison, jour 136
Éva est enceinte.

Cette nouvelle m'emplit de joie, mais je ne supporterai pas de perpétuer l'espèce humaine inutilement.

Plus que jamais, j'ai besoin de croire, pour ne pas que mon ascension soit vaine.

Peut-être que je crois vraiment en ces dieux dont tout le monde parle. Les dieux du Sommet. Peut-être que j'ai besoin de croire, comme les autres, en quelque chose qui m'aide à continuer chaque jour. »

14

Vol Parfait referma le livre.

Un silence de mort régnait sur le Sommet. Face à lui, des regards emplis de vide, d'incompréhension, mais aussi d'effroi et de colère.

« Les pages suivantes ont été arrachées, dit Vol Parfait. Mais il n'est pas très difficile d'imaginer la suite. La lignée des fabulistes s'est perpétuée, comme toutes les autres. L'histoire du clan est devenue taboue et les fabulistes ont arrêté de l'écrire. Ils ont même arrêté d'écrire tout court, car le statut de chiffreur a été créé. Les autres livres, les registres, ont été abandonnés. Tous les livres ont disparu, sauf celui-ci. »

Vol Parfait s'arrêta un instant pour reprendre son souffle. Il réalisa que bon nombre de personnes n'avaient rien compris à sa lecture. Il se mordit la lèvre, pensif.

« J'ai eu, moi aussi, bien du mal à comprendre. Surtout le début. On nous parle d'un monde qu'on ne connaît pas, avec des mots étranges. Je crois que c'est une des raisons pour lesquelles j'ai mis autant de temps à le lire. L'autre raison, c'était la peur de ce qu'il contenait. »

Il ferma les yeux. Le vent transperçait sa tunique, mais le froid ne le gênait pas. Les mots tournaient dans sa tête, et il réalisait leur poids, leur importance. Leur pouvoir de destruction. Il inspira profondément.

« Pour ceux qui n'ont pas compris, dit-il, ce livre a été interdit. Et il a été interdit pour ne pas que les gens perdent l'espoir. Nos ancêtres se sont persuadés que les dieux existaient car ils avaient besoin de croire.

» Les dieux n'existent pas. Le Néant ne nous rattrape pas. C'est la Falaise qui s'enfonce. Et puis il n'y a pas de Néant. Ce sont des nuages. De la fumée, du brouillard toxique. Appelez ça comme vous voulez.

» Le Sommet, le Néant, les dieux… tout a été inventé, pour que l'on continue à grimper, dans l'espoir qu'un jour, la Falaise arrête de s'enfoncer.

— Mais le Sommet existe, protesta quelqu'un. Nous l'avons rejoint !

— Et qu'a-t-on trouvé ? demanda Vol Parfait. Rien !

— Les dieux vont venir ! cria une voix. Ils vont nous rejoindre. »

D'autres voix approuvèrent. Vol Parfait préféra se taire. Les discussions s'engagèrent, dans un mélange de colère et de foi retrouvée, comme si les propos blasphématoires de Vol Parfait leur avaient ôté tous leurs doutes.

Une femme finit par le prendre à partie. « Les dieux existent, hurla-t-elle. Et ils t'entendent. Prends garde à ce que tu dis ! »

Vol Parfait secoua la tête. Il les regarda, mesura la haine qui ne cessait de grandir à son égard. Rien de tout cela ne le surprenait ; il s'était attendu à pire et constatait simplement que la peur qu'il leur inspirait les empêchait d'agir à son encontre. Il haussa les épaules et s'éloigna.

Plus loin, à l'écart du bruit et de la fureur, il s'assit et contempla le livre qu'il tenait encore à la main. Ses yeux parcoururent le message laissé par Pure Imagination, encore et encore. Des bruits de pas le tirèrent de sa méditation. Salto Angel approchait, suivi de Raja. Puis Mendeku, Chilam et Tarnagas. Il leur sourit d'un air désolé.

« Fils, dit Chilam Balam. Est-ce que tu crois ce qu'il y a d'écrit dans ce livre ?

— Chaque mot est vrai, répondit-il sans hésiter. Il y a un autre monde… là-dessous.

— Un monde où nous ne pouvons nous rendre, intervint Mendeku. Du moins, à ce que j'ai cru comprendre. »

Vol Parfait soupira. Il ferma le livre, avant de le rouvrir. « Ce que je sais, c'est que ce livre dit la vérité. Des milliards d'humains vivaient là. Je ne sais pas combien ça fait, mais je pense que c'est beaucoup. Et je crois que… je crois que la Falaise est vivante. En un sens, tout le monde l'a toujours pensé.

— Vol Parfait, cherches-tu à nous dire quelque chose ?

— Je crois que la Falaise va arrêter de s'enfoncer. » Il fit un geste vague en direction du clan rassemblé. « Alors, ils y verront une manifestation des dieux.

— Que voudrais-tu que ce soit d'autre ? demanda doucement Chilam Balam.

— Je pense que cela n'a aucun rapport avec les dieux. Cela voudra dire que… que notre monde a repris son ancienne forme. »

Un silence gêné s'installa. Chacun repensa aux propos tenus par Vol Parfait. Même Tarnagas s'appliquait pour réfléchir. Ses paupières tremblaient tant il se concentrait, de la salive coulait à la commissure de ses lèvres. De tous, Mendeku semblait le moins sceptique.

« Vol Parfait, fit doucement Chilam. Tu es resté parti si longtemps… seul.

— Je n'étais pas seul.

— Et qui as-tu trouvé ? Une femme qui n'a jamais connu le clan, qui a passé la plus grande partie de son ascension seule. Je ne sais pas comment c'est possible, je sais seulement que ça ne doit pas aider à rester sain d'esprit. »

Vol Parfait serra les dents. La colère le prit par surprise, mais retomba aussitôt. Il se força à sourire. « Pure Imagination n'est pas folle, dit-il. Pas plus que moi. Je pense qu'il est plus dangereux pour sa santé mentale de rester au sein du clan que de mener son ascension seul.

— Là, tu n'as pas tort », lâcha Salto.

Vol Parfait leur montra le Néant du doigt. Malgré eux, les autres essayèrent d'imaginer ce qui pouvait bien se trouver dessous. Chilam Balam secoua la tête. « Fils, je t'en prie…

— Je ne pense pas que la brume soit encore toxique. Tout ça est… terminé. La Falaise est sur le point de se calmer. Notre ancien monde est reformé. Pure Imagination l'a compris bien avant moi. » Il eut un regard vers le reste du clan, poussa un long soupir. « Quant à eux… Ils vont tous vivre ici, dans cet endroit désert, obligés de descendre chaque jour chercher du bois, du gibier. Et ils continueront d'attendre les dieux. »

Il lut une nouvelle fois le message laissé par Pure Imagination. Cette fois-ci, le sourire qui illuminait son visage était d'une sincérité absolue. « Elle n'a pas sauté, dit-il. Je vais aller la rejoindre. Elle m'attend, en bas. Elle a tout compris. Sans doute parce qu'elle a passé tellement de temps seule avec la Falaise…

— Vol Parfait, implora Chilam. Tu ne vas quand même pas croire…

— Nous sommes arrivés au Sommet, répliqua-t-il. As-tu vu les dieux ?

— Mais…

— Les as-tu vus ?

— Cela ne veut pas dire qu'ils n'existent pas.

— Et le livre ?

— Une histoire. Inventée. Les fabulistes inventaient des histoires, après tout. »

Vol Parfait ne répondit pas. Il les regarda et fit l'effort de graver leur visage dans sa mémoire. Pendant quelques respirations, son cœur accéléra dans sa poitrine, puis se calma à nouveau. Il hocha la tête.

« J'espère vous revoir en bas », dit-il avant de s'éloigner.

Né à la Réunion en 1983, Laurent Copet a grandi dans le sud de la France. Tiraillé dans sa jeunesse entre Camargue et tropiques,fantastique et science-fiction, il a décidé de tout prendre, histoire de varier les plaisirs.

Il vit aujourd'hui à Mayotte.

Du même auteur :

Chroniques Verticales, Saison 1, Realities Inc. (2019)

Le prix à payer, anthologie NuttyDark, éditions NuttySheep (2017)

Le dernier jugement, éditions NuttySheep (2017)

Exutoire, éditions NuttySheep (2017)

Six kilogrammes, éditions NuttySheep (2016)

Abattoirs d'État, N'Zine n°2 (2012)

Poussières d'étoiles, AOC n°26 (2012)

www.ingramcontent.com/pod-product-compliance
Ingram Content Group UK Ltd.
Pitfield, Milton Keynes, MK11 3LW, UK
UKHW040315300826
14791UKWH00003B/899

9 791095 442509